U0907866

陶渊明集

名家精注精评本

陈庆元
曹丽萍
邵长满 编选

凤凰出版社

图书在版编目（CIP）数据

陶渊明集 / 陈庆元，曹丽萍，邵长满编选. -- 南京：凤凰出版社，2014.10（2024.12重印）
（名家精注精评本）
ISBN 978-7-5506-2015-5

Ⅰ. ①陶… Ⅱ. ①陈… ②曹… ③邵… Ⅲ. ①陶渊明（365～427）—文学欣赏 Ⅳ. ①I206.2

中国版本图书馆CIP数据核字(2014)第208401号

书名	陶渊明集
编选	陈庆元 曹丽萍 邵长满
责任编辑	卞 岐 张永堃
封面设计	徐 慧
责任监制	程明娇
出版发行	凤凰出版社(原江苏古籍出版社) 发行部电话025-83223462
出版社地址	江苏省南京市中央路165号,邮编:210009
照排	南京凯建文化发展有限公司
印刷	唐山楠萍印务有限公司 河北省唐山市芦台经济开发区场部
开本	787毫米×1092毫米 1/32
印张	10.625
字数	220千字
版次	2014年10月第1版
印次	2024年12月第5次印刷
标准书号	ISBN 978-7-5506-2015-5
定价	89.00元

(本书凡印装错误可向承印厂调换,电话:022-69381996)

目　录

卷之三　诗五言

卷之四 诗五言

前言

从先秦到晚清，中国历史上涌现的诗人之多，数也数不清，因此有人说，中国是一个诗的国度。中国历史上最重要的诗人有哪几位？答案可能不会完全一致，但是，屈原、陶渊明、李白、杜甫、苏东坡，这几位一定名在其中。如果进一步问，你知道他们的作品吗，大概十之八九知道屈原有《离骚》，或者能说出“上下求索”的句子；陶渊明有“采菊东篱下”的诗句也是听说过的；李、杜是不用说了，李白“窗前明月光”，杜甫“朱门酒肉臭”，更是家喻户晓；至于东坡的“不识庐山真面目”，几乎是一句成语了。

虽然大家都知道历史上有个陶渊明，虽然很多人能说得出“采菊东篱下”的诗句，但是，读过五首以上陶诗的可能就不多了，读过十几、二十首的可能就更少了。陶渊明，与先秦时代的屈原不同。由于先秦的文字对大多数读者来说，有不少障碍，因而比起屈原的作品，陶诗好读多了。陶诗只有一百多首，文只有数篇，后来李、杜、苏的诗都有上千首甚至更多；文的篇数，李、杜虽然不多，但李、杜的赋也不是那么好读的，至于苏东坡之文，数量就多得多了。因此，通读陶渊明，比读遍屈原、李白、杜甫、苏东坡要容易一些。鲁迅先生说过，要了解一位作家或诗人，应该读他的全集，我们这部《陶渊明集》，收录了陶渊明全部的作品。为了便于读者阅读，我们对作品做了简要的注释和品评。读者读了这部注评本，或许能对陶渊明有更多的、更全面的了解。

陶渊明(365？～427)，字元亮，生于东晋，晋宋易代之后，改名潜。陶渊明在东晋做过官，进入南朝宋之后，他就不再做官了，成为晋朝的遗民。习惯上，陶渊明被称作东晋诗人，实际上，他是经历了晋、宋两个朝代的。沈约的《宋书》说陶渊明卒年六十三，学者们推断他卒于宋文帝元嘉四年(427)，如果不误的话，他的生年就在晋哀帝兴宁三年(365)。因为沈约没有具体给出生卒年份，后世研究者对此记载产生不少怀疑，经过各自的考证，分别得出陶渊明卒年五十九、卒年七十六等结论①。我们这部小书，姑且遵从传统的说法。

陶渊明是浔阳柴桑(今江西九江)人，曾祖父陶侃，晋大司马，封长沙郡公。祖父陶茂，武昌太守。父亲的姓名和仕历不详，陶渊明《命子》诗说“于皇仁考，淡焉虚止。寄迹风云，冥兹愠喜”，可见渊明的父亲也曾出仕过，至于任过什么职位，已经不可考。陶渊明有五个儿子，即陶俨、陶俟、陶份、陶佚、陶佟。柴桑一带，临近长江、鄱阳湖和庐山，风景秀美。东晋时，江州佛教兴盛。晋孝武帝太元六年(381)，名僧慧远来到庐山，十一年(386)，江州刺史桓伊为慧远立东林寺。十六年(391)，江州刺史王凝之集中外僧徒在浔阳南山翻译佛经。这就是陶渊明出生的家族和地域环境。

陶渊明的生平大约可以分成三个时期，即出仕前的青少年时期，出仕游宦时期和归隐时期。

《命子》这首诗，陶渊明对父亲的介绍含糊不清，其中可能有

---

① 此外，还有享年51、52、56、61岁等说法。

难言之隐。陶渊明在《自祭文》中说："自余为人，逢运之贫，箪瓢屡罄，絺绤冬陈。"当他降生之时，陶家家道已经中落。据《晋书·陶侃传》，侃"媵妾数十，家僮千余，珍奇宝货富于天府"，陶渊明没有享受过一天这样的荣华富贵，不仅没有，连饭碗也时常是空空如也；甚至到了冬天，还只得披着夏天的单衣。但是，这一切并不妨碍他的刻苦好学："弱龄寄事外，委怀在琴书。"（《始作镇军参军经曲阿作》）"少年罕人事，游好在六经。"（《饮酒》）这一时期，陶渊明读了不少书，主要是儒家的经典《六经》。年轻的陶渊明胸怀兼济天下的大志，他说："忆我少壮时，无乐自欣豫。猛志逸四海，骞翮思远翥。"（《杂诗》）又说："少时壮且厉，抚剑独行游。谁言行游近？张掖至幽州。饥食首阳薇，渴饮易水流。"（《拟古》）这是一方面。另一方面，陶渊明生性又爱好丘山，当他日后"有志不获骋"之时，最终决心归隐田园，也是与早期爱好丘山有关联的。这是第一时期。

第二时期，出仕游宦时期。《宋书》本传说："亲老家贫，起为州祭酒，少日自解归。"陶渊明初仕，已经年近30岁。出仕的原因，主要是因为家贫，为生活计。不过，这也不能排除与陶渊明青少年时有着兼济天下的大志有关，从儒家的观念出发，读书人有机会便出仕，也是很自然的事。不过，陶渊明很快就"自解"而归，"自解"的原因，《晋书》本传以为是"不堪吏职"。家居期间，"州召主簿不就，躬耕自资，遂抱羸疾"，就是说，陶渊明躬耕糊口，不幸患下疾病。数年后，陶渊明先后任桓玄幕僚、刘裕镇军参军、刘敬宣建威参军和彭泽令。陶渊明任彭泽令，仅仅80天，便赋《归去来兮辞》。陶渊明为什么不喜欢官场？表面上，是因偶然的拜迎长官，不堪束带见“乡里小儿”。实际上，在陶渊明看来，官场是一个巨大的“尘网”，肮脏污浊；又像是牢笼，严严实实罩住他，使他扭曲了人的自由自在的本性。而且，东晋后期，皇室大臣、将军王公，你争我夺，各怀异心，觊觎皇位者，岂止后来成为宋武帝的刘裕一个人？

第三个时期，即归隐时期。陶渊明40岁左右，终于突破“尘网”和“樊笼”回归田园，我们看他一篇《归去来兮辞》，他是何等的轻松愉快！陶渊明躬耕于南亩，种豆于山下，看好风助长禾苗，秋天在西田收获稻谷，身体虽然疲劳，精神却十分放松。农闲之时，又与里闾把酒话桑麻，何等洒脱愉悦！其实，陶渊明并不是一个干农活的高手，他不无自嘲地说，种豆的结果是草盛豆苗稀。对家务的管理，也不是行家，不时弄到向友人乞讨的地步。归田之后，又碰上改朝换代，东晋最终为刘宋所取代，陶渊明也就成了东晋的一个不折不扣的遗民，遗民诗人。更为不幸的是，陶渊明还遭遇了火灾，粮食不时歉收，弄得夏天抱饥，冬天苦寒。一大早，就盼着天黑（白天肚子饿，晚上睡觉就不觉得饿）；一到夜晚，又盼望尽快天明（晚上衣被单薄挨冻）。晚年，陶渊明理性地思考人的生命，甚至自制挽歌，自写祭文。陶渊明在刘宋进入到第八个年头时，终于在贫病中离开人世。

陶渊明诗歌的内容，大多数是描写田园，歌颂田园的自然风光。在陶渊明之前的中国诗坛，没有一个诗人专注于田园，没有一个诗人认真关注过田园的劳动。陶渊明给我们描绘了一幅幅的田园风光：八九间草房，门前榆树和柳树垂下檐墙，门后有桃树和李树罗列堂屋。远处的村落，若明若暗，缕缕炊烟，袅袅随风而去，偶尔还能听到几声狗吠鸡鸣。在田间生活的陶渊明，不仅在西田收获早稻，还扛着一把锄头去种豆，甚至劳作到夜晚，才披星戴月、踩着露水回家。他和邻里时常讨论农事，携着一壶酒，邀请几位朋友坐在乡野的树下，你一言我一语地闲聊。他采菊于东篱之下，悠悠然地望着南山，以为只要自己的心境远离尘世，自然也就听不到世间杂沓的喧嚣了。

陶渊明被历代的文学史家称作田园诗人，他的诗被称作田园诗，这是没有错的。田园诗是陶诗的主流，如果陶集中没有田园诗，那么陶渊明也就成不了我们今天看到的陶渊明了。不过，陶集中也有一些表达他的志向或者爱憎的诗篇。例如我们上文说到的“猛志逸四海”，后来，陶渊明还时常为不能实现自己早年的志向伤心、感慨不已：“日月掷人去，有志不获骋。念此怀悲凄，终晓不能静。”（《杂诗》）陶渊明嫉恶如仇，他为荆轲未能成功刺杀秦王而感到惋惜。他歌颂溺亡于大海的女子，她化为精卫鸟之后，每天坚持填海不懈；他赞美与帝争神、被砍去头颅后仍然挥舞斧头的刑天。“猛志固常在”，多么的难能可贵！

陶渊明还有一些描写亲情的诗，例如《责子》。近来有些读者对这首诗有不少误读。其实，这首诗正体现了陶渊明对其子深切的舐犊之情。我们现在有些做父母的，不也会说“我那儿子（女儿）傻傻的，什么也不懂”一类的话吗？他们的儿女真的就是傻吗？说这话的人，往往都是最疼爱儿女的人！“天运苟如此，且进杯中物”，陶渊明还说儿子们的事，最好不必过于在意，这不就是我们通常讲的儿孙自有儿孙福之意吗？陶渊明对待人生，主张委顺自然，他曾说：“纵浪大化中，不喜亦不惧。应尽便须尽，无复独多虑。”(《形影神》)面对大自然的变化,不应有过多的喜,过多的惧,对生命的认识,也应是如此。他在自制的《挽歌》中说,“有生必有死”,“千年不复朝,贤达无奈何”,即使是贤达也无可奈何!

陶渊明的文,今存不多。因自家门前有柳五株,陶渊明便自号五柳先生。《五柳先生传》这篇传记很特别,既不介绍家世,也不叙述生平,只写自己的生性:闲静少言,不慕荣利;好读书,不求甚解,常著文章自娱;喜酒,期在必醉;家贫,“短褐穿结,箪瓢屡空,晏如也”。《归去来兮辞》写陶渊明做了八十天的县令,下决心离开官场归田的轻松和喜悦之情,以及想象田园的种种美好。陶渊明的另一名篇《桃花源记》,也是一篇美文,有人甚至说东晋无文,只有一篇《桃花源记》而已。“忽逢桃花林,夹岸数百步,中无杂树,芳草鲜美,落英缤纷。”你看,多么的美!生活在桃花源里的,是一些避秦难而聚居于此者的子孙后代,他们不知道世上秦朝之后还有个汉朝,更不知道有什么晋朝了!“土地平旷,屋舍俨然。有良田、美池、桑竹之属。阡陌交通,鸡犬相闻。其中往来种作,男女衣著,悉如外人。黄发垂髫,并怡然自乐。”这里有的只是秋熟,却没有王税;有的只是父与子的称谓,却没有君与臣的关系。他们怡然自得地生活着,这就是陶渊明心目中的理想社会。陶渊明的《闲情赋》非常特别,写对一位美女的刻骨爱慕之情,甚至异想天开,希望化作附着美女秀发的香油、床上的席子、足上的丝履等物品,可是任何一件物品,都不可能日日夜夜长久地附着她,使得作者痛苦不堪。梁昭明太子为陶渊明的集子作序,对陶渊明赞赏有加,唯一感到不足的就是这篇《闲情赋》,以为“白璧微瑕”。不过,也有人认为这篇赋有所寄托,也有学者认为这篇赋恰恰是陶渊明率真性情的表露。我们比较赞同后一种说法。

陶渊明诗的最大特色是平淡自然。平淡，不是淡而无味的平淡，而是淡而有味。比起陶渊明之前的大诗人陆机，陶渊明的文字不假雕琢；比起之后的山水诗人谢灵运，陶渊明诗也没有那么多的色彩和丽句。陶渊明写乡间田畴，农屋房舍，春雨夏风，一切都是平平常常的，非常的自然，完全是炉火般的纯青。后人说，陶渊明的诗“似瘠实腴”，像一个人一样，初看起来有点清瘦，待到仔细瞧瞧，却又是丰腴的，陶渊明的诗就是这样，你越读，越琢磨，就越耐读，越有醇味，越觉得丰富。陶渊明描写田园，在一幅幅的田园风光中，都有他对生活的理解、对生命的理解，从容而淡定，因此我们说陶诗又是静穆的。鲁迅先生说，陶渊明并非浑身静穆，我们的理解是，陶渊明是静穆的，但他还有不静穆的一面。不错，陶诗还有少壮时的“猛志逸四海”的伟大抱负，后来也写过刺秦王的荆轲，以及精卫和刑天这样“金刚怒目”式的作品。但是，陶渊明诗的主流是田园诗，他的诗歌风格是平淡自然，是静穆，这是毋庸置疑的。

陶渊明的诗在当世，在南朝前期，并没有得到人们足够的重视，梁初钟嵘的《诗品》仅将其列入中品，评价在陆机、潘岳、左思、张协、谢灵运之下。梁朝中叶，昭明太子萧统为他编集子，并为集子作了序，萧统对陶诗，甚至到了“不能释手”的地步。但是，真正对陶诗欣赏，引起更多人的共鸣，是在宋代及宋代以后，大诗人苏东坡所作拟陶诗多达一百余首。陶渊明的集子，是六朝极少的有宋本流传至今的集子之一。清代文人，评陶注陶，取得丰富的成果。当代对陶渊明的研究，著述繁富，日益深入。1949 年以来，内地出版的陶集注释主要有以下数家：

1. 王瑶《陶渊明集》，人民文学出版社，1956年版。

2. 逯钦立《陶渊明集》，中华书局，1979年版。

3. 龚斌《陶渊明集校笺》，上海古籍出版社，1996年版。

4. 袁行霈《陶渊明集笺注》，中华书局，2003年版。

5. 杨勇《陶渊明集校笺》，上海古籍出版社，2007年版（1971年初版于香港）。

6. 王叔岷《陶渊明诗笺证稿》，中华书局，2007年版（1975年初版于台湾）。

好的注本当然不止这几家，限于篇幅，不能一一列举。这些注本，对我们的评注工作有很大的帮助，凡有重要称引，本书都加以说明。我们这部集子，有注有评。注释和品评都力求简明，同时也力图照顾到更多的读者。我们的注评可能还有不尽人意之处，敬请专家和读者指正。

本书的注评，始终得到凤凰出版传媒集团姜小青先生和卞岐先生的关心和指导，在此深表谢意！

陈庆元　曹丽萍　邵长满

卷之一　诗四言

停　云并序

停云，[1]思亲友也。樽湛新醪，[2]园列初荣，[3]愿言不从，[4]叹息弥襟。[5]

霭霭停云，[6]　蒙蒙时雨。[7]
八表同昏，[8]　平路伊阻。[9]
静寄东轩，[10]　春醪独抚。[11]
良朋悠邈，[12]　搔首延伫。[13]
停云霭霭，　时雨蒙蒙。
八表同昏，　平陆成江。[14]
有酒有酒，　闲饮东窗。
愿言怀人，　舟车靡从。[15]
东园之树，　枝条载荣。[16]
竞朋亲好，　以怡余情。[17]
人亦有言：[18]　日月于征。[19]
安得促席，[20]　说彼平生。
翩翩飞鸟，[21]　息我庭柯。[22]
敛翮闲止，　好声相和。[23]
岂无他人，　念子实多。

愿言不获，抱恨如何！㉔

【注释】

①停云:久滞不散之云。盖以此喻久驻心头的念亲友之情。②樽(zūn):本作“尊”,古代盛酒器。湛(zhàn):沉,澄清。醪(láo):浊酒。 ③园列:犹园树。列:陈列,谓多也。初荣:初开的花。荣:草木开花谓之荣。 ④愿:思念。《诗经·邶风·二子乘舟》:“愿言思子,中心养养。”言:语助词。从:顺遂。不从,即不顺心,不遂愿。 ⑤弥(mí):满。襟:犹言心怀。 ⑥霭霭:云密集貌。 ⑦蒙蒙:雨迷蒙貌。《诗经·豳风·东山》:“零雨其蒙。”时雨:时节雨,此指春雨。 ⑧八表:八方以外极远处。昏:因雨而昏暗貌。 ⑨伊阻:《诗经·邶风·雄雉》:“我之怀矣,自诒伊阻。”毛传:“伊,维。阻,难。”朱熹注:“阻,隔也。”句谓念亲友而不得见。 ⑩寄:托身。轩:有窗槛的长廊。左思《魏都赋》:“周轩中天,丹墀临猋。”李善注:“轩,长廊之有窗也。” ⑪抚:持。谓持酒独饮。 ⑫悠邈:遥远。枣据《杂诗》:“千里既悠邈,路次限关梁。”吕向注:“悠邈,远也。” ⑬“搔首”句:语自《诗经·邶风·静女》:“爱而不见,搔首踟蹰。”搔首:心绪烦乱焦急貌。形容等待良朋时之焦急情状。延伫:久立,引颈而望。《离骚》:“悔相道之不察兮,延伫乎吾将反。”王逸注:“延,长也;伫,立也。” ⑭平陆成江:言平地以时雨而成江河也。 ⑮靡:无。《诗经·大雅·荡》:“靡不有初,鲜克有终。” ⑯载:始。荣:茂盛。 ⑰“竞朋”二句:竞朋:高朋;亲好:亲戚好友。“竞朋亲好”,一作“竞用新好”。⑱人亦有言:语本《诗经·大雅·荡》:“人亦有言,颠沛之揭。”盖

当时人的习语，或无深意。 ⑲日月于征：谓光阴荏苒，时光流逝。《诗经·小雅·小宛》："我日斯迈，而月斯征。"郑玄笺："征、迈，皆行也。"于：语助词。 ⑳促席：接席，座位靠近。左思《蜀都赋》："合尊促席，引满相罚。"张铣注："酒将阑，故合并其尊，促近其席。" ㉑翩翩：飞貌。 ㉒息：止。柯：树木枝干。 ㉓敛翮：敛，收。翮，本指羽根，后作鸟翼的代称。左思《咏史》："习习笼中鸟，举翮触四隅。"句以飞鸟和鸣反衬亲友不见之失意。 ㉔恨：遗憾。如何：犹奈何，怎么办。《诗经·秦风·晨风》："如何如何，忘我实多。"

【品评】

本诗共四章，约作于晋安帝义熙四年(408)，诗人辞官之后。诗如序所言"思亲友也"。前两章叙写春来世路险阻，亲友相隔，无以晤言，托之于酒，所思弥甚。后两章叹岁月徂往，述思念日多之情。"日月于征"，呈现出岁月匆匆、念亲友而不得的惶惑。"安得促席，说彼平生"，促膝交谈，实诗人之所期。然而"翩翩飞鸟，息我庭柯"，鸟倦飞尚知还，独亲友淹留他方而不归，诗人所期许的"好声相和"的欢洽一幕亦无从实现，唯有怅然独饮。"岂无他人，念子实多"，语本《诗经·秦风·晨风》"如何如何，念子实多"而翻出新意，身边岂无他人相伴？然其固非同调者，难与"说彼平生"，故而"念子实多"。诗言"思亲友也"，又非唯亲友是思，恐另有所托。诗作于诗人辞官后，显然是藉诗而怀抱别寄。"安得促席，说彼平生"，"敛翮闲止，好声相和"，"岂无他人，念子实多"，时时流露出觅知音而不得的孤独与痛楚。盖情迷者多遗世，不为世容而常叹知音难觅。岳飞《小重山》:“欲将心事付瑶琴,知音少,弦断有谁听?”托琴声以喻知音。辛弃疾《贺新郎》:“甚矣吾衰矣。怅平生、交游零落,只今馀几。白发空垂三千丈,一笑人间万事。问何物、能令公喜。我见青山多妩媚,料青山、见我应如是。情与貌,略相似。　　一尊搔首东窗里。想渊明、停云诗就,此时风味。江左沈酣求名者,岂识浊醪妙理。回首叫、云飞风起。不恨古人吾不见,恨古人、不见吾狂耳。知我者,二三子。”辛词所吟,岂非渊明《停云》之旨?

时　运并序

时运,[1]游暮春也。春服既成,[2]景物斯和,[3]偶景独游,[4]欣慨交心。[5]

迈迈时运,[6]　穆穆良朝。[7]
袭我春服,[8]　薄言东郊。[9]
山涤余霭,　宇暧微霄。[10]
有风自南,　翼彼新苗。[11]
洋洋平津,[12]　乃漱乃濯。[13]
邈邈遐景,　载欣载瞩。[14]
人亦有言,　称心易足。[15]
挥兹一觞,[16]　陶然自乐。[17]
延目中流,[18]　悠想清沂。[19]

童冠齐业，[20]闲咏以归。
我爱其静，寤寐交挥。[21]
但恨殊世，[22]邈不可追。[23]
斯晨斯夕，言息其庐。
花药分列，林竹翳如。[24]
清琴横床，[25]浊酒半壶。
黄唐莫逮，[26]慨独在余。

【注释】

①时运：犹言时光流转，节序变化。 ②春服既成：语出《论语·先进》："暮春者，春服既成。冠者五六人，童子六七人，浴乎沂，风乎舞雩，咏而归。"言天气转暖，可以穿春天的衣服了。③斯：语助词。和：和暖。 ④景："影"本字，贾谊《过秦论》："天下云集响应，赢粮而景从。"偶景：与影为伴，言孤独。 ⑤欣慨交心：欣喜慨叹交结于心。 ⑥迈迈：行进貌。此指时运流转不断。⑦穆穆：清明，和美貌。《玉台新咏》："穆穆清风至，吹我罗裳裾。"⑧袭：加衣于外，即穿。潘岳《籍田赋》："袭春服之萋萋兮。"⑨薄：迫，近。言：语助词。句谓穿春服独游东郊。 ⑩宇：《淮南子·原道训》："纮宇宙而章三光。"高诱注："四方上下曰宇。"暧：翳蔽。霄：云气。 ⑪翼彼新苗：在和风吹拂下，新苗如鸟翼般张开。 ⑫洋洋：盛大貌。《诗经·卫风·硕人》："河水洋洋，北流活活。" ⑬漱、濯：洗涤。 ⑭载：助词。 ⑮"人亦"二句：犹言就本心而言，人是易于满足的。 ⑯挥兹一觞：谓举杯饮酒。挥，倾杯而饮的动作。 ⑰陶然：快乐貌。 ⑱延目：放眼远望。延，

引长。 ⑲沂：即孔子所谓“浴乎沂”之沂水。源于山东东南部，流经曲阜，注入泗水。 ⑳童：儿童，未成年之人。冠：成年之人。古代男子年二十而加冠，意谓成年。齐业：学完课业。齐，犹“济”，完成，成功。 ㉑“我爱”二句：“静”非唯春景静谧怡人，此静殆与道家“清静无为”之境合，非静无以修性，非静无以养德，故爱。寤寐交挥：意同“寤寐求之”。寤，觉。寐，寝。交，共。挥，奋。谓奋力以求其“静”。 ㉒恨：憾。一作“怅”。 ㉓追：及，盖言昔人闲静之境不可再得。 ㉔翳(yì)如：林竹浓密，遮蔽成荫。㉕床：安置器物的架子，此指放琴的架子。 ㉖黄：黄帝。唐：唐尧。逮：及，比得上。

【品评】

本篇系感慨之作，共四章。小序“欣慨交心”为四章之纲目，一、二章为欣，三、四章为慨。一章写暮春惠风和畅、景色怡人，是为出游之由。二章言漱濯之乐，水盛清嘉，荡涤身心，陶醉于其中而倍感隐居之乐，忘尘俗而心易足。三章追慕先圣咏而归之趣，怅叹古今世殊，昔人不在而徒有仰慕之情，但又愿奋力以求之。四章感慨，昔情虽邈邈然不可追，然敝庐亦能“花药分列”、“林竹翳如”，且有“清琴横床”、“浊酒半壶”，此等生活，孰与黄唐之世？盖适性而活，亦足矣。温汝能曰：“序语‘偶影独游’，末章结语‘慨独在余’，二‘独’字有无限深意在，当是时天下早已忘晋，渊明游影，安得不独？因游而‘欣慨交心’，然则游为渊明所独，慨亦为渊明所独，其欣处人知之，其慨处人未必知之，其欣慨交迫之际，则犹未易知之也。一时游兴，寓意深远乃尔。渊明之心亦良苦矣哉。”

荣　木并序

荣木，[1]念将老也。日月推迁，[2]已复九夏，[3]总角闻道，[4]白首无成。

采采荣木，[5]　结根于兹。
晨耀其华，　夕已丧之。
人生若寄，[6]　憔悴有时。[7]
静言孔念，[8]　中心怅而。
采采荣木，　于兹托根。
繁华朝起，　慨暮不存。
贞脆由人，[9]　祸福无门。[10]
匪道曷依，　匪善奚敦？[11]
嗟予小子，[12]　禀兹固陋。
徂年既流，[13]　业不增旧。[14]
志彼不舍，[15]　安此日富。[16]
我之怀矣，　怛焉内疚。[17]
先师遗训，　余岂云坠。[18]
四十无闻，　斯不足畏。[19]
脂我名车，[20]　策我名骥。

千里虽遥，孰敢不至。

【注释】

①荣木：由“晨耀其华，夕已丧之”知为木槿。《战国策·秦策》：“一日山陵崩，太子用事，君危于累卵，而不寿于朝生。”高诱注：“朝生，木堇也，朝荣夕落。” ②推迁：推移，即运行之意。③九夏：即夏季，因夏季九十天而得名。后世《太平御览》卷二二引梁元帝《纂要》：“夏曰朱明，亦曰长嬴、朱夏、三夏、九夏。”④总角：古代未成年男女的发式。《礼记·内则》：“拂髦，总角。”郑玄注：“总角，收发结之。”后代指童年时期。《诗经·卫风·氓》：“总角之宴，言笑晏晏。”与后句“白首”相对，“白首”指老年。⑤采采：茂盛貌。《诗经·秦风·蒹葭》：“蒹葭采采，白露未已。”⑥人生若寄：人之一生宛如寄宿世间，谓人生短促。《古诗十九首》：“人生寄一世，奄忽若飙尘。”“人生忽如寄，寿无金石固。”⑦憔悴：瘦弱萎靡貌。《楚辞·渔父》：“颜色憔悴，形容枯槁。”此指衰老。有时：这里指到了一定的年岁。曹丕《典论·论文》：“年寿有时而终，荣乐止乎其身。” ⑧静言孔念：句如“静言思之”（《诗经·卫风·氓》）。静：安静。孔：很，甚。《诗经·郑风·羔裘》：“孔武有力。” ⑨贞脆：坚贞脆弱，此盖言人之年寿虽有期限，但亦应坚持贞洁操守，于此殊不可轻忽。 ⑩祸福无门：《左传·襄公二十三年》：“祸福无门，惟人所召。”即言祸福之来，取之于人。 ⑪“匪道”二句：承前两句指出惟“道”、“善”是致福之途。奚敦：何以勉励。 ⑫予小子：渊明自称。《诗经·周颂·闵予小子》：“维予小子，夙夜敬止。”朱熹注：“予小子，成王自称也。”

⑬徂年既流:《后汉书·马援列传》:“徂年已流,壮情方勇。”徂年:逝去的岁月。 ⑭业不增旧:意当如“业不增于旧”,学业并不比原有的有所增进。 ⑮志彼不舍:志,在心为志,即长记在心。彼,指学业,前文所言之“道”与“善”。 ⑯安:安心,安然。日富:指醉酒。《诗经·小雅·小宛》:“彼昏不知,壹醉日富。”郑玄注:“童昏无知之人,饮酒一醉,自谓日益富,夸淫自恣,以财骄人。”此句盖渊明自责耽于饮酒而废学业。 ⑰怛(dá):痛苦,悲伤。⑱坠:遗忘。 ⑲“四十”二句:《论语·子罕》:“四十、五十而无闻焉,斯亦不足畏也矣。” ⑳脂:油,动词,即涂油于车轴之上。《诗经·小雅·何人斯》:“尔之亟行,遑脂尔车。”

【品评】

诗共四章。第一章由木槿朝荣夕落,联想到人生短促,嗟叹人生若寄,“白首无成”;第二章写依道从善的心愿,然虽有此志却因“安此日富”而“业不增旧”;第三章承前表达内疚不安;第四章表达了策名骥以骋前途的意愿。诗虽由木槿而及人生易逝,但并不叹老嗟悲,而是于不安中仍守依道从善之志,并希望策名骥而奋力以求之,表现出“念将老”而不悲将逝的蓬勃之气。故曰“斯人非颓然自放,观其叹白首之无成,则其志可知矣”。(温汝能《陶诗汇评》卷一)

赠长沙公并序

余于长沙公为族,祖同出大司马。[①] 昭穆既远，以为路人。[2]经过浔阳，临别赠此。

同源分流，人易世疏。[3]
慨然寤叹，念兹厥初。[4]
礼服遂悠，[5]岁月眇徂。[6]
感彼行路，眷然踌躇。[7]
於穆令族，[8]允构斯堂。[9]
谐气冬暄，[10]映怀圭璋。[11]
爰采春华，载警秋霜。[12]
我曰钦哉，[13]实宗之光。
伊余云遘，在长忘同。[14]
言笑未久，逝焉西东。[15]
遥遥三湘，滔滔九江。[16]
山川阻远，行李时通。[17]
何以写心，[18]贻此话言。[19]
进篑虽微，终焉为山。[20]
敬哉离人，[21]临路凄然。
款襟或辽，[22]音问其先。[23]

【注释】

①长沙公：指陶延寿。大司马：指陶侃，一说指西汉陶舍。②古代宗法制度，宗庙次序，始祖居中，以下父子（祖、父）递为昭穆，左为昭，右为穆。《周礼·春官·小宗伯》："辨庙祧之昭穆。"

郑玄注:“父曰昭,子曰穆。”路人:过路之人,谓关系疏远。意指诗人与陶延寿虽出同祖,但因时代久远而情谊疏远,以至彼此视若陌路之人。 ③“同源”二句:指二人系出同祖而又分属不同分支,随时代变易而情同陌路。 ④寤:觉。厥:代词,其。厥初:当初的始祖。语本《诗经·大雅·生民》:“厥初生民,实维姜嫄。”句感慨于时下彼此的漠然,而又顾念当初的同源关系。 ⑤礼服:丧服。古代丧礼,丧服以血缘亲疏关系,由重到轻依次为斩衰(cuī)、齐衰、大功、小功、缌(sī)麻五种。此言家缘关系。 ⑥眇徂:眇,同“渺”,辽远。徂,往,逝。指岁月逝去久远。 ⑦行路:即前文“路人”。眷然:恋慕,思念。踌躇:犹豫不决。句指顾及形同路人的关系,相认之前一直犹豫不决。 ⑧於(wū)穆:赞叹之辞。《诗经·周颂·清庙》:“於穆清庙。”毛传:“於,叹辞也;穆,美。”令:美,善。令族即名望美好的世族。 ⑨允构斯堂:指儿子能够继承父业。允,诚,信,确实。构,构建,建造。《韩非子·五蠹》:“上古之世,人民少而禽兽众,人民不胜禽兽虫蛇,有圣人作,构木为巢,以避群害。”堂,古代宫室,前为堂,后为室,喻祖业。《尚书·大诰》:“若考作室,既底法,厥子乃弗肯堂,矧肯构?”这里反其意而用之。 ⑩谐气:和谐的气度。冬暄(xuān):如冬天阳光般煦暖。暄,暖和。 ⑪圭璋:玉之贵者。古人以玉比君子。孔子曰“君子比德如玉”。此二句赞长沙公气度温和,品德高贵。 ⑫“爰采”二句:此二句为赞美长沙公卓然不群之才情品质。“爰”、“载”皆句首语助词。《诗经·邶风·凯风》:“爰有寒泉,在浚之下。”《诗·鄘风·载驰》:“载驰载驱,归唁卫侯。”“采春华”、“警秋霜”犹言“采如春华”、“警如秋霜”,即谓长沙公有如春华之光彩,如秋霜之颖异。

警,警拔,出众拔俗。后世《梁书·王暕传》:“年数岁,而风神警拔,有成人之度。” ⑬钦:敬。 ⑭云:语助词。遘(gòu):相遇。句谓余与长沙公相遇,公位居尊,而余居长,初见时若忘了乃为同族。 ⑮“言笑”二句:意谓初识欢笑始而未久便各奔西东。⑯三湘:长沙公封地。九江:渊明居地。“遥遥”、“滔滔”言二人相去甚远且险阻重重。 ⑰“山川”二句:行李:使者。《左传·僖公三十年》:“行李之往来,共其乏困。”此二句寄诗人殷切深情,谓即便相去遥远,亦当书信往还,以宽慰思念之情。 ⑱写心:写,通“泻”,宣泄。《诗经·小雅·蓼萧》:“既见君子,我心写兮。”写心即宣泄心情。 ⑲贻:赠。《诗经·邶风·静女》:“静女其娈,贻我彤管。”话言:善言,即本诗。《诗经·大雅·抑》:“其维哲人,告之话言。”毛传:“话言,古之善言也。” ⑳“进篑”二句:语自《论语·子罕》:“子曰:‘譬如为山,未成一篑,止,吾止也。譬如平地,虽覆一篑,进,吾往也。”篑:土筐。 ㉑敬:戒慎,不懈怠。《诗经·周颂·闵予小子》:“维予小子,夙夜敬止。” ㉒款襟:畅叙情怀。辽:辽远,谓遥而无期。 ㉓音问其先:意谓彼此相隔遥远,畅叙情怀亦将遥遥无期,故唯有互通书信方为联系之要。

【品评】

长沙公原是晋大司马陶侃的封号(长沙郡公)。当时的制度是父爵子袭。据《晋书·陶侃传》载,陶侃的五世孙陶延寿继承了长沙郡公的爵位,他与陶渊明是同宗且处同一个时代。陶渊明是陶侃的四世孙,比陶延寿长一辈。故诗中说“祖同出大司马”、“同源分流”。尽管如此,还是由于支系略远而形同路人,这不禁令颇重亲情的渊明有些失意，“眷然踌躇”。但临别之言，渊明并无抱怨而是以长者口吻，述先祖之洪烈，赞宗族之美德，而长沙公又能“允构斯堂”、“实宗之光”，颂扬其继承祖业的才识与功绩。这是一种长者的期盼与肯定。“言笑未久，逝焉西东”道出即将离别的不舍，二人言谈相投，惜别之情自然而生，“逝焉西东”乃见聚散匆遽，失意与怅然交渗其中。临别寄殷勤之意这是必然，更何况二人又是同宗之亲。此地一别有“三湘”、“九江”阻隔，路途遥远，希望能书信相通，聊慰相思之痛。“进篑虽微，终焉成山”句，这是渊明对长沙公的劝勉，虽为临别之言，但能见出渊明勉励长沙公继续进德修业再荣宗族的真诚。全诗以长者口吻，娓娓道来，既道出自己与长沙公的宗族亲情，又体现出长者对晚辈的殷切关爱，语气和蔼，态度恳切，体现出诗人重视立身处世的积极人生态度和对亲情关系的敬重。

酬丁柴桑[①]

有客有客，　爰来爰止。[②]
秉直司聪，　惠于百里。[③]
飧胜如归，　聆善若始。[④]
匪惟谐也，　屡有良游。[⑤]
载言载眺，　以写我忧。[⑥]
放欢一遇，[⑦] 既醉还休。[⑧]
实欣心期，　方从我游。[⑨]

【注释】

①丁柴桑:柴桑姓丁的县令,其接替弃官归隐的刘程之。 ②有客:指丁柴桑,因其为官来此,故曰“有客”。意即丁柴桑以为官之故来此居住。 ③秉:持。秉直,即持守正义。司聪:《左传·昭公九年》:“汝为君耳,将司聪也。”盖职于听察以闻其上,故曰“司聪”。惠于百里:百里,百里之地,昔者一县范围。《汉书》注曰:“县大率百里,其人稠则盛,稀则旷也。”惠,恩泽。言丁柴桑善政泽被一县。 ④“飧(sūn)胜”二句:语与“从善如登,从恶如崩”同。飧:一作“餐”,服食,此指吸取。胜:胜理。如归:喻欣然纳之,谓汲取胜理如归家般和乐容易。聆善:一作“矜善”。若始:喻善言闻数次亦如初闻者虚心接纳。观诗首章六句(诸家疑佚二句)皆赞丁柴桑为政之绩惠及百里,“飧胜”与“聆善”相辅,谓丁柴桑从谏如流之德。 ⑤匪惟:不仅。谐:和谐。良游:指愉快的游赏。意谓二人不仅情投意合、关系融洽,而且屡有欢笑从游之乐。 ⑥以写我忧:语出《诗经·邶风·泉水》:“驾言出游,以写我忧。”郑玄注:“写,除也。” ⑦放欢:尽欢。 ⑧既醉:尽醉。 ⑨心期:以心相许,两心契合。意谓二人始交游即定交知己,实为快心之事。

【品评】

柴桑县是陶渊明的家乡,柴桑县令刘程之于元兴二年(403)弃官归隐,接替他的便是诗题中姓丁的县令。首章盛赞丁柴桑的为政美德。作为一县之长,能“飧胜如归,聆善若始”,是为政“惠于百里”的明证。后经“匪惟谐也,屡有良游”一转,至于次章,追忆二人携手相游之趣。“放欢一遇，既醉还休”的无拘无束的生活是诚可乐处。诗于浓郁的情意之中呈现出二人和谐欢悦的交游气氛。

答庞参军并序

庞为卫军参军，[①]从江陵使上都，[②]过浔阳见赠。

衡门之下，[③] 有琴有书。
载弹载咏， 爰得我娱。
岂无他好， 乐是幽居。[④]
朝为灌园，[⑤] 夕偃蓬庐。[⑥]
人之所宝， 尚或未珍。[⑦]
不有同好， 云胡以亲？[⑧]
我求良友， 实觏怀人。[⑨]
欢心孔洽， 栋宇惟邻。[⑩]
伊余怀人， 欣德孜孜。[⑪]
我有旨酒， 与汝乐之。[⑫]
乃陈好言， 乃著新诗。
一日不见， 如何不思。[⑬]
嘉游未斁， 誓将离分。[⑭]

送尔于路，衔觞无欣。[15]
依依旧楚，[16]邈邈西云。
之子之远，良话曷闻。[17]
昔我云别，仓庚载鸣。
今也遇之，霰雪飘零。[18]
大藩有命，[19]作使上京。
岂忘晏安，[20]王事靡宁。[21]
惨惨寒日，[22]肃肃其风。
翩彼方舟，[23]容与江中。[24]
勖哉征人，[25]在始思终。[26]
敬兹良辰，[27]以保尔躬。[28]

【注释】

①庞参军：其人不详。参军：古代官职名，是王、相或将军的军事幕僚。 ②江陵：地名，在今湖北江陵。使：出使。上都：京都，时在建康(今江苏南京)。 ③衡门：横木为门，言室陋也。衡门之下：《诗经·陈风·衡门》：“衡门之下，可以栖迟。” ④幽居：独处，指隐居。 ⑤灌园：浇灌田园。《列女传》：“楚王闻于陵子终贤，欲以为相。妻曰：‘夫子织屦以为食……左琴右书，乐亦在其中矣。’遂相与逃而为人灌园。”此指归隐。 ⑥偃(yǎn)：仰卧，指休息。《诗经·小雅·北山》：“或息偃在床，或不已于行。”蓬庐：犹茅舍，意指居室简陋。《淮南子·本经训》：“民之专室蓬庐，无所归宿。” ⑦“人之所宝”二句：《左传·襄公十五年》：“宋人或得玉，献诸子罕。子罕弗受。献玉者曰：‘以示玉人，玉人以为宝

也，故敢献之。'子罕曰：'我以不贪为宝，尔以玉为宝。若以与我，皆丧宝也。不若人有其宝。'"宝：珍惜。名词用如动词。 ⑧同好：爱好相同，谓志同道合。意本《礼记·儒行》："儒有合志同方，营道同术，并立则乐，相下不厌。"云胡：如何。意谓人无相同之好，不能亲近。 ⑨觏(gòu)：遇见。怀人：思念之人，指庞参军。⑩孔：甚，很。洽：谐和，和睦。栋宇：房屋。惟：语助词。言二人相交甚为欢心谐和，且又比邻而居。此二句语涉双关：一是庞参军尝与诗人为邻。渊明五言《答庞参军》诗序"自尔邻曲，冬春再交"可证。二是以德为邻，即"不有同好，云胡以亲"意。 ⑪欣德：喜好德操。孜孜：勤勉貌。《尚书·君陈》："惟日孜孜，无敢逸豫。" ⑫"我有"二句：《诗·小雅·鹿鸣》："我有旨酒，以燕乐嘉宾之心。"旨酒：美酒。《诗经·小雅·正月》："彼有旨酒，又有佳殽。"龚斌《陶渊明集校笺》作"旨洒"。误。 ⑬"一日"二句：《诗经·王风·采葛》："一日不见，如三秋兮。" ⑭嘉游：美好的、令人愉快的交游。斁(yì)：厌倦。誓：同"逝"，往。 ⑮衔：含。衔觞，指饮酒。 ⑯依依：思恋不舍貌。《玉台新咏·古诗为焦仲卿妻作》："举手长劳劳，二情同依依。"旧楚：楚国旧都于郢，故言，即今江陵。 ⑰良话：善言。意谓庞参军此去甚远而二人难于听到交心之谈。 ⑱"昔我"四句：化用《诗经·小雅·采薇》："昔我往矣，杨柳依依。今我来思，雨雪霏霏。"云：语助词，无义。仓庚：黄莺。霰(xiàn)：小雪珠。《诗经·小雅·頍弁》："如彼雨雪，先集维霰。" ⑲大藩：藩王，当指宜都王刘义隆。 ⑳晏安：闲乐安逸。 ㉑靡宁：不宁。靡，无。 ㉒惨惨：暗淡无光貌。后世庾信《伤心赋》："天惨惨而无色，云苍苍而正寒。" ㉓翩：舟疾进。方舟：两船相并。 ㉔容与：缓慢不进。《楚辞·九章·涉江》："船容与而不进兮，淹回水而凝滞。"江淹《别赋》："棹容与而讵前？马寒鸣而不息。" ㉕勖（xù）：勉励。征人：远行之人，指庞参军。㉖在始思终：此句承前句意，祝语庞参军要慎始善终。 ㉗敬：戒慎。即言珍惜眼下美好时光。 ㉘躬：身体。

【品评】

此诗当作于宋少帝景平二年（424），是年秋八月改元为元嘉元年，渊明时年六十。全诗共分六章，章章相连，层层相生，气象声响，宛如诗三百。诗中既写出幽居之乐，交情之厚，又写出赠别之意。首章写诗人幽居之乐。偃卧衡门之下，琴书相伴，无人事之劳，但有灌园劳碌之欢欣。二至四章写与庞参军的交情。二人德相尚，酒共饮，作诗唱和，志趣相同，故能彼此亲近，"欢心孔洽，栋宇惟邻"。二人所居"惟邻"为其接近创设了便利条件，然若无相志趣，所居虽近而无益，故此"邻"恐所谓"与心为邻"。第四章写离别之痛楚，此等痛楚不仅仅是"衔觞无欣"的惨淡之情，更是知心者远去，"良话曷闻"的揪心。第五章道出此次离别的原委，是"王事靡宁"，庞参军依然不得已要从命而去。末章乃赠别之意，希望友人身处此世，敬始善终，"以保尔躬"，表现出对友人殷殷的勖勉之情。马墣《陶诗本义》卷一谓："六首首首相接，层层相声。第五首言今日之别乃为王事，不得已也。末首临别赠言，相勖以德，而德则始终归重之意，见于第二首之'怀人'，第三首之'欣德'者也。六首章法皆藕断丝连，其情胜也。"

劝　农

悠悠上古，　厥初生民。[①]
傲然自足，　抱朴含真。[②]
智巧既萌，[③] 资待靡因。[④]
谁其赡之，[⑤] 实赖哲人。[⑥]
哲人伊何，　时为后稷。[⑦]
赡之伊何，　实曰播殖。[⑧]
舜既躬耕，　禹亦稼穑。[⑨]
远若周典，　八政始食。[⑩]
熙熙令德，[⑪] 猗猗原陆。[⑫]
卉木繁荣，　和风清穆。[⑬]
纷纷士女，　趋时竞逐。[⑭]
桑妇宵兴，[⑮] 农夫野宿。
气节易过，　和泽难久。[⑯]
冀缺携俪，[⑰] 沮溺结耦。[⑱]
相彼贤达，[⑲] 犹勤垄亩。
矧伊众庶，[⑳] 曳裾拱手！[㉑]
民生在勤，　勤则不匮。[㉒]
宴安自逸，　岁暮奚冀？[㉓]
儋石不储，[㉔] 饥寒交至。

顾尔俦列，[25] 能不怀愧？
孔耽道德，樊须是鄙。[26]
董乐琴书，田园不履。[27]
若能超然，[28] 投迹高轨。
敢不敛衽，[29] 敬赞德美。

【注释】

①厥初生民：当初的人民。《诗经·大雅·生民》："厥初生民，时维姜嫄。"厥，其。生民，人民。 ②抱朴：《老子》："见素抱朴，少私寡欲。"意即襟怀质朴，不为外物诱惑而失去本真。真：本原，本性。《庄子·渔父》："礼者，世俗之所为也。真者，所以受于天也，自然不可易也，故圣人法天贵真，不拘于俗。" ③智巧：智谋与巧诈。《韩非子·扬权》："圣人之道，去智与巧，智巧不去，难以为常。" ④资待：资给，供给。靡因：无来由。即没有来源，没有依靠。意思是人们因物欲膨胀而供给无法满足。⑤赡（shàn）：使充裕，富足。形容词用如使动。 ⑥哲人：指明达而才智超常之人。 ⑦后稷：古代周之始祖。相传有邰氏之女姜嫄踏巨人脚迹怀孕而生，善种植，曾为虞舜时的农官。⑧"赡之伊何"二句：如何使民富足呢？唯有种植。殖：种植。"殖"、"植"古通。 ⑨舜、禹：远古时的明君。躬耕：亲自耕种。《史记·五帝本纪》："舜耕历山。"《论语·宪问》："禹稷躬稼，而有天下。"稼：播种。穑：收获。 ⑩八政：《周书·洪范》："八政：一曰食，二曰货，三曰祀，四曰司空，五曰司徒，六曰司寇，七曰宾，八曰师。"而八政以"食"为首，故曰"八政始食"。 ⑪熙熙：

和乐貌。《老子》:“众人熙熙,如享太牢,如登春台。”令德:美德。⑫猗猗:美盛貌。《诗经·卫风·淇奥》:“瞻彼淇奥,绿竹猗猗。”指禾苗茂盛。原陆:指田野,农田。 ⑬穆:淳和,温和。《诗经·大雅·烝民》:“吉甫作颂,穆如清风。”清穆,喻清平之时。⑭趋时竞逐:指不违农时,竟相耕种。 ⑮宵兴:早起。兴,起。《诗经·卫风·氓》:“夙兴夜寐,靡有朝矣。” ⑯泽:雨露。谓农时节气短促易逝,惠风时雨难以久驻。此宜惜时之意。 ⑰冀缺:春秋时晋国人。初,安贫躬耕。《左传·僖公三十三年》:“臼季使过冀,见冀缺耨。其妻馌(给在田耕作的人送饭)之,敬,相待如宾,与之归。”后为晋卿,理国政。俪:配偶。 ⑱沮溺结耦(ǒu):《论语·微子》:“长沮、桀溺耦而耕。”长沮、桀溺,代指春秋时的两位隐士,名皆不实。耦:耦耕。古代耕田方法之一。⑲相:观察,仔细看。《诗经·鄘风·相鼠》:“相鼠有皮,人而无仪。”贤达:有才德、声望高的人。《后汉书·黄宪传》:“太守王龚在郡,礼进贤达。” ⑳矧:何况。《诗经·小雅·伐木》:“相彼鸟矣,犹求友声。矧伊人矣,不求友生。”众庶:一般百姓。 ㉑曳裾(jū)拱手:意即无所事事。曳,拖,拉。裾,衣襟,尤指大襟。拱手,两手相合。贾谊《过秦论》:“秦人拱手而取西河之外。”㉒“民生”二句:《左传·宣公十二年》:“民生在勤,勤则不匮。”民生:人生。匮:缺乏,匮乏。 ㉓“宴安”二句:闲逸安乐,无所事事,年终会有什么希望呢?即无耕作便无收获。宴:乐。 ㉔儋(dān)石不储:一点粮食都不储存。儋石,亦作“担石”。《通雅·算数》:“《汉书》一石为石,再石为儋。”言米粟不多。《汉书·扬雄传上》:“家产不过十金,乏无儋石之储。” ㉕顾:看。俦:同辈。《三国志·魏书·高柔传》:"萧(何)曹(参)之俦,并以元勋。" ㉖"孔耽"二句:《论语·子路》:"樊迟请学稼。子曰:'吾不如老农。'请学为圃。曰:'吾不如老圃。'樊迟出。子曰:'小人哉,樊须也!……焉用稼?'"耽:嗜好,过乐谓耽。樊须是鄙:宾语前置。是,提宾标志。鄙,鄙视,看不起。 ㉗董:董仲舒,汉代学者。田园不履(lǚ):《汉书·董仲舒传》说他专心读书,"三年不窥园",有三年没到园中去。履,踩踏。 ㉘超然:不在意。《老子》:"燕出超然。"王弼注:"不以经心也。"此指不以农耕为意。 ㉙敛衽(liǎn rèn):犹敛袂,整理衣袖,表示敬重。

【品评】

《癸卯岁始春怀古田舍》诗云:"秉耒欢时务,解颜劝农人。"本诗题曰《劝农》,亦当作于元兴二年癸卯(403年)。全诗共六章,第一章言上古之时百姓的朴素生活。第二章追述后稷播植自给,舜、禹躬耕稼穑,皆以农为重。第三章写古时士女竞相耕作,时代清明,农人安然自逸。"桑妇宵兴,农夫野宿",其辛勤耕作之乐可见。第四章写古代圣贤尚且躬耕,众人庶士更当勤于耕种,以保自安。第五章谈耕作的重要性。"民生在勤,勤则不匮"是劝农的根本所在,否则便会斗米不储,"饥寒交至"。第六章反面强调要重视农耕,孔子、董仲舒之举高不可攀,既不进德修业又不勤于稼穑者,是为下之又下者。全诗环环相扣,强调农耕对生计的重要意义,即便舜禹那样的贤君、贤达的隐士,都躬耕自保,更何况普通的百姓呢?然劝农躬耕是其一意。诗人于劝农耕作中呈现出的"卉木繁荣,和风清穆"的上古气象,"傲然自足,抱朴含真"的淳朴民风,是其真正仰慕的对象。诗人写景观物，情致高远，无不体现出旷远性情。吴菘《陶论》：“劝农六章，节节相生。第三章言虞、夏、商、周，熙熙之世，士女皆农。第四章言叔季即贤达亦隐于农，矧众庶而可游手乎？第五章正言劝农，第六章反言劝农，章法好绝。”

命　子

悠悠我祖，　爰自陶唐。①
邈为虞宾，② 历世重光。
御龙勤夏，　豕韦翼商。③
穆穆司徒，　厥族以昌。④
纷纷战国，　漠漠衰周。⑤
凤隐于林，　幽人在丘。⑥
逸虬绕云，　奔鲸骇流。⑦
天集有汉，　眷予愍侯。⑧
於赫愍侯，　运当攀龙。⑨
抚剑风迈，　显兹武功。⑩
书誓山河，　启土开封。⑪
亹亹丞相，　允迪前踪。⑫
浑浑长源，　蔚蔚洪柯。⑬
群川载导，　众条载罗。⑭
时有语默，　运因隆窊。⑮

在我中晋，业融长沙。[16]

桓桓长沙，伊勋伊德。[17]

天子畴我，专征南国。[18]

功遂辞归，[19] 临宠不忒。

孰谓斯心，而近可得。[20]

肃矣我祖，慎终如始。[21]

直方二台，惠和千里。[22]

于皇仁考，[23] 淡焉虚止。

寄迹风云，冥兹愠喜。[24]

嗟余寡陋，瞻望弗及。[25]

顾惭华鬓，[26] 负影只立。

三千之罪，无后为急。[27]

我诚念哉，呱闻尔泣。[28]

卜云嘉日，占亦良时。[29]

名汝曰俨，[30] 字汝求思。

温恭朝夕，念兹在兹。[31]

尚想孔伋，庶其企而。[32]

厉夜生子，遽而求火。[33]

凡百有心，奚特于我！[34]

既见其生，实欲其可。[35]

人亦有言，斯情无假。[36]

日居月诸，渐免于孩。[37]

福不虚至，祸亦易来。[38]

夙兴夜寐，愿尔斯才。[39]

尔之不才，亦已焉哉。[40]

【注释】

①爰：乃。陶唐：指帝尧。尧初居于陶丘（今山东定陶），后迁居于唐（今河北唐县），因称陶唐氏。 ②虞宾：指尧之子丹朱。相传尧禅位给舜，舜待丹朱以宾礼，因称虞宾。《尚书·益稷》："虞宾在位。" ③"御龙"二句：《史记·夏本纪》："夏后氏德衰，诸侯畔之。天降二龙，有雌雄，孔甲不能食，未得豢龙氏。陶唐既衰，其后，有刘累，学扰龙于豢龙氏，以事孔甲。孔甲赐之姓曰御龙氏，受豕韦之后。"《左传·襄公二十四年》："范宣子曰：'昔匄之祖，自虞以上为陶唐氏，在夏为御龙氏，在商为豕韦氏。"即指陶唐氏的后代，在夏朝时为御龙氏，在商朝时为豕韦氏。勤：服务，效劳。翼：辅佐。 ④穆穆：仪态美好，容止端庄恭敬。多以此颂扬古代帝王。《礼记·曲礼下》："天子穆穆。"孔颖达疏："云天子穆穆者，威仪多貌也。"司徒：指周时陶叔。《左传·定公四年》："殷民七族，陶氏、施氏、繁氏、锜氏、樊氏、饥氏、终葵氏。""聃季授土，陶叔授民，命以《康诰》，而封于殷虚。"杜预注："陶叔，司徒。"陶氏为七族之一。以上陈唐尧、虞舜、夏、商、周之世，陶氏之显赫史。句谓至陶叔之世，陶氏得以再次昌盛。 ⑤漠漠：落寞。衰周：东周末期之王室。其时诸侯纷争而王室衰微，相较而言王室默然无作为，故曰漠漠。 ⑥凤隐：喻退隐。幽人：隐士。意谓战国纷乱之世贤达隐逸，陶氏亦如凤凰归蔽山林。 ⑦逸虬（qiú）绕云：俊逸的虬龙盘绕云间。虬，龙有角谓之龙，无角谓之虬。奔鲸骇流：

狂奔的鲸鱼决起于巨浪激流中。此二句盖谓当此群雄竞起、狂暴纵横的乱世之势。 ⑧集:成功。《左传·襄公二十六年》:“今日之事幸而集,晋国赖之;不集,三军暴骨。”天集:盖谓上天佑之而成功。眷:眷顾。愍侯:汉高祖时右司马愍侯陶舍。句谓幸得上天保佑和眷顾,汉业得成,陶舍得封。 ⑨於:叹词。赫:显耀。运:时运。攀龙:《法言·渊骞》:“攀龙鳞,附凤翼,巽以扬之,勃勃乎其不可及也。”旧时以龙喻天子,此指追随帝王建功立业。句承上一句而言,进行进一步阐发。 ⑩显兹武功:谓陶舍曾追随汉高祖刘邦击燕代,建武功。 ⑪书誓山河:史载高祖与功臣盟誓曰:“使河如带,泰山若砺,国以永宁,爰及苗裔。”句谓陶舍亦得以封地开封(今属河南),称开封侯。 ⑫亹(wěi)亹:勤勉不倦貌。丞相:指陶舍之子陶青。《汉书·百官公卿表》:孝景二年八月,御史大夫陶青为丞相。允:诚然,确实。迪:实行,承继。《汉书·叙传下》:“汉迪于秦,有革有因。”此谓陶青确实承继父辈功业。 ⑬浑浑:水流盛大貌。蔚:草木茂盛。洪:大。此以滔滔大河、蔚蔚大树喻陶氏家族兴盛。 ⑭罗:罗列,布列。此二句同前,以群川导于长源、众枝罗布洪柯喻陶氏家族的后代虽支派分散,但皆源于鼻祖。 ⑮时:指时运。语默:指出仕与隐逸。《周易·系辞》:“君子之道,或出或处,或语或默。”此意盖言家道盛衰。隆:高起、兴盛。窊(wā):地势低下。隆窊,谓地势高低不平,引申为起伏、高下。 ⑯中晋:犹言晋世之中,即东晋。融:显赫。业融,即功业昭著显赫。长沙:指陶渊明曾祖父陶侃。句谓陶侃曾因功封东晋长沙郡公。 ⑰桓桓:威武貌。《尚书·牧誓》:“尚桓桓,如虎如貔,如熊如罴。”盖谓长沙公陶侃功勋卓著，德行昭然。 ⑱畴：通“俦”，使相等。《国语·齐语》：“人与人相畴，家与家相畴。”专征：言诸侯将帅得权于上而可自专征伐。南国：南方诸侯之国。陶侃曾都督荆、湘、江等州军事，有平叛之功，故言专征南国。句谓陶侃所受的恩宠极盛。 ⑲遂：成。辞归：《晋书》本传载，陶侃逝世的前一年，曾上表逊位。⑳斯心：指“功遂辞归，临宠不忒”之志。近：近世。此谓如陶侃之志，近世诚难得。 ㉑慎终如始：意如《答庞参军》“在始思终”，谓凡事谨慎从之，善始善终。 ㉒直方：正直。二台：指内台外台。据《汉官仪》：“御史台内掌兰台秘书，外督诸州刺史，故以御史台为内台，刺史治所为外台。”《易·坤·文言》有“君子敬以直内，义以方外”之说。千里：郡守辖千里之地。陶渊明祖父陶茂，曾为武昌太守。意如《酬丁柴桑》“惠于百里”之句。此言渊明祖父陶茂端方正直，为朝廷内外之典范，为政惠及一郡之民。 ㉓皇：犹言显，美。仁考：慈父。考：父生谓之父，死谓之考。 ㉔寄迹：犹言托身。风云：比喻际遇，即仕途。冥兹愠喜：《论语·公冶长》：“令尹子文三仕为令尹，无喜色，三已之，无愠色。”冥，暗昧不明貌。此言先父虽寄身宦海，但却能恬淡为之，不以得喜，不以失悲。 ㉕寡陋：见闻狭窄，学识浅薄。《礼记·学记》：“独学而无友，则孤陋而寡闻。”句谓自己孤陋寡闻，对先辈也只能望尘莫及。 ㉖华鬓：两鬓花白。 ㉗三千之罪：《孝经》：“五刑之属三千，而罪莫大于不孝。”又《孟子·离娄》：“孟子曰：‘不孝有三，无后为大。’”急：犹先。此言因无子而心生惭愧。㉘呱：小儿啼哭之声。 ㉙卜、占：占卜，占卜以知吉凶。此谓儿子生日为吉日良辰。 ㉚俨（yǎn）：恭敬，庄重。 ㉛温恭：温和恭敬。念兹在兹:《尚书·大禹谟》:“帝念哉,念兹在兹。”此言意在戒子勿忘乃父命名之意,为人当温和恭敬。 ㉜孔伋(jí):字子思,孔子之孙。庶:庶几,希望语气。企:企及,赶上。此希望俨成人之后亦如孔伋继承孔子之业一样能传承并光大祖业。㉝厉:同“疠”,患癞病的人。喻不才之人。遽:急,骤然。此二句本《庄子·天地》:“厉之人夜半生其子,遽取火而视之,汲汲然唯恐其似己也。”意谓恐子如己一事无成。 ㉞凡百:众人。《诗经·小雅·雨无正》:“凡百君子,各敬尔身。”“凡百”乃“凡百君子”之省。谓望子有为之心人皆有之。 ㉟可:好。称赞语。㊱“人亦有言”二句:意谓人皆愿其子优于己,弗望不如己,这是人之真情,故曰“斯情无假”。 ㊲“日居月诸”二句:《诗经·邶风·日月》:“日居月诸,照临下土。”意思是说时光一天天地过去。居、诸:皆语助词。孩:幼儿。古人以二三岁者为孩提,即幼儿。言随岁月流逝,陶俨亦将长大成人。 ㊳“福不虚至”二句:《淮南子·缪称训》:“行合而名副之,祸福不虚至矣。”意在戒子成人之后当谨慎处世,须知祸福不会凭空而至。 ㊴夙兴夜寐:早起晚睡。言勤奋不怠。愿尔斯才:希望你成才。意即勤奋不怠,方能成才。 ㊵亦已焉哉:《诗经·卫风·氓》:“反是不思,亦已焉哉。”言若尔成人而不才,亦属无可奈何之事。

【品评】

此诗为诗人初得长子俨时所作。全诗共十章,前六章追述陶氏宗族先祖的功德。陶氏起于陶唐,历有汉一代,至于中晋,中间虽经“纷纷战国,漠漠衰周”,不得已而隐于丘林,但祖业渐宏，晚辈后生终当谨记。昔者屈原作《离骚》抗言曰：“帝高阳之苗裔兮，朕皇考曰伯庸；摄提贞于孟陬兮，惟庚寅吾以降。”屈原以高阳之苗裔自居，盖言其出身之正，而言行为之端。此渊明述祖之德，持此以示其子，必使知先祖之德业，策而励之，冀其将以有为而不弃掷光阴。后四章，言得子之欢心与“命子”之用意。“三千之罪，无后为急”为盼子之切，“呱闻尔泣”见惊闻之喜。同时又以成人的阅历敬告其子“福不虚至，祸亦易来”。诗以恢宏之势述先祖德业，以冀子俨能光大之。然渊明虽有愿子光大之心，但于此并不苛责，谆谆告诫之情深，但又委之天运，不以己愿苛求之。“尔之不才，亦已焉哉”乃见渊明旷达之处。

归　鸟

翼翼归鸟，[①]　晨去于林。
远之八表，　近憩云岑。[②]
和风弗洽，　翻翮求心。[③]
顾俦相鸣，　景庇清阴。[④]
翼翼归鸟，　载翔载飞。
虽不怀游，　见林情依。[⑤]
遇云颉颃，　相鸣而归。[⑥]
遐路诚悠，　性爱无遗。[⑦]
翼翼归鸟，　驯林徘徊。[⑧]
岂思天路，　欣及旧栖。[⑨]

虽无昔侣，众声每谐。⑩
日夕气清，悠然其怀。⑪
翼翼归鸟，戢羽寒条。⑫
游不旷林，宿则森标。⑬
晨风清兴，好音时交。⑭
矰缴奚施，已卷安劳。⑮

【注释】

①翼翼：鸟飞翔貌。屈原《楚辞·离骚》："高翱翔之翼翼。"此有闲适之态。 ②岑：小而高之山。张衡《南都赋》："幽谷嶜(qín高锐貌)岑，夏含霜雪。"云岑，高耸入云霄之山。 ③洽：合。翻翮：掉转翅膀。意谓和风未合于心，振翅高飞以求志同道合者以遂本心。 ④顾：顾盼，相望。俦：同伴，伴侣。景：同"影"。清阴：犹美荫。此盖谓林木浓密，颇惬于心。 ⑤"虽不"二句：谓虽然并不想出游，但唯林荫惬心，故见之而情不舍。怀游：眷念于远游。依：依恋，不舍貌。 ⑥颉颃(xié háng)：鸟飞上下貌。意谓遇云阻隔，遂相约归去。 ⑦性：《荀子·正名》："生之所以然者谓之性。"能生而尽其本性为无遗。此言归路虽悠远，但得适性而心怡之。 ⑧驯：顺。徘徊：来回走。归鸟依林木周飞，盖言其心有所思。 ⑨天路：暗喻通往腾达的仕途之路。旧栖：旧居，喻归隐之所。意谓非思高飞而登仕途之路，而是欣欣然于昔日栖居之地。 ⑩"虽无"二句：言旧居虽无旧侣，然新朋亦能志趣相投，情意甚笃。谐：和。 ⑪日夕气清：意同《饮酒》"山气日夕佳"。悠然其怀：使其怀悠然。此言境清佳而心自悠远，不为世俗所羁。

⑫戢(jí)羽:犹"戢翼",收敛翅膀。条:树枝。敛翅止息于树上。⑬旷:阔,隔。犹远离意。林:丛聚的树木。森:林木繁盛貌。标:树梢。句谓出游止息皆不离林木,即隐不复出。 ⑭清兴:清雅淡然的兴致。言乘风中逸兴遄飞,并时时以清妙之音交相鸣和。⑮矰缴(zēng zhuó):猎取飞鸟的射具。矰,古代射鸟用的拴有丝绳的短箭。缴,系在箭上的丝绳。《淮南子·说山训》:"好弋者先具缴与矰。"奚施:何所施用。《史记·留侯世家》:"虽有矰缴,尚安所施。"卷:同"倦",收藏。安劳:焉劳,何劳。这两句以归鸟远离矰缴的伤害,比喻人脱离世俗官场的倾轧迫害与束缚。陶渊明《感士不遇赋》:"密网裁而鱼骇,宏罗制而鸟惊。彼达人之善觉,乃逃禄而归耕。"其意同。

【品评】

本诗采用《诗经》中"比"的艺术手法,以归鸟喻己归隐之志。诗通过归鸟不遇"和风"归而求与心相合之同调者,表现出对"遐路诚悠,性爱无遗"的自由生活的向往与追求。"日夕气清"、"晨风清兴"的清新环境,"顾俦相鸣"、"相鸣而归"、"众声每谐"、"好音时交"的温馨之侣皆为诗人所向往,展现出其孤高脱俗的情趣与向往自由的心志。此诗以"归鸟"为题,显然有别于前期猛志存心的"高鸟"形象与心为形役的"羁鸟"形象,此处归鸟明显表达诗人亲近自然、回归自然的心志,这又归于诗人对政治现实的不满与畏惧(如诗中所言"矰缴奚施,已卷安劳"),从而把对精神的安慰寄托在农村生活的饮酒、琴书、作诗上。此种生活不仅没有空漠之感,相反却表现出对人生、生活的浓厚兴致。

卷之二　诗五言

形影神并序

贵贱贤愚，莫不营营以惜生，①斯甚惑焉。②故极陈形影之苦，③言神辨自然以释之。④好事君子，⑤共取其心焉。⑥

形赠影

天地长不没，　山川无改时。
草木得常理，　霜露荣悴之。⑦
谓人最灵智，　独复不如兹。⑧
适见在世中，　奄去靡归期。⑨
奚觉无一人，　亲识岂相思？⑩
但余平生物，　举目情凄洏。⑪
我无腾化术，　必尔不复疑。⑫
愿君取吾言，　得酒莫苟辞。⑬

【注释】

①营营：往来不绝貌。《诗经·小雅·青蝇》："营营青蝇，止于樊。"毛传："营营，往来貌。"朱熹注："往来飞声，乱人听也。"此有劳碌奔波、百计营求意。惜生：爱惜生命以期长生。　②惑：糊

涂。 ③极陈:详尽地陈述。 ④辨:辨析。自然:指自然之理。释:开释,排遣。 ⑤好事君子:关心喜欢此事之人。 ⑥其心:盖谓形尽而神亦灭之大义。 ⑦没:灭没,消亡。无改时:永恒不变。常理:事物永恒变化的规律。荣悴之:谓草木承露而荣,凌霜而凋,如此以至循环往复,可谓得恒久之道。此四句极言天地山川长久不易,草木凋伤犹能复荣,皆得自然之理。 ⑧本句谓人乃天地万物之灵贵者。许慎《说文解字》:"人,天地之性最贵者也。"《列子·杨朱篇》:"人肖天地之类,怀五常之性,有生之最灵者也。"兹:天地山川草木等不灭之道。 ⑨适:刚刚,才。奄去:忽然消失,即死亡。靡:无,没有。此二句谓刚刚见到其人尚在世间,一旦突然死去便无由再见。 ⑩"奚觉"二句:谓其人之逝,有谁会觉得世间少此一人呢?或许唯有亲人相识者还会聊有思念吧。如渊明《挽歌诗》所言"亲戚或余悲,他人亦已歌"。 ⑪平生物:生前之物。洏(ér):涕流貌。谓睹物思人,不觉涕泪泫然。⑫腾化术:修炼成仙之术。尔:那样,指死去。言既无成仙之术,死去毋须怀疑。 ⑬苟:苟且,草率。末二句谓人死既不得免,自当得酒纵饮,及时行乐。

【品评】

这是三首富于哲理性的组诗。形、影、神指人的肉体、影子、精神。此诗约作于晋义熙九年(413),诗人时年 49 岁。东晋十六国之际,战乱频仍,死亡枕藉,人们对生死问题极为关注,道教、佛教乘时流行。而渊明家乡庐山,时为南方佛教传播中心。庐山东林寺名僧慧远,大力宣扬净土宗教义,而渊明与慧远为方外交,哲学见解却不甚相同。此组诗即有感于慧远《形尽神不灭论》及《万佛影铭》而作。《万佛影铭》曰："廓矣大象，理玄无名，体神入化，落影离形。"表明形、影、神三者的关系。渊明此诗三首，通过形、影、神三者的对答，表明了自己的人生见解，以及对道教长生久视之妄说的辩驳。

《形赠影》直接反映出魏晋时期的人生意识，提出一个永恒的话题："天地长不没，山川无改时。草木得常理，霜露荣悴之。谓人最灵智，独复不如兹。"人的生命只有一次，又是如此脆弱不堪，当死亡来临之时，生命竟然变得若此苍白空虚。对于生者，惘然面对死亡的冷酷，进而伴之以哀愁、忧怨、悲苦甚至畏惧等消极情绪。"适见在世中，奄去靡归期。奚觉无一人，亲识岂相思？但余平生物，举目情凄洏。"亲识一朝死去无归期，睹物思人而生出悲凉与畏惧。渊明有极强的生命意识，他对死亡有着敏感而深刻的认识，但又不迷信于道家所谓的"长生久视"之说，而是清醒地认识到"天地赋命，生必有死"，"我无腾化术，必尔不复疑"，对生死能达观视之，剩下的问题便是如何度过短促的生命了。面对良辰美景，"得酒莫苟辞"，表现出纵酒行乐的人生态度。何焯《义门读书记》："首篇言百年忽过，行与草木同腐，此形必不可恃，当及时行乐。下篇反其意，不如立善也。"

影答形

存生不可言，[①] 卫生每苦拙。[②]
诚愿游昆华， 邈然兹道绝。[③]
与子相遇来， 未尝异悲悦。[④]

憩荫若暂乖，　止日终不别。⑤
此同既难常，　黯尔俱时灭。⑥
身没名亦尽，　念之五情热。⑦
立善有遗爱，　胡为不自竭。⑧
酒云能消忧，　方此讵不劣。⑨

【注释】

①存生：使生命永存。《庄子·达生》："世之人以为养形足以存生，而养形果不足以存生，则世奚足为哉！"　②卫生：犹言养生。《庄子·庚桑楚》："趎愿闻卫生之经而已矣。"拙：拙笨无良策。　③昆华：昆仑山和华山，据传为学仙得道之地。邈然：渺茫。言虽心慕仙道，然诚不可得。　④子：您，指形。未尝异悲悦：悲喜不曾相异过，即指形悲影亦悲，形喜影亦喜。句言形影相依不可分离状。　⑤"憩（qì）荫"二句：言休息于树荫下，形与影如同暂时分离，而驻于日光之下，形与影则永不分离。乖：分离。止日：即止于日光下。　⑥同：即形影相随。黯尔：黯然。谓影将随形黯然消失。此句言形既然必定会灭没，形影不离的情形也将难以长久。　⑦五情：曹植《上责躬应诏诗表》："形影相吊，五情愧赧。"刘良注："五情，喜、怒、哀、乐、怨。"亦泛言人之情感。热：激动。　⑧立善：《左传·襄公二十四年》："太上有立德，其次有立功，其次有立言，虽久不废。此之谓不朽。"古人称立德、立功、立言三不朽为立善。遗爱：恩惠泽被后世。胡为：为什么。竭：尽，谓尽力、努力。此二句言形影久留人世之念不可恃，而立善则可以惠及后世，实现身灭名存，我们应竭力为之。　⑨"酒云"二

句:谓酒虽然能解一时之忧,与立善相较,是又在立善之下。方:比较。讵(jù):岂。

【品评】

本诗题为《影答形》显然是有针对性的,正是针对上首诗中所言的“得酒莫苟辞”的人生当及时行乐的主张,沉溺酒中亦非人生全部,故而有《影答形》的人生见解。“存生不可言,卫生每苦拙”言对养生之术并不精通,欲求长生而不得。而影与形则又如此不可分割:“与子相遇来,未尝异悲悦。憩荫苦暂乖,止日终不别。”长生不得,影形故将终别,“身没名亦尽”。何以得此长生?“立善有遗爱,胡为不自竭。酒云能消忧,方此讵不劣。”立善可得长生,较酒之能消忧又超过百倍。因而主张以影之“立善求名”代替形所说之纵酒行乐。陈寅恪《陶渊明之思想与清谈之关系》:“此托为主张名教者之言,盖长生既不可得,则惟有立名即立善可以不朽,所以期精神上之长生。”此当注意,渊明心目中之“立善求名”自当别于名教中所言之“善”、“名”:渊明之“善”是本心的安宁,不求彰显于众人;其“名”乃是建立在自己本心安宁基础上的道德名节,而非他所批判的“但顾世间名”(《饮酒》其三)。

神　释

大钧无私力,① 万理自森著。②
人为三才中,③ 岂不以我故!④
与君虽异物,　生而相依附。⑤
结托善恶同,⑥ 安得不相语!⑦

三皇大圣人，　今复在何处？[8]
彭祖爱永年，[9]　欲留不得住。[10]
老少同一死，　贤愚无复数。[11]
日醉或能忘，　将非促龄具？[12]
立善常所欣，　谁当为汝誉？[13]
甚念伤吾生，[14]　正宜委运去。[15]
纵浪大化中，　不喜亦不惧。[16]
应尽便须尽，　无复独多虑。[17]

【注释】

①大钧：天或自然。钧本为造陶器所用的转轮，比喻造化。盖天造万物如钧制陶皿，故曰大钧。贾谊《鹏鸟赋》："大钧播物兮，坱圠（漫无边际貌）无垠。"无私力：谓造化之力没有偏爱。私，偏爱。　②万理：犹言万物。森：繁盛。　③三才：才亦作材，指天、地、人。《易·系辞下》："有天道焉，有人道焉，有地道焉，兼三材而两之。"　④以：因为。我：神自谓。此二句谓人之所以能得列三才之中，实乃因神之故。　⑤"与君"二句：谓神与形、影并非迥异之物，三者自产生之日起即相依相附，同生同灭。君：指形和影。　⑥结托：结交依托。谓相互依托，共同生存。互为依托故言"善恶同"，即善亦同善，恶亦同恶。　⑦安得：怎能。语：言，说，即释。　⑧三皇：指古代传说中的三个帝王，通常称伏羲、燧人、神农。盖言如圣皇、仁君、三皇者亦归于大限，而今不复存在。⑨彭祖：古代传说中长寿之人，至殷末活了八百岁。《楚辞·天问》："受寿永多，夫何久长？"王逸注："彭祖至八百岁，犹自悔不

寿，恨枕高而眠远也。”永年：长寿。曹操《龟虽寿》：“养怡之福，可得永年。” ⑩句谓欲永寿而不得。 ⑪复：再。数：气数，即命运。言寿之长短同是一死，老幼贤愚并无二致。 ⑫忘：指忘却对死亡的担扰。将非：岂非。促龄：促使人寿短。具：器，指酒。意即日日饮酒固然可以暂时忘却对死亡的忧虑恐惧，然饮酒却于无意之中伤身短寿。 ⑬“立善”二句：《庄子·养生主》：“为善莫近名，为恶莫近刑。”又《庄子·至乐》：“至誉无誉。”句意盖谓立善虽有遗爱之功，然形影神俱灭之后又当有何人誉汝，纵得誉汝之言又有何益。此句旨在强调人生当如道家所主张，无欲无为，无名无誉，委运自然。此别于形之“得酒莫苟辞”与影之“立善有遗爱”。 ⑭甚念：过多地考虑。念，考虑。 ⑮委运：随顺自然。⑯纵浪：放浪，即自由自在，无拘无束。大化：自然变化。《荀子·天论》：“四时代御，阴阳大化，风雨博施。”意即放浪于天地自然之中，了然于死生之外，无喜亦无忧。 ⑰言生命当尽则尽，毋须多虑。无：同“毋”，不要。

【品评】

本诗对形所主张的饮酒行乐与影主张的立善遗爱作阐释。诗首先还是从希求长生的话题入手，指出“三皇大圣人，今复在何处？彭祖爱永年，欲留不得住。老少同一死，贤愚无复数”。古今贤愚追求永年而不怠，但又无功而同于一死，这又为提出如何善待人生的主张做铺垫。之后对形与影二者的主张全部予以否定：“日醉或能忘，将非促龄具？”“立善常所欣，谁当为汝誉？”认为每日醉酒伤害生命，立善求名也只是外在的追求，劳心费神。应该做的应当是

“纵浪大化中，不喜亦不惧。应尽便须尽，无复独多虑”。这种任随自然的思想情趣，远比庄子的思想更具人情味，更有“为人生”的趣味；亦比老子“绝圣弃智”的主张更为活脱亲切。这种顺应自然、任真适性的人生态度，正是渊明终其一生所追求的。

九日闲居并序

余闲居，[①] 爱重九之名。[②] 秋菊盈园，而持醪靡由。[③] 空服九华，[④] 寄怀于言。

世短意常多，[⑤] 斯人乐久生。[⑥]
日月依辰至，[⑦] 举俗爱其名。[⑧]
露凄暄风息，[⑨] 气澈天象明。[⑩]
往燕无遗影，来雁有余声。[⑪]
酒能祛百虑，菊解制颓龄。[⑫]
如何蓬庐士，空视时运倾！[⑬]
尘爵耻虚罍，[⑭] 寒华徒自荣。[⑮]
敛襟独闲谣，[⑯] 缅焉起深情。[⑰]
栖迟固多娱，淹留岂无成？[⑱]

【注释】

①闲居：避人独居谓之闲居。《礼记·孔子闲居》郑玄注：“退

燕避人曰闲居。” ②爱重九之名：农历九月九日为重九，古人认为九属阳之数，故又称重阳。古有此日采菊之俗。曹丕《九日与钟繇书》：“岁往月来，忽复九月九日。九为阳数，而日月并应，俗嘉其名，以为宜于长久，故以享宴高会。”又《西京杂记》卷三：“九月九日，佩茱萸，食蓬饵，饮菊花酒，令人长寿。菊花舒时，并采茎叶，杂黍米酿之。至来年九月九日始熟，就饮焉。故谓之菊花酒。”以其“宜于长久”且饮菊花酒可令人长寿，故曰“爱重九之名”。 ③醪(láo)：浊酒。靡由：即无来由，指无从饮酒。 ④空服：服本食意，此谓徜徉菊园，独品其英，独赏其华。重阳佳日本当赏菊饮酒，然徒有“秋菊盈园”而无菊酒可饮，故言“空”也。九华：即菊花，华同“花”。 ⑤世短意常多：人生短促，而期永年之忧思不绝。句本《古诗十九首》“生年不满百，常怀千岁忧”意。⑥斯人：泛指，即人人。乐久生：乐于长生。 ⑦依辰至：(重阳)依时而至。辰，指日、月的交会点。《尚书·尧典》：“历象日月星辰。”注曰：“辰，日月所交会之地。” ⑧举俗爱其名：整个社会习俗都喜欢“重九”之名。语本曹丕《九日与钟繇书》“俗嘉其名”之句。 ⑨露凄：玉露寒清。凄，寒冷。暄风：暖风。 ⑩气澈：空气澄澈。天象明：天空明朗。天象，天文的景象。 ⑪“往燕”二句：言南去的燕子已消失得了无影踪，而北来的雁鸣声不绝于耳。⑫祛：除去。百虑：谓各种杂念。虑，忧。制：止。颓龄：衰暮之年。句谓酒能消除人的尘俗杂念而菊花能延滞衰朽，益年长寿。⑬如何：奈何。《诗经·秦风·晨风》：“如何如何，忘我实多。”蓬庐士：居于茅舍之人，即贫士，作者自指。空视：白白地看。时运：时节，即重九佳节。时运倾：谓时光流逝。句谓无奈何我隐居贫寒之士，徒然看着佳节匆匆而逝而无酒可饮。 ⑭尘爵耻虚罍(léi)：《诗经·小雅·蓼莪》："瓶之罄矣，惟罍之耻。"尘，名词用如动词，生尘。酒杯生尘言久未饮酒。耻，意动用法。罍，古代器名，用以盛酒或水。意指为罍虚空、爵生尘而感愧怍。 ⑮寒华：指秋菊。徒：徒然，白白地。荣：花。此指开花，用如动词。菊花岂知自荣乃徒然，但因渊明赏菊而无酒可饮，失意而发此言。⑯敛襟：整理因无酒可饮而产生的失意情绪。襟，心怀。谣：无弦而歌为谣。《诗经·魏风·园有桃》："我歌且谣。"毛传："曲合乐曰歌，徒歌曰谣。" ⑰缅：思貌。深情：盖指"栖迟固多娱，淹留岂无成"之悟。 ⑱栖迟：游息，指闲居。淹留：久留。曹丕《燕歌行》："慊慊思归恋故乡，何为淹留寄他方？"此指长期隐退。淹留岂无成：《楚辞·九辩》："蹇淹留而无成。"此反其意而用之。谓隐居本来就多有怡情愉志之事，又怎能说长期隐居就一事无成呢！

【品评】

九日，即农历九月九日，重阳节。此时菊花盛开，古人有饮菊花酒的习俗，认为可以益寿延年。陶渊明在本该举酒酣饮、独品逸菊的日子却"持醪靡由"，无酒可饮，只能"空服九华"，其"空"字乃见诗人的怅然之情。昔日无酒可饮，尚不足惜，今日无酒只能让"寒华徒自荣"，实在让他怅恨不已。然而此等怅恨并不能改变其固守田园的素愿，"栖迟固多娱，淹留岂无成"，恰是诗人守拙园田的心迹告白。诗人于闲散无聊之况而反得此逸兴，寄托可谓深远。

归园田居五首

其　一

少无适俗韵，[1] 性本爱丘山。
误落尘网中，[2] 一去三十年。[3]
羁鸟恋旧林， 池鱼思故渊。[4]
开荒南野际，[5] 守拙归园田。[6]
方宅十余亩， 草屋八九间。
榆柳荫后檐， 桃李罗堂前。
暧暧远人村，[7] 依依墟里烟。[8]
狗吠深巷中， 鸡鸣桑树颠。
户庭无尘杂，[9] 虚室有余闲。[10]
久在樊笼里， 复得返自然。[11]

【注释】

①适：适合。《诗经·郑风·野有蔓草》："邂逅相遇，适我愿兮。"韵：气韵，性情。句谓不与世俗合。颜延之《陶征士诔》："物尚孤生，人固介立。"萧统《陶渊明传》："渊明少有高趣。"皆洽合句意。②误：谓违背己愿入仕为官为误。尘网：人处世间，世事烦杂不得自由，如鱼陷网中，故言。此处指仕途。　③三十年：夸饰语，言为官度日之艰。　④"羁鸟"二句：言其久离园田而深思之。潘岳《秋

兴赋》:“譬犹池鱼笼鸟,有江湖山薮之思。” ⑤南野:一作“南亩”,即渊明诗《癸卯岁始春怀古田舍》中“在昔闻南亩”之“南亩”。⑥守拙:勤于耕稽,执守本性。拙,朴。《老子》:“大直若屈,大巧若拙,大辩若讷。”此当作弃绝机巧,委任自然意。 ⑦暧暧(ài):昏暗不明貌。屈原《离骚》:“时暧暧其将罢兮,结幽兰而延伫。” ⑧依依:隐约,依稀可辨貌。墟里:村落。 ⑨尘杂:尘俗琐事。 ⑩虚室:《庄子·人间世》:“虚室生白。”“唯道集虚,虚者,心斋也。”虚以纳物,静以观物,故曰“有余闲”、“心有常闲”。 ⑪“久在”二句:“樊笼”与“自然”相对,“樊笼”即在客观环境下的主观精神的拘束不自由,“自然”则指摆脱官场不自由的客观环境而得到的身心自由。

【品评】

诗人以禀性崇尚自然开篇,故而有谓出仕为误落尘网之说,“一去三十年”殊非确数,盖言身在官场度日如年之煎熬。复以“羁鸟”、“池鱼”喻己心为形役的为官生活,以“恋旧林”、“思故渊”喻己不变的园田情结。回归园田是其本心所趋,方宅、草屋的素朴,榆柳、桃李的清荫,狗吠、鸡鸣的静谧,为我们勾画出的是人与自然真诚的交流与融洽,此处没有官场的险恶与狡诈,只有温馨的甜美与安宁。“户庭无尘杂,虚室有余闲”,乡野生活岂无繁杂事务?此言远离官场俗务,不违己以随俗,生活单一而清静,身心自由而安逸。诗人于舒缓不经意中流露出高远的志趣。惠洪《冷斋夜话》:“东坡尝云:渊明诗初视若散缓,熟视有奇趣。如曰‘暧暧远人村,依依墟里烟’,‘狗吠深巷中,鸡鸣桑树颠’。大率才高意远，则所寓得其妙，如大匠运斤，无斧凿痕。”

其　二

野外罕人事，　穷巷寡轮鞅。①
白日掩荆扉，② 虚室绝尘想。
时复墟曲中，③ 披草共来往。④
相见无杂言，⑤ 但道桑麻长。
桑麻日已长，　我土日已广。⑥
常恐霜霰至，　零落同草莽。⑦

【注释】

①野外：郊野，指乡居。罕：少。人事：交际应酬之事，指世俗交往。穷巷：僻巷。《史记·陈丞相世家》：“家乃负郭穷巷，以弊席为门。”此有二意，一曰地僻，二曰心远。轮鞅：代指车马。鞅，套在马颈上的皮套。句谓隐居郊野，罕与世俗交接往来；偏僻的巷子里，很少有车马来往。　②掩：关闭。荆扉：柴门。　③时复：常常。墟曲：犹“墟里”，村落。　④披：分开。共来往：指与农人相来往。　⑤杂言：世俗尘杂的言谈。　⑥日：一天天地。名词用如状语。　⑦常恐：常常担心。霰：小雪珠。草莽：杂草。此见渊明事农之殷情。归田躬耕，无世间人事之虞，所虑者唯桑麻长势。

【品评】

本诗见得诗人完全沉浸在归田后的生活中。隐居郊野，罕与世俗交接往来，“白日掩荆扉”为息交绝游之举，于虚室中悠闲自适，断绝俗世尘想，一切只为农亩桑麻，“绝”字表达了渊明对俗世的彻底弃绝。仔细品读发现他尚没有从俗世的“尘想”中彻底摆脱出来，然而他正在努力忘却，足见其志。“相见无杂言，但道桑麻长。桑麻日已长，我土日已广”，农人间朴实真诚的关切与问候，实在是在言不由衷的宦海中难以听到的。“常恐霜霰至，零落同草莽”，连担心都显得如此单纯，“常恐”让我们触摸到了陶渊明纯真可爱的心理，也让我们看到他对淳朴的劳动生活发自内心的热爱，可见渊明真意惟在田园。

其　三

种豆南山下，　草盛豆苗稀。①
晨兴理荒秽，② 带月荷锄归。③
道狭草木长，　夕露沾我衣。④
衣沾不足惜，　但使愿无违。⑤

【注释】

①稀：稀疏。形容长势不佳。　②晨兴：早起。兴，起。理：治理，意即锄草。秽：田中多草。《汉书·杨恽传》：“田彼南山，芜秽不治。”　③带：同“戴”。荷（hè）：扛，担。《公羊传·宣公六年》：“有人荷畚自闺而出者。”　④夕露：即夜露。王粲《从军诗》：“草露沾我衣。”　⑤愿：指隐居躬耕之志。

【品评】

本诗语言朴实平淡，境界幽美。“种豆南山下，草盛豆苗稀”，语出平淡自然，不事雕饰而又亲切可感。也许是久别田园，农艺荒疏，用心耕作得来的却是茂盛的荒草掩盖下的稀疏的豆苗。如实的描写让人体会到诗人真诚自然的心。尽管田园荒疏，还是要勤于打理，“晨兴理荒秽，带月荷锄归”二句描绘了一幅美妙的荷锄夜归图。清晨早早来到田里，铲除荒草，然而又有谁知道他每一锄下去，铲除的还有心中尚未尽净的杂念呢？劳动归来，虽然独自一人，但有头顶弯弯的新月作伴，沐浴着清侵肌肤的晚风，吸一口清新的空气，足以荡尽劳动带来的形体的劳顿，这是一幅多么美好的月夜归耕图啊！其中洋溢着诗人心情的愉快和归隐的自豪，还有朦胧的月光下映现出的诗人单纯的心灵底色。“夕露沾我衣”，朴素如随口而出，不见丝毫修饰。这自然平淡的诗句融入全诗醇美的意境之中，使口语的平淡和诗意的醇美和谐地统一，形成陶诗平淡醇美的艺术特色。“衣沾不足惜，但使愿无违”，“衣沾”固然是实写，但这又未尝不是在说躬耕的辛苦，然诸多辛苦并不能改变归耕之愿。这“愿”是诗人毅然按照自己的愿望生活，不要在污浊的官场中失去自我，不再“为五斗米折腰”的理想。这是为在清新自然的田园中保存本真自我的努力。本诗语言清而微，朴而真，有乐府诗般的幽厚之气。

其　四

久去山泽游，　浪莽林野娱。[①]
试携子侄辈，[②] 披榛步荒墟。

徘徊丘陇间，[3] 依依昔人居。[4]
井灶有遗处， 桑竹残朽株。[5]
借问采薪者， 此人皆焉如？[6]
薪者向我言， 死没无复余。
一世异朝市， 此语真不虚。[7]
人生似幻化，[8] 终当归空无。[9]

【注释】

①去：离开。句谓长时间荒废山泽之游。浪莽：犹“浪孟”，放纵貌。潘岳《笙赋》：“罔浪孟以惆怅，若欲绝而复肆。”句谓长时间废弃了山泽之游，放纵于林野的欢娱之情。 ②试：姑且。③丘陇：坟茔。《礼记·月令》：“审棺椁之薄厚，茔丘陇之大小、高卑、厚薄之度。” ④依依：依稀可见。 ⑤“井灶”二句：此乃“依依”之所见。“井灶有遗处”盖本《墨子·旗帜》：“井灶有处。”残：留，剩余。株：树桩。《韩非子·五蠹》：“田中有株，兔走触株，折颈而死。”此当墟里久废，桑竹枯朽不成木，故谓“株”。 ⑥焉如：即“如焉”，何往意。如，往，去。焉，何，哪里。《孟子·离娄上》：“其子焉往？” ⑦一世异朝市：即“一世异于朝市”。世，三十年为一世。《论语·子路》：“如有王者，必世而后仁。”王充《论衡·宣汉》：“孔子所谓一世，三十年也。”朝市：公众集聚之地。意谓历一世之变，公众瞩目之地（朝市）面目已改。 ⑧幻化：变化。《列子·周穆王》：“因形移易者，谓之化，谓之幻。……知幻化之不异生死也，始可与学幻矣。” ⑨空无：灭没，寂灭。郗超《奉法要》：“一切万有归于无，谓之为空。”

【品评】

这首诗异于前一首劳作之乐，而于耕种之余游历丘墟，凭吊逝者，表现出对生命的认识。“携子侄”、“步荒墟”有归隐田园之趣，又有亲情之享乐。然逝者遗迹犹存，斑斑可辨，荒败萧疏之气可感，采薪者“死没无复余”之言可伤。此言不免让人想起无论贤愚富贵必至之长期，概莫有能外者。然诗人对死亡虽内心感伤痛苦，但于沧桑备尝之余亦能达观视之，“人生似幻化，终当归空无”，既是诗人无奈的心情，更是深刻的认识。人生既然“终当归空无”，自由生活，心不为形役便成为生活之要，以此明归隐之志。

其　五

怅恨独策还，[①] 崎岖历榛曲。[②]
山涧清且浅，[③] 可以濯我足。[④]
漉我新熟酒，　只鸡招近局。[⑤]
日入室中暗，[⑥] 荆薪代明烛。[⑦]
欢来苦夕短，　已复至天旭。[⑧]

【注释】

①怅恨：惆怅烦恼。此有失意之意。策：犹“扶老”，拄杖。名词用如动词。　②历：走过。榛曲：树木丛生的幽僻之处。③山涧清且浅：《古诗十九首・迢迢牵牛星》：“河汉清且浅，相去复几许？”　④濯我足：取自古谣《沧浪歌》（或为战国民歌）：“沧浪之水清兮，可以濯吾缨；沧浪之水浊兮，可以濯吾足。”文多用者。《孟子・离娄上》：“孔子曰：‘小子听之，清斯濯缨，浊斯濯足，自取

之也。'"《楚辞·渔父》:"渔父莞尔而笑,鼓枻(yì)而去,乃歌曰:'沧浪之水清兮,可以濯我缨。沧浪之水浊兮,可以濯吾足。'" ⑤漉(lù)酒:用布过滤酒。漉,滤过。局:谓近邻。言备酒置鸡以飨邻人。 ⑥日入:太阳落山。《庄子·让王》:"日出而作,日入而息,逍遥于天地之间而心意自得。" ⑦荆薪:烧火用的柴草。燃柴以取明。 ⑧苦:恨,遗憾。天旭:天亮。旭,太阳初出貌。

【品评】

本诗不同于上一首,前首诗悲逝者,叹"人生似幻化,终当归空无"的无常命运;本首念生者,死者长已矣,而生者可共乐。"怅恨独策还",诗人勤耕穑、历榛曲的生活本来就是他想要的,何以开篇却言"怅恨"?且先看后文,"山涧清且浅,可以濯我足。漉我新熟酒,只鸡招近局",日夕归来,以溪水濯足,有感受自然的适意,漉酒招近邻,有饮酒共话的快乐,在诗人眼里,一条山涧、一杯酒、一只鸡,这些平平常常的事物都有浓郁的生活情趣,都浸透着邻人亲切民风的淳朴。诗人与农人欢饮,忘记了时间推移,"日入室中暗,荆薪代明烛",日尽尚未尽欢,又燃烛取明以继之,其惜欢饮如此,生出"欢来苦夕短,已复至天旭"的感慨也便不足为怪。至此可知诗人所怅恨者,盖苦于"欢娱嫌夜短,寂寞恨更长"。

游斜川并序

辛丑正月五日,① 天气澄和,② 风物闲美,③ 与二三邻曲，[4]同游斜川。[5]临长流，望曾城。[6]鲂鲤跃鳞于将夕，[7]水鸥乘和以翻飞。[8]彼南阜者，[9]名实旧矣，[10]不复乃为嗟叹。若夫曾城，傍无依接，[11]独秀中皋，[12]遥想灵山，[13]有爱嘉名。[14]欣对不足，[15]率尔赋诗。[16]悲日月之遂往，悼吾年之不留。各疏年纪乡里，[17]以记其时日。

开岁倏五十，[18]吾生行归休。[19]
念之动中怀，[20]及辰为兹游。[21]
气和天惟澄，[22]班坐依远流。[23]
弱湍驰文鲂，[24]闲谷矫鸣鸥。[25]
迥泽散游目，[26]缅然睇曾丘。[27]
虽微九重秀，顾瞻无匹俦。[28]
提壶接宾侣，引满更献酬。[29]
未知从今去，当复如此不？[30]
中觞纵遥情，[31]忘彼千载忧。[32]
且极今朝乐，明日非所求。[33]

【注释】

①辛丑：亦有“丑”作“酉”者，宋刻《东坡先生和陶渊明诗》及宋绍兴刻本《陶渊明集》皆作“辛丑”，从之。　②澄和：清朗暖和。③风物：风光，景物。犹言风景。闲美：闲静优美。　④邻曲：邻里，邻居。　⑤斜川：地名。其说不一，详不可考。　⑥曾城：山

名。曾，同“层”。清《江西通志·南康府》载曰：“曾城山在府治西五里，今谓之乌石山。晋陶潜《游斜川》诗序：‘临长流，望曾城。’即此。” ⑦鲂（fáng）鲤：泛指鱼类。 ⑧和：和风。 ⑨南阜：南山，或指庐山。阜，土山。《诗经·小雅·天保》：“如山如阜，如冈如陵。” ⑩名实旧矣：言山旧，盖有熟悉之意。意谓我于庐山之美景与美名久已熟悉。 ⑪傍无依接：谓曾城山高耸独立，无所依傍。 ⑫独秀中皋（gāo）：曾城山独秀于泽中高地。皋，近水高地。《楚辞·九章·涉江》：“步余马兮山皋，邸余车兮方林。” ⑬灵山：泛指仙山，此处指昆仑山之曾城，又名层城。《水经注·河水一》载：“昆仑之山三级：下曰樊桐，一名板桐；二曰玄圃，一名阆风；上曰层城，一名天庭，是谓太帝之居。”古代神话传说，昆仑山为西王母及诸神仙所居之处，故曰灵山。诗人游斜川，由目前之曾城，而联想到神仙所居的昆仑曾城，故曰“遥想灵山”。 ⑭有：语助词。《诗经·周南·桃夭》：“桃之夭夭，有蕡其实。”嘉名：美名。意谓以爱昆仑曾城之名而爱目前之曾城，因其名同而爱之，故曰“有爱嘉名”。 ⑮欣对不足：意即高兴地面对曾城山美景，品赏不足以尽兴。 ⑯率尔：本轻率貌，《论语·先进》：“子路率尔而对。”此作“即兴”解。言其品赏美景不足以尽兴，故而即兴赋诗。 ⑰疏：列条陈述。乡里：籍贯。 ⑱开岁：即岁始，一年之始。倏：忽然，极快。盖叹时光飞逝，始入春人便已五十。 ⑲行：行将，将要。休：生命休止，即死亡。意同渊明《归去来兮辞》“感吾生之行休”。 ⑳动中怀：内心激荡不已。中，同“衷”，内心。谓有感于知命之年，内心感慨嘘唏不已。 ㉑及辰：趁着好时光。兹游：指斜川之游。 ㉒惟：语助词。谓天空澄澈，空气煦暖。 ㉓班坐:依次列坐。班,依次。《国语·周语上》:"王耕一垡,班三之。"韦昭注:"班,次也。"依:依傍,顺着。远流:长长的河流。 ㉔弱湍:舒缓的水流。驰:快速游动。文鲂:有花纹的鲂鱼。 ㉕闲谷:空谷。矫:高举貌。此指鸣鸥高飞。 ㉖迥泽:广阔的湖水。迥,远。散游目:纵目观赏。谓湖面宽广,直视无碍而心亦随之闲远。 ㉗缅然:沉思的样子。睇(dì):流盼,看。《楚辞·九歌·山鬼》:"既含睇兮又宜笑。"曾丘:即曾城。 ㉘微:无,没有。《论语·宪问》:"微管仲,吾其披发左衽矣。"九重:指昆仑山的曾城九重。顾瞻:四顾。匹俦:犹"匹敌",对等,相当。《楚辞·九怀·危俊》:"步余马兮飞柱,览可与兮匹俦。"此二句谓此处曾城山虽无昆仑九重曾城之秀异奇绝,但环顾群山,亦无可匹者。 ㉙接:款待。引满:斟满酒杯。更:更替,轮番。献酬:席上宾主互相劝酒。《诗经·小雅·楚茨》:"为宾为客,献酬交错。"朱熹注:"主人酌宾曰献,宾饮主人曰酢,主人又自饮而复饮宾曰酬。宾受之,奠于席前而不举,至旅而后少长相劝,而交错以遍也。"意谓提酒壶款待宾客,又不断斟满酒杯,殷勤敬劝。 ㉚"未知"二句:言自此别后未知是否还能欢聚。此惜聚之意。 ㉛中觞:半酣。纵遥情:黄文焕《陶诗析义》:"初觞之情矜持,未能纵也。席之半而为中觞之候,酒渐以多,情渐以纵矣。一切近俗之怀,杳然丧矣。" ㉜千载忧:生死之忧。《古诗十九首》:"生年不满百,常怀千岁忧。" ㉝极:尽。意谓今朝且纵情欢笑,明日如何非我所能强求。

【品评】

诗作于晋安帝义熙十四年(418),渊明时年 50 岁。正月五日，“天气澄和，风物闲美”，兴之所及，遂与二三邻曲，偕游斜川。睹曾城而浮想联翩，一面欣喜景色宜人，一面感慨年华易逝，欣慨交加，赋诗抒怀。诗与序文真实地反映了渊明年过半百的心态。序文虽交代行踪，但不失为一篇优美的散文，“天气澄和，风物闲美”、“鲂鲤跃鳞于将夕，水鸥乘和以翻飞”，水草风物皆美不胜收。诗开头四句写出游的缘由。“开岁倏五十，吾生行归休”，有一种“生年不满百”的慨叹。50 岁一到，离回归空无、生命将休已不遥远，不禁“念之动中怀”，且要乘此“天气澄和”之际及时行乐。故有此次出游。次节“气和天惟澄”以下八句，充分体现“游”之所见所感。一碧如洗的天幕下，二三游侣依次坐定，畅谈胸怀。微流中嬉游的鲂鱼，幽谷中高鸣的鸥鸟，与人和谐相伴，更为可贵处还在于这里可以游目骋怀，遥想仙城。因而水中游的、空中飞的、坐着想的无一不都生机盎然而又傲然自足。远处是令人心驰神往的曾城，虽无昆仑灵山的峻洁，但它“旁无依接，独秀中皋”，“虽微九重秀，顾瞻无匹俦”，顾瞩四方，亦能独秀一隅，无可比拟者。三节“提壶接宾侣”四句，写出好景诱人，邻里相酬欢饮。如此畅心的场面又让理智的诗人发出“未知从今去，当复如此否”的感慨。这不是大煞风景的悲叹，而是对风物之美、人情之美、生活之美的无限热爱与痴迷留恋。结尾四句，写酒至半酣，暂且忘却生年之忧，尽情享乐的心情。古人感叹“生年不满百，常怀千岁忧”，而作者却洒脱地高唱“忘彼千载忧”，他以“且极今朝乐，明日非所求”的人生态度告诉自己也告诉同游之邻曲，且尽享生命之乐，勿以大限累一生。诗人昂扬高蹈之姿可触。方宗诚《陶诗真诠》：“‘气和’八句，炼字自然，写景如画。收四句‘中觞纵遥情，忘彼千载忧，且极今朝乐，明日非所求’，全是素位而行、不愿乎外之意，不可误会为旷达已也。”所言诚是。

示周续之祖企谢景夷三郎[①]

负疴颓檐下，[②] 终日无一欣。
药石有时闲，[③] 念我意中人。
相去不寻常， 道路邈何因？[④]
周生述孔业， 祖谢响然臻。[⑤]
道丧向千载， 今朝复斯闻。[⑥]
马队非讲肆，[⑦] 校书亦已勤。
老夫有所爱， 思与尔为邻。[⑧]
愿言诲诸子， 从我颍水滨。[⑨]

【注释】

①周续之(377～423)：字道祖，雁门广武人。博通五经，入庐山事释慧远，与刘遗民、陶渊明号称“浔阳三隐”。祖企、谢景夷二人事迹无考。唯萧统《陶渊明传》：“刺史檀韶苦请续之出州，与学士祖企、谢景夷三人，共在城北讲《礼》，加以雠校，所住公廨，近于马队。”乃粗知其事。 ②疴(旧读 ē)：病。颓檐：指破败的房子。颓，倒塌，破败。《礼记·檀弓上》：“泰山其颓乎！”极言隐居之室陋也。 ③药石：治病的药物和砭石。泛指药物。药，方药；石，砭石。枚乘《七发》：“客曰：今太子之病，可无药石针刺灸疗而已，

可以要言妙道说而去也。”闲:通“间”,病渐愈。《论语·子罕》:“子疾病,子路使门人为臣。病间,曰:‘久矣哉,由之行诈也!’”孔安国注:“病少差曰间也。” ④去:距。寻、常:古代长度单位,八尺为寻,倍寻为常。二句意为:我和你们相隔很近,却为何觉得道路如此遥远?此盖谓彼此虽相距不远,终因旨趣主张迥异而隔阂,故曰“邈”。 ⑤述:陈述。此为讲授意。孔业:即孔子儒家学说。响然:如声之回应。《尚书·大禹谟》:“惠迪吉,从逆凶,惟影响。”传:“吉凶之报,若影之随形,响之应声。”臻:至,到。此即萧统《陶渊明传》“刺史檀韶苦请续之出州,与学士祖企、谢景夷三人,共在城北讲《礼》,加以雠校”事。 ⑥道:指孔子的儒家之道。向:将近。复斯闻:“复闻斯”之倒装。此句赞周生三人讲《礼》之功。 ⑦马队:丁福保《陶渊明诗笺注》:“马队,马肆也。”即马厩。讲肆:讲堂。 ⑧老夫:自指。邻:此当谓与心为邻。由“相去不寻常,道路邈何因”知其相距不远。此句言思与为邻,即以期心为邻。 ⑨言:语助词,无义。诲:晓谕。颍水:晋时皇甫谧《高士传》:“许由遁耕于中岳颍水之阳,箕山之下,终身无经天下色。尧又召为九州长,由不欲闻之,洗耳于颍水。”颍水滨,以许由事而相传为古代隐士隐居避世之地。渊明以此喻招周、祖、谢与之隐居之志。

【品评】

此诗作于晋义熙十二年(416),渊明时年48岁。与陶渊明一起号称“浔阳三隐”之一的周续之不尚节峻,应刘裕之辟。刘裕北伐,世子居守,迎周续之馆于安乐寺,延入讲《礼》。萧统《陶渊明传》:“刺史檀韶苦请续之出州,与学士祖企、谢景夷三人共在城北讲《礼》,加以雠校。所住公廨,近于马队。是故渊明示其诗云:‘周生述孔业,祖谢响然臻。马队非讲肆,校书亦已勤。’”渊明以诗相赠,显然是有所用意的。渊明一方面认为他们校书,讲《礼》,有利于光大孔子之业,值得赞扬;另一方面对此三人不明当道者意图、有召即出的假隐士态度提出批评。更重要的是渊明对当权者以虚伪的崇“礼”模式实现其沽名钓誉、笼络人心的真实目的进行否定。这是渊明认清刘裕集团真实用意后不应征命、不与之合作的态度,不仅自己主张归隐而且规劝其他隐士也与他一道坚定立场,不与狼子野心之人同谋,表现出守道又守节的意愿。

乞 食

饥来驱我去,[①] 不知竟何之。
行行至斯里, 叩门拙言辞。[②]
主人解余意, 遗赠副虚期。[③]
谈谐终日夕, 觞至辄倾杯。[④]
情欣新知欢, 言咏遂赋诗。
感子漂母惠, 愧我非韩才。[⑤]
衔戢知何谢,[⑥] 冥报以相贻。[⑦]

【注释】

①驱我去:迫使我走出家门(行乞)。 ②行行至斯里:句式

与曹丕《杂诗》“吹我东南行，行行至吴会”同。行行，盖有行走不停且怅然不适意。里，居民聚居的地方，《诗经·郑风·将仲子》：“将仲子兮，无逾我里。”毛传：“里，居也。二十五家为里。”此指村里。拙言辞：拙于言辞，不知该如何说才好。此二句言外出行乞不知该如何开口，欲言又止之窘态。 ③遗(wèi)赠：赠送。副虚期：一作“岂虚来”。副，称。虚，心。期，望。谓邻人之赠恰与心之所期相称。 ④句谓与邻人言谈和谐欢洽，不知已日薄西山。⑤感：感激。子：对人的尊称。漂母惠：如漂母般的恩惠。漂母，在水边洗衣的妇女。母，老妇的统称。韩：即韩信。非韩才，无韩信之才。《史记·淮阴侯列传》：“信钓于城下，诸母漂，有一母见信饥，饭信，竟漂数十日。信喜，谓漂母曰：‘吾必有以重报母。’”⑥衔：盖衔环之省。衔环，报恩。李贤注《后汉书·杨震列传》引《续齐谐记》曰：“(杨震父杨)宝年九岁，至华阴山北，见一黄雀为鸱枭所搏，坠于树下，为蝼蚁所困。宝取之以归，置巾箱中，唯食黄花，百余日毛羽成，乃飞去。其夜有黄衣童子向宝再拜曰：‘我西王母使者，君仁爱救拯，实感成济。’以白环四枚与宝：‘令君子孙洁白，位登三事(古官名)，当如此环矣。’”后杨宝子、孙、曾孙果皆显贵。后以衔环为报恩之喻。戢：藏。《诗经·周颂·时迈》：“载戢干戈，载櫜弓矢。”衔戢，谓感激之心深藏。 ⑦冥报：谓死后在冥间报答。贻：赠送。

【品评】

此诗大约作于元嘉三年(426)，其时渊明屡遇年灾，饱受冻馁之苦。此诗看出诗人“饿死事小，失节事大”的人生价值取向，在困顿难耐的情况下宁肯乞食乡里，也不肯取荣于权贵。“饥来驱我去，不知竟何之。行行至斯里，叩门拙言辞”之语极其生动，完全刻画出了为饥所驱、年老疲惫的诗人叩门求食的那种恍惚、羞涩的神态。诗人如此真实无忌地写出这一举动，其内心中是不以乞食为耻的，可耻的是变节以从俗。在渊明看来，身处浊世、志向高洁之士，皆贫寒一生且甘于贫寒。而自己行乞乡里，受恩“漂母”，又何足病哉？这只是为维持生存而接受邻人善意相助而已，不会是理想人格的斑垢，因此渊明在生命的尊严与生存的压力面前是从不会有丝毫妥协的。方东树说渊明晚年诗“说固穷多”（《昭昧詹言》卷四），这是一个很重要的原因。

诸人共游周家墓柏下①

今日天气佳，　清吹与鸣弹。②
感彼柏下人，　安得不为欢。③
清歌散新声，④ 绿酒开芳颜。⑤
未知明日事，　余襟良已殚。⑥

【注释】

①周家墓：据《晋书·周访传》：“初，陶侃微时，丁艰，将葬，家中忽失牛而不知所在。遇一老父，谓曰：‘前岗见一牛眠山污中，其地若葬，位极人臣矣。’又指一山云：‘此亦其次，当世出二千石。’言讫不见。侃寻牛得之，因葬其处，以所指别山与访。访父

死，葬焉，果为刺史，著称宁、益，自访以下，三世为益州四十一年，如其所言云。”陶、周两家为世姻，渊明此游之地，抑或即周访家墓。　②清吹：管乐器。鸣弹：弦乐器。此言诸人欢言弹唱。此举已荡尽见丘陇而生悲之旧制。　③感彼柏下人：王粲《七哀诗》：“悟彼下泉（犹黄泉）人，喟然伤心肝。”感，感悟。柏下人，墓中之人，古人墓上置松柏。《汉书·东方朔传》：“柏者，鬼之廷也。”盖墓置松柏乃古之遗制，《乐府民歌·十五从军征》：“遥看是君家，松柏冢垒垒。”或知其情为实。安得：怎能。置身墓柏之下，其欢何来？诗人内心或许悲愤忧苦，然观此墓下之人，感慨良多，生前如何显贵都无法改变死后仅同一抔黄土而已的现实，于是释然，有此感悟，如何不可为欢于墓前！　④清歌：清亮的歌声。散：发出。　⑤绿酒：新酒。新酿之酒呈绿色，故称。酿酒古法与今异，酒呈绿色，故言酒着“绿”字者有“绿蚁”、“绿醪”等。开：使动用法。芳颜：美好的容颜。句谓睹酒而笑逐颜开。　⑥明日事：将来之事，包括生死之忧。襟：心怀。殚（dān）：尽。明日发生何事诚不可知，然生死之忧则未尝不知。诗人洒脱处恰在于此，纵知此忧，今朝且尽情欢笑，又何憾哉！

【品评】

严肃的人生哲学离不开对死亡的冷峻思考。渊明认为死是极其自然平常的事情，无须刻意回避，所以他不止一次提到过，“三皇大圣人，今复在何处？彭祖爱永年，欲留不得住。老少同一死，贤愚无复数”（《神释》），“天地赋命，生必有死。自古圣贤，谁能独免”（《与子俨等疏》）。有此生死观，共游墓柏之下，便不会凄恻难忍，而是清吹鸣弹，享受生命。在渊明的人生中，为欢岂能没有“清吹与鸣弹”？没有音乐、诗、酒、花的生活是黯淡的。“清歌散新声，绿酒开芳颜”，有清歌相佐，素交相伴，欢饮达旦，何须过虑明日之事？诗人忘情酣饮如此。然而轻松、欢乐的背后，却隐藏着诗人内心深处的苦闷：“余襟良已殚。”清代王夫之说此诗“笔端有留势”，即谓此诗在艺术上貌似轻快而内含深忧，具有含蓄深厚的特点。

怨诗楚调示庞主簿邓治中①

天道幽且远，　鬼神茫昧然。②
结发念善事，　僶俛六九年。③
弱冠逢世阻，④　始室丧其偏。⑤
炎火屡焚如，⑥　螟蜮恣中田。⑦
风雨纵横至，　收敛不盈廛。⑧
夏日长抱饥，　寒夜无被眠。
造夕思鸡鸣，　及晨愿乌迁。⑨
在己何怨天，　离忧凄目前。⑩
吁嗟身后名，　于我若浮烟。⑪
慷慨独悲歌，　钟期信为贤。⑫

【注释】

①怨诗楚调：王僧虔《技录》：“楚调曲有白头吟行、泰山吟行、

梁甫吟行、东武琵琶吟行、怨诗行。”本诗即为模仿此体裁之作，以抒发哀怨悲伤之情。庞主簿：即庞遵，字通之，诗人的朋友。邓治中：事迹不详，亦为诗人之友。主簿、治中皆为官职。 ②天道幽且远：《左传·昭公十八年》：“子产曰：天道远，人道迩。”天道，犹言天命。即古人所认为主宰人的吉凶祸福的自然法则。幽且远，深邃而玄远。茫昧：幽暗不明，模糊不清。句谓主掌人吉凶祸福的法则邈远不可知，阴司鬼神之事亦幽暗不可晓。 ③结发：古代男子自成童始束发，因谓童年或年轻时为结发。年龄约在15岁以上。《史记·李将军列传》：“且臣结发而与匈奴战。”亦作“束发”，《大戴礼·保傅》：“束发而就大学。”按，“束发谓成童”。又《礼记·内则》：“成童舞象。”按，“成童，十五以上”。束发并非以示成年者。念善事：念，思。念善事，即为善事，打算做好事、积善德。僶俛(mǐn miǎn)：同“黾勉”，勤勉，努力。《诗经·小雅·十月之交》：“僶俛从事，不敢告劳。”贾谊《新书·劝学》：“然则舜僶俛而加志。”六九年：54岁。句谓自成童时起便思做善事，一生勤勉为之，今已54岁。 ④弱冠：20岁，古代男子20岁于宗庙中行加冠之礼，以示成年。《礼记·曲礼上》：“二十曰弱冠。”疏曰：“二十成人，初加冠，体犹未壮，故曰弱也。”又：“男子二十冠而字。”意思是，举行冠礼，并赐以字。《礼记·冠义》：“已冠而字之，成人之道也。”世阻：世道艰险。渊明20岁时，值晋孝武帝太元九年(384)。时北方前秦大举入寇，时局动乱；江西一带又遭灾荒。此即“逢世阻”之实。 ⑤始室：犹言娶妻成家，约30岁。《礼记·曲礼上》：“三十曰壮，有室。”郑玄注：“有室，有妻也。”丧其偏：指丧妻。古代死去丈夫或妻子都叫“丧偏”。 ⑥炎火：炎日似火。

《诗经·小雅·大田》:“田祖有神,秉畀炎火。”传:“炎火,盛阳也。”焚如:火烧一般。言烈日炎炎如火烧,天旱无雨。 ⑦螟蜮(míng yù):侵食禾苗的两种害虫。《吕氏春秋·任地》:“又无螟蜮。”高诱注:“食心曰螟,食叶曰蜮。”恣:恣意为害。中田:即田中。 ⑧收敛:收获。不盈廛(chán):不够交纳田税。盈,满。廛,古代一夫之田。亦指田税。《诗经·魏风·伐檀》:“不稼不穑,胡取禾三百廛兮。”孙诒让《周礼正义·遂人》:“《诗》所云‘三百廛兮’者,自是三百家之税。” ⑨造夕:到了傍晚。造,至。思:盼。乌迁:太阳迁逝,即太阳落山。古代神话传说太阳中有三足乌,因以为太阳之别称,又谓金乌。句谓贫病交加,艰难度日,因寝食无着而至夜思晓,及晨望暮。 ⑩离忧:遭遇忧患。离,通“罹”。凄:凄然,悲伤。目前:眼前。意谓眼下的贫困要归咎于己,不应怨恨于天。然又不能不为眼前遭受的忧患而感到凄伤。 ⑪浮烟:飘浮易散的云烟,喻不值得关心的事物。《论语·述而》:“子曰:饭疏食,饮水,曲肱而枕之,乐亦在其中矣。不义而富且贵,于我如浮云。” ⑫钟期:即钟子期,为古代音乐家伯牙的知音。《列子·汤问》:“伯牙鼓琴,志在高山,钟子期曰:峨峨然若泰山。志在流水,曰:洋洋然若江河。子期死,伯牙绝弦,以无知音者。”此盖以己之悲歌自托伯牙之善弹,希望庞主簿、邓治中能如钟子期解其深意。

【品评】

此诗写于晋义熙十四年(418)。前两句统领后面十二句。在这十二句中诗人历数了自己的不幸遭遇,虽然“结发念善事,僶俛六九年”,僶俛从善却并未得到善报。“逢世阻”、“丧其偏”,还有炎火焚烧、螟蜮肆虐、风雨纵横，一系列天灾人祸弄得诗人衣食无着，“夏日长抱饥，寒夜无被眠。造夕思鸡鸣，及晨愿乌迁”，是他艰难生活与痛苦心理的真实写照，“积善云有报”的古语成为骗人的幌子。然而诗人自己又意识到造成自己如此窘迫的不是什么天命，而是自己的拙于生计。不过，尽管生活遭受重重打击，那些功名利禄在诗人看来依旧如过眼烟云无足轻重。所幸的是还有庞、邓两位如钟子期般的知音人令他欣慰与自豪。应该说“慷慨独悲歌，钟期信为贤”之句，包含了诗人极为复杂的心理。我们既可以感受到渊明忍受煎熬的痛苦，也可以体会到他在贫居躬耕中的人生孤独。这种孤独，很大程度上源自于诗人个人与外部社会(甚至还有自然)的对立。此等生活能无怨乎？蒋薰评《陶渊明诗集》卷二：“公年五十余作此诗，追念前此，饥寒坎坷，发为悲歌，惟庞、邓如钟期可与知己道也。身后之名，自量终不能没，然亦何可救于目前哉！嗟嗟！天道幽远，鬼神茫昧，能无怨否耶？”

答庞参军并序

三复来贶，[①]欲罢不能。自尔邻曲，冬春再交，[②]款然良对，[③]忽成旧游。[④]俗谚云，数面成亲旧，[⑤]况情过此者乎？人事好乖，[⑥]便当语离，[⑦]杨公所叹，[⑧]岂惟常悲？[⑨]吾抱疾多年，不复为文，本既不丰，[⑩]复老病继之。辄依周礼往复之义。[⑪]且为别后相思之资。[⑫]

相知何必旧，　倾盖定前言。⑬
有客赏我趣，　每每顾林园。
谈谐无俗调，　所说圣人篇。⑭
或有数斗酒，　闲饮自欢然。
我实幽居士，　无复东西缘。⑮
物新人惟旧，⑯ 弱毫多所宣。⑰
情通万里外，　形迹滞江山。⑱
君其爱体素，　来会在何年。⑲

【注释】

①三复来贶(kuàng)：再三展读所赠之诗。贶，赠送，赠与。《礼记·聘义》："北面拜贶。" ②"自尔"二句：自从我们结邻，已有年余。邻曲：邻居。 ③欸、然：皆应答之声。良对：愉快地交谈。对，应答，交谈。 ④忽：迅速。《左传·庄公十一年》："桀纣罪人，其亡也忽焉。"此言结识之快。旧游：老朋友。游，交游。⑤数面成亲旧：几次见面就成为至亲好友。 ⑥好(hào)乖：容易分离。犹言事与愿违。乖，背离。 ⑦便当：犹言适值。语离：话别。 ⑧杨公：指战国时杨朱。《淮南子·说林训》："杨子见逵路而泣之，为其可以南，可以北。"高诱注："道九达曰逵，悯其别也。"所叹：叹离别，亦即各奔前程。 ⑨岂惟常悲：哪里只是常人的悲哀。 ⑩本：身体。丰：健康，健壮。不丰，身体孱弱。 ⑪周礼往复之义：《礼记·曲礼》："礼尚往来。往而不来，亦非礼也；来而不往，亦非礼也。" ⑫资：凭借。《淮南子·主术训》："夫七尺之桡而制船之左右者，以水为资。" ⑬倾盖：谓行道相遇，停车交

谈，车盖倾斜相接近，因谓初次相交，一见如故为倾盖。《史记·鲁仲连邹阳列传》："谚曰：有白头如新，倾盖如故。"盖指车盖，状如伞。定前言：证明前面"数面成亲旧"、"相知何必旧"是对的。意谓相知何必曾相识，但得情谊相投，虽为新识亦可成为知心之交。 ⑭"有客"四句：皆言二人言谈爱好颇同而相互激赏。说：通"悦"，喜欢。 ⑮无复东西缘：不再有东西劳碌奔波之苦。缘，机缘，缘分。 ⑯物新人惟旧：《尚书·盘庚》："迟任有言曰：'人惟求旧，器非求旧，惟新。'"物惟尚新而人以旧时相识为贵，谓我仍然珍惜我们既得的友谊。 ⑰弱毫：犹"弱翰"、"柔翰"，指毛笔。扬雄《答刘歆书》："雄常把三寸弱翰，赍油素四尺，以问其异语。"又左思《咏史》："弱冠弄柔翰，卓荦观群书。"宣：犹"通"，即写信致殷勤问候之意。 ⑱"情通"二句：意谓人身为山水阻隔，但是彼此情意却可以万里相通。滞：阻隔，不流通。 ⑲其：助词，表希望语气。体素：敬称他人身体。来会：将来相会。言希望您此去多多保重身体，我们相会又不知会是何年。

【品评】

这首五言诗与另一首同题的四言诗皆作于同一年，当为宋少帝景平二年(424)。渊明赠答诗多写朋友之间的真情，本首也是。"三复来贶，欲罢不能"，诗人平静的生活因朋友的来信而不平静，再三展读竟至于"欲罢不能"。这种不平静是对素心交往的感动。"相知何必旧，倾盖定前言"是对二人相知相识的追忆，新交成知交，新交不难，难在成为至交而且还是初次见面，如果没有彼此推奖，真诚相待，恐难成交。"有客赏我园"六句道出二人的志趣，"每每”顾园，不厌其烦，实乃彼此吸引、相互欣赏。高雅的言谈，斗酒的欢饮，都是曾经欢乐的引子。然而毕竟二人有着不同的人生道路，庞氏此次使至江陵，奉公而行。而诗人则“我实幽居士，无复东西缘”，既道出与庞氏道路不同之处，又明示了自己坚定的志向，隐而不仕以就高义。末四句言其旧交的真情，而且“情通万里外”，不为山高路远所阻碍，同时送去真诚的祝福，愿对方爱惜身体，期待下一次的相会。本诗追忆与展望并重，既表达了二人真挚的友情，又送去对友人深切的问候。邱嘉穗《东山草堂陶诗笺》卷二：“此篇足见陶公善与人交处，‘谈谐’数语既敬且和，‘情通万里外’数语，又期以从要不忘之谊。序中所谓‘依周礼往复之义’者，岂虚语哉！”

五月旦作和戴主簿[①]

虚舟纵逸棹，　回复遂无穷。[②]
发岁始俯仰，　星纪奄将中。[③]
明两萃时物，　北林荣且丰。[④]
神渊写时雨，　晨色奏景风。[⑤]
既来孰不去，　人理固有终。[⑥]
居常待其尽，[⑦] 曲肱岂伤冲。[⑧]
迁化或夷险，　肆志无窊隆。[⑨]
即事如已高，　何必升华嵩。[⑩]

【注释】

①五月旦：五月一日。戴主簿：诗人的朋友，事迹不详。主簿，汉代置，以典领文书，办理事务。魏晋以后，渐为统兵开府之大臣幕府中重要僚属，参与机要，总领府事。　②虚舟：空船。《淮南子·诠言训》："方舟济乎江，有虚舟从一方来，触而覆之，虽有忮(zhì，忌恨，残害)心，必无怨色。"此指轻快之船。逸：快。棹(zhào)：船桨。《庄子·列御寇》"巧者劳而智者忧，无能者无所求，饱食而遨游，泛若不系之舟，虚而遨游者也"，比喻迅速流逝的时光。句谓时光匆匆流逝，四季更迭，循环无穷。　③发岁：《楚辞·九章·思美人》："开春发岁兮，白日出之悠悠。"开春发岁，谓一年之始。俯仰：瞬息，极言时间之短。曹植《杂诗》："俯仰岁将暮，荣耀难久恃。"又王羲之《兰亭集序》："俯仰之间，已为陈迹。"星纪：星次名，《尔雅·释天》："星纪，斗牵牛也。"注："牵牛斗者，日月五星之所终始，故谓之星纪。"此指岁月。奄：遽，忽然。将中：将到年中。言时光飞快，奄忽之间已经一年过半了。　④谓万物应时而繁荣丰茂。明两：夏火之候。《易·离》："明两作离，大人以继明照于四方。"孔颖达疏："明两作离者，离为日，日为明。今有上下二体，故云明两作离也。"后以"明两"指太阳。萃：草木丛生貌，引申为聚集。时物：夏天的物候。丰：茂盛。　⑤神渊：天河。《淮南子·齐俗训》许慎注："神蛇潜于神渊，能兴风雨。"写：同"泻"，倾泻。奏：进，奉献。《史记·廉颇蔺相如列传》："相如奉璧奏秦王。"景风：谓祥和之风。《尔雅·释天》："四时和为通正，谓之景风。"也指南风或东南风。此指夏至后暖和的风。句谓时雨刚过，清晨南风吹起，景色与南风相伴而至。　⑥"既来"二

句:《庄子·达生》:“生之来不能却,其去不能止。”来、去:即生死。人理:人生的道理。 ⑦居常待其尽:安于贫困,等待命终。晋皇甫谧《高士传》:“贫者,士之常也;死者,命之终也。居常以待终,何不乐也?” ⑧曲肱(gōng):“曲肱而枕之”的省略,即弯曲胳膊作枕头。《论语·述而》:“饭疏食,饮水,曲肱而枕之,乐亦在其中矣。”冲:淡泊,空虚。道家主张的一种人生境界。《老子》:“道冲而用之,或不盈;渊兮似万物之宗。” ⑨迁化:顺应自然变化而变化。肆志:任真适意。窊(wā)隆:谓地形起伏不平。引申为起伏、高下。句谓生命在时运变化中有时会险恶相伴,但若能保持心境淡泊,适意生存,便无所谓坎坷不平了。 ⑩即事:就事,谓以“肆志”之态认识、对待事物。华嵩:华山和嵩山,传说为神仙所居之地。言能以此态度处世,已然高超,何必登华嵩而成仙呢!

【品评】

此诗写于晋义熙九年(413)。诗人从时光的流逝、季节的回环往复和景物的荣衰更替中体悟到人生有始必有终的道理。诗起首“虚舟纵逸棹,回复遂无穷”就用《庄子·列御寇》中“泛若不系之舟,虚而遨游者也”之典,表明时光流逝,往复无穷。复以一年刚过倏尔即半,草木始荣即随夏而衰出之,明谓盛衰有时而不应悲观视之。诗虽用庄子之典,又明显不同于庄子只注重精神世界的逍遥遨游,渊明在人生态度中更多一份现实色彩——享受人生。既然“既来孰不去,人理固有终”,明乎此便可悠游于人生中,不以“千载忧”为累,正如孔子所言:“饭疏食,饮水,曲肱而枕之,乐亦在其中矣。”人生坎坷不平，但只要纵心任性，就可以达到极高的境界，何须学仙慕道。这是儒家的“忧道不忧贫”、“君子固穷”节操与道家乐天安命理想的完美统一，用淡定自然的心实现生命中高远人格的跨越。

连雨独饮

运生会归尽， 终古谓之然。①
世间有松乔， 于今定何间？②
故老赠余酒， 乃言饮得仙。③
试酌百情远， 重觞忽忘天。④
天岂去此哉， 任真无所先。⑤
云鹤有奇翼， 八表须臾还。⑥
自我抱兹独， 僶俛四十年。⑦
形骸久已化， 心在复何言。⑧

【注释】

①运：天运，自然界的发展规律。归尽：死亡。终古：自古以来。意谓人生自然中有生必然会有死，自古如此，概莫能外。意同“既来孰不去，人理固有终”。 ②松：赤松子，古代传说中的仙人。《汉书·张良传》：“愿弃人间事，从赤松子游耳。”颜师古注：“赤松子，仙人号也，神农时为雨师。”乔：即王乔。见于文字记载的有四人，今择其二：（一）越人王乔。《云笈七签》卷二十八《二

十八治》云:“第五北平治,在眉州彭山县。……中有神芝药草,食之,与天相久。昔越人王子乔得仙,治应室宿。”考王乔的传说最初出于南方,是吐纳、导引、行气的养生家。屈原《远游》云:“春秋忽其不淹兮,奚久留此故居?轩辕不可攀援兮,吾将从王乔而娱戏。餐六气而饮沆瀣兮,漱正阳而含朝霞。保神明之清澄兮,精气入而粗秽除。顺凯风以从游兮,至南巢而壹息。见王子而宿之兮,审壹气之和德。”清王夫之注曰:“见王子,谓服王乔之教也。”长沙马王堆三号汉墓出土的汉初竹简《养生方》有王子巧(乔)向彭祖问养生的记述。《淮南子·泰族训》云:“王乔、赤松,去尘埃之间,离群慝之纷,汲阴阳之和,食天地之精,呼而出故,吸而入新,跞虚轻举,乘云游雾,可谓养性矣。”王乔、赤松子皆属南方楚越神仙,后来传称王乔即太子晋,越地神仙王乔遂隐。(二)太子王乔。传为周灵王太子晋。《历世真仙体道通鉴》云:“王君名晋,字子乔。亦名乔,字子晋。周灵王有子三十八人,子晋太子也。生而神异,幼而好道。虽燕居宫掖,往往不食。端默之际,累有神仙降之,虽左右之人弗知也。”后得天台山浮丘公降授道要,修“石精金光藏景录神”之法,又于灵王二十二年,接之登嵩高山。后数年之七月七日,“乘白鹤谢时人,升天而去。远近观之,咸曰‘王子登仙’”。定:究竟。意为:世间纵有赤松子、王乔这样的神仙,可如今他们究竟又在哪里呢? ③乃:竟,有出人意料意。④试酌:与“重觞”对举,即初饮。百情远:远离种种世情。即忘却世情百态。忘天:《庄子·天地》:“忘乎物,忘乎天,其名为忘己。忘己之人,是之谓入于天。”此谓超然物外,薄近自然。 ⑤句谓天亦以任真、自然为上。任真:听任自然。《庄子·渔父》:“礼者世俗之所为也。真者所以受于天也,自然不可易也。故圣人法天贵真,不拘于俗。"又《庄子·齐物论》郭象注:"任自然而忘是非者,其体中独任天真而已,又何所有哉!"无所先:没有比这更重要的了。　⑥云鹤:云中之鹤,谓神仙。谓仙人法天任真,不拘于俗物,故能心游万仞。　⑦意谓自从我抱此任真,一生勤勉不辍已有四十余年。　⑧言形体虽随时间而变化,但任真之志却始终如一,未尝悔改。

【品评】

此诗当作于晋义熙四年(408)。渊明在本诗中再次申明有生必有死的道理,所谓"运生会归尽,终古谓之然"。从这一点来讲渊明是从不相信什么长生久视之类的妄谈的,否则,何以要以"世间有松乔,于今定何间"诘问。世间虽无神仙,但有可以委运自然任真适性的生活法则。"故老赠余酒,乃言饮得仙。试酌百情远,重觞忽忘天。天岂去此哉,任真无所先",闻"饮得仙"而就饮,岂不与不信有神仙之说相悖?非也。故老虽言能得仙,然渊明以酒试之,乃知酒能解人拘束而后得自由。饮一点酒,得一份自由,这是真诚而不虚妄的需求,无怪乎《读山海经》言"我欲因此鸟,具向王母言:在世无所须,惟酒与长年"。在陶渊明看来,个性自由是快乐的。因此诗中他不惜高唱"任真无所先",又言"云鹤有奇翼,八表须臾还",对自由的仰慕可见。全诗无非言人生必有死,世无神仙,不如饮酒,却用笔深峻。

移居二首

其 一

昔欲居南村， 非为卜其宅。①
闻多素心人，② 乐与数晨夕。③
怀此颇有年， 今日从兹役。④
弊庐何必广， 取足蔽床席。⑤
邻曲时时来，⑥ 抗言谈在昔。⑦
奇文共欣赏，⑧ 疑义相与析。⑨

【注释】

①"昔欲"二句:谓早已有欲居南村之志,然居南村非为地善宅吉。卜其宅:《左传·昭公三年》:"非宅是卜,惟邻是卜。"卜,择,盖卜以知吉凶。 ②素心:心地纯朴。素,质朴。《淮南子·本经训》:"其事素而不饰。" ③数晨夕:朝夕相处,关系和洽。数,密。《孟子·梁惠王上》:"数罟不入洿池。"赵岐注:"数罟,密网也。"此言关系密切。《论语·里仁》:"朋友数,斯疏矣。"刘宝楠正义引吴嘉宾:"数者,昵之至于密焉者也。" ④从兹役:移居南村之事。 ⑤"弊庐"二句:居室无需大,能容膝则安,取用无需多,能蔽床席而足。 ⑥邻曲:邻居。 ⑦抗言:高谈,盖无拘束,故曰抗言。在昔:往古曰在昔,即从前。《尚书·酒诰》:"在昔殷先哲王。"此指往古之事。 ⑧奇文:犹言美文。 ⑨疑义:疑难问题。相

与:共同。

【品评】

晋安帝义熙四年(408)六月,诗人在上京之居遭火灾,暂时栖身于门前水滨舫舟之上,不久徙居西庐。至义熙十一年乙卯(415),移居浔阳负郭之南村。这两首诗,就是他这次迁居后的抒怀之作。

诗的前四句交代移居的原因,遭遇火灾,不得不移居固然是其原因之一,但移居亦非为了宅吉地利,关键的是"闻多素心人",诗人所希望的正是与这些心地淳朴的"素心"人为邻。与几个淡泊宁静、趣味不俗的文士"数晨夕",实在是快心之事,诗人也毫不掩饰这份发自心底的喜悦,"怀此颇有年,今日从兹役",实现移居南村愿望的喜悦之情,溢于言表。"从"字表现出夙愿得以实现的满足感。所移之居抑或简陋至极,然诗人所重者固为交心之人,虽陋何妨。"邻曲时时来"四句,具体呈现移居之乐。与二三邻人谈天谈地谈历史,唯独不谈现实,邻里之间畅谈无拘束的情状可见,此为往来无拘、言谈自由之乐;与志趣相同的文士激赏美文、各抒己见的神采毕现,此为和睦融洽之乐。此四句恰好与"素心人"、"数晨夕"之意呼应。全诗句句流露出移居得友之乐以及任真高雅的情怀。

其　二

春秋多佳日，　登高赋新诗。
过门更相呼，　有酒斟酌之。①
农务各自归，　闲暇辄相思。②

相思则披衣，　言笑无厌时。③
此理将不胜，④ 无为忽去兹。⑤
衣食当须纪，　力耕不吾欺。⑥

【注释】

①“春秋”四句：春秋佳日，登高赋诗，过门相呼，有酒共酌，此皆移居与素心人交之乐。更：更相，相互。　②“农务”二句：言农忙之时人各归耕，不违农时；农闲之日则思彼此悠游，不忘欢笑。相思者，思抗言谈笑之乐。　③“相思”二句：谓相思则披衣相过，畅言欢笑。披衣：披上衣服去串问，聊慰相思之情。　④此理：与邻人交往中悟得的道理。将：岂，难道。胜：美妙。　⑤无为：不要。去兹：离开这里。　⑥纪：经营，整理。《诗经·大雅·棫朴》：“纲纪四方。”郑玄笺：“理之为纪。”不吾欺：即“不欺吾”。意谓人生当勤于经营，努力耕作即无衣食之忧。

【品评】

本诗又不同于前一首，此言移居躬耕之乐。诗人注意选取典型的农村生活场景加以描写：春秋佳日登高赋诗，过门相招、有酒共饮，农忙则耕、农闲辄过，披衣相访等等。这些既有室内又有室外的场景，表现出他们劳作的辛苦以及辛苦之余交谈的畅快，农村的这种自由自在的生活是充满狡诈险恶的官场所没有的，因此也就更容易与他们结交，才有了“相思则披衣，言笑无厌时”的温馨画面。“衣食当须纪，力耕不吾欺”道尽人事人理。诗中洋溢着与邻居们同劳作、共游乐之趣及对躬耕生活的满足感。

和刘柴桑[①]

山泽久见招，[②] 胡事乃踌躇？
直为亲旧故， 未忍言索居。[③]
良辰入奇怀，[④] 挈杖还西庐。
荒涂无归人，[⑤] 时时见废墟。
茅茨已就治，[⑥] 新畴复应畬。[⑦]
谷风转凄薄， 春醪解饥劬。[⑧]
弱女虽非男，[⑨] 慰情良胜无。
栖栖世中事， 岁月共相疏。[⑩]
耕织称其用， 过此奚所须。[⑪]
去去百年外，[⑫] 身名同翳如。[⑬]

【注释】

①刘柴桑：即刘程之，字仲思，彭城（今江苏徐州）人，曾做过柴桑县令，故称；入宋后隐居不仕，人又称刘遗民。他与周续之、陶渊明被称为“浔阳三隐”。晋安帝义熙十年（414）七月，庐山东林寺主持慧远等人结白莲社，刘程之为社中十八贤之一。他们招陶渊明入社，渊明不肯，写诗以明志。 ②山泽：山林湖泽，代隐居之处。此指刘遗民劝作者归隐庐山。 ③索居：独居，孤独地生活。《礼记·檀弓上》：“吾离群而索居，亦已久矣。”注：“索，犹散也。” ④良辰：美景。奇：不寻常。 ⑤涂：同“途”，道路。

⑥茅茨(cí):本指茅草屋顶。《韩非子·五蠹》:“尧之王天下也,茅茨不剪,采椽不斫。”茨,用芦苇、茅草盖的屋顶。《诗经·小雅·甫田》:“如茨如梁。”郑玄笺:“茨,屋盖也。”此指茅舍,谓居室简陋。已就治:已修葺完好。 ⑦新畴:新开垦的田地。畬(yú):耕种已逾三年的熟地。《尔雅·释地》:“田,一岁曰菑(zī),二岁曰新田,三岁曰畬。”邢昺疏:“畬,和也,田舒缓也。” ⑧谷风:即东风。《诗经·小雅·谷风》:“习习谷风,维风及雨。”《尔雅·释天》:“东风谓之谷风。”邢昺疏引孙炎曰:“谷之言穀;穀,生也。谷风者,生长之风也。”凄薄:寒意袭人之意。薄,迫近。春醪(láo):春酒。劬(qú):劳苦,疲劳。句谓当东风乍暖还寒时,聊以春酒消解耕作的疲劳。 ⑨弱女:喻薄酒。沈德潜《古诗源》卷八:“弱女非男,喻酒之薄也。” ⑩栖栖(xī):忙碌不安貌。《论语·宪问》:“丘何为是栖栖者与?”共相疏:谓己与“世中事”相互疏远。句谓忙忙碌碌于凡俗世事,随时间迁逝也与我渐趋疏远。 ⑪辛勤耕织只求衣食足用而已,过多物用亦非我所需。须:同“需”,需要。⑫去去:岁月流逝。百年外:即死后。 ⑬翳(yì)如:隐没,消失。翳,遮蔽貌。

【品评】

此诗约作于晋义熙五年(409)之春。作为“浔阳三隐”之一的刘程之曾援引渊明入莲社,被渊明婉拒,本诗即为婉拒之词。究其原因是莲社诸人皆信慧远的形尽神不灭之说,而渊明却是一个地道的神灭论者,他的《形影神》三首诗,正是对其神不灭论的辩驳。《莲社高贤传》云:“时远法师与诸贤结莲社,以书招渊明。渊明曰：若许饮则往。许之，遂造焉。忽攒眉而去。”可见道不相同，不能为谋，拒绝也是情理之中的事。诗中“良辰入奇怀”六句申明了自己的躬耕之乐，而“谷风转凄薄，春醪解饥劬。弱女虽非男，慰情良胜无”四句又表现出渊明乐天之学。吴瞻泰《陶诗汇注》卷二评曰：“此诗是靖节乐天之学。”躬耕原野，风风雨雨，以一杯薄酒解除疲劳，虽说浊酒不比佳酿，但调节情趣之需必不可少，毕竟虽劣聊胜无，此诚渊明知足常乐之人生态度。“去去百年外，身名同翳如。”人死之后，身与名俱灭，何求来世！这不仅否定了莲社诸贤所信仰的神不灭论，也从另外一个角度表明了自己不入莲社的决心。

酬刘柴桑①

穷居寡人用，　时忘四运周。②
桐庭多落叶，③　慨然知已秋。
新葵郁北墉，④　嘉穟养南畴。⑤
今我不为乐，　知有来岁不？
命室携童弱，⑥　良日登远游。⑦

【注释】

①酬：以诗文相赠答。刘柴桑：详见前诗。　②穷居：谓诗人隐居之所。人用：指人事应酬。用，行动，活动。四运：即春、夏、秋、冬四时。陆机《梁甫吟》：“四运循环转，寒暑自相承。”周：循环

往复。谓僻居陋室鲜有人事应酬，四季变迁时或忘却。 ③桐庭：复言"寡人用"意。一作"空庭"。《淮南子·说山训》："以小明大，见一叶落而知岁之将暮。"诗以"多落叶"出之，盖睹落叶满地而知少有人至，其景萧瑟，故有所慨叹。岁将暮犹生年之将终，行乐须及时。 ④葵：即冬葵，我国古代种植较普遍的一种蔬菜。墉：垣墙。《诗经·召南·行露》："谁谓鼠无牙？何以穿我墉！" ⑤穟：同"穗"。后世徐铉《九日落星山登高》："秋暮天高稻穟成。"畴：田地。 ⑥室：指妻子。弱：年幼。 ⑦登：成，即实现。登远游，即实现远游之愿。

【品评】

此诗与《和刘柴桑》当作于同一年。从诗意来看，《和刘柴桑》作于冬春之交，而此诗作于秋天。这年秋天，刘程之下庐山来拜访他，相互作诗和唱，渊明作《酬刘柴桑》。前两句"穷居寡人用，时忘四运周"说没有什么人与他来往，所以他有时竟然忘了四季的节序变化。然事实果真如此？穷居忘时而不知生命的迁逝？非也，诗人正是于此知与不知中感受生命的意趣。之后吟道："空庭多落叶，慨然知已秋。新葵郁北墉，嘉穟养南畴。今我不为乐，知有来岁不？命室携童弱，良日登远游。"此八句所写与前两句恰好相对，时忘四运与叶落知秋，多落叶与葵穟繁茂，甘心穷居与择日远游，此数者意象矛盾，却展现了时间的永恒性与生命的暂时性。由忘时乃知穷居孤寂落寞；而由枝头飘然而至的落叶，乃知秋天的到来，生命的秋天亦在浑然不觉中悄悄来临；墙角的新葵、南畴的嘉穟，虽暂时茂盛繁荣，却犹似生命的晚钟难得长久，从而暗示生命的荣盛行将不再。因此诗人在穷居忘时之际又察其生命飞逝,择良日作此远游,折射出生命的亮色。“今我不为乐,知有来岁不”一句没有对来岁未知的恐怖,但有尽享今朝的胸襟。明代黄文焕《陶诗析义》卷二言:“曰‘时忘四运’,又曰‘已知秋’,曰‘多落叶’,又亟曰‘新葵郁’、‘嘉穟养’,曰‘慨然’,又亟曰‘为乐’,忘者自忘,知者已知,绪忽飞来也;悴者自悴,荣者自荣,物各殊性也。仰观天时,俯察物美,知苦趣乃益添乐趣”。诗人情绪的宛转之变与物的荣悴之态,不能忘世的感慨之忧与对生命的达观之乐,交织成多层次的意义。

和郭主簿二首

其　一

蔼蔼堂前林,[①] 中夏贮清阴。[②]
凯风因时来,[③] 回飙开我襟。[④]
息交游闲业,[⑤] 卧起弄书琴。
园蔬有余滋,[⑥] 旧谷犹储今。[⑦]
营己良有极, 过足非所钦。[⑧]
舂秫作美酒,[⑨] 酒熟吾自斟。
弱子戏我侧,[⑩] 学语未成音。[⑪]
此事真复乐, 聊用忘华簪。[⑫]
遥遥望白云,[⑬] 怀古一何深![⑭]

【注释】

①蔼蔼:草木茂盛。束皙《补亡诗》:“瞻彼崇丘,其林蔼蔼。”②中夏:即仲夏,相当于农历五月份。贮:存储,积蓄,此谓树荫浓密。 ③凯风:和风,南风。《尔雅·释天》:“南风谓之凯风。”《诗经·邶风·凯风》:“凯风自南,吹彼棘心。”因时:依时而至。④回飙(biāo):旋风。曹植《杂诗》:“何意回飙举,吹我入云中。”⑤息交:停止交往,意同渊明《归去来兮辞》“请息交以绝游”。游:优游。闲业:指读书弹琴等技艺。丁福保笺注:“闲业者,正业之对文,当为六艺,即下文所云‘弄书琴’也。” ⑥余滋:多味,即多情趣。 ⑦犹储今:言去岁之谷尚有余。 ⑧“营己”二句:即有余谷经营自己的生活已足矣,资用过多非我所羡。钦:钦羡,艳慕。意与《和刘柴桑》“耕织称其用,过此奚所须”同。 ⑨舂:用杵臼捣掉谷类的壳。秫(shú):即粘高粱,多用以酿酒。《说文·禾部》:“秫,稷之粘者。” ⑩弱子戏我侧:鲍照《行路难》:“弄儿床前戏。”弱子,幼小的子女。 ⑪学语未成音:始学话,发音不清。⑫“此事”二句:谓前述生活真淳可爱而又令人身心快乐,此乐暂且可让人忘却显贵荣华。真:淳朴。华簪:古人以簪别冠于发上,华簪为贵官所专,因以之喻显官贵职。 ⑬白云:代指古时圣人。《庄子·天地》:“天下有道,则与物皆昌;天下无道,则修德就闲。千岁厌世,去而上仙,乘彼白云,至于帝乡。” ⑭怀古:追念古昔,欲效古时圣人。一何:多么。

【品评】

郭主簿事迹未详。从诗中“弱子戏我侧,学语未成音”句以及

《命子》、《责子》等诗对自己儿子年龄的描述推测，此二诗约作于晋安帝元兴二年(403)前后，渊明时年约35岁左右。本诗表现诗人摆脱官场束缚，返归自然，躬耕田园后悠闲自得的生活乐趣。诗中“乐”字贯穿始终，中夏之日，门前林木留下浓荫，清风习习吹动诗人的衣襟，此处了无官场束带的拘束，有的只是进退往来的自由无羁，这是尽享乡村景物的逸美之乐；避人幽居，息交以绝游，深巷远车辙，静心弹琴读书，卧起自由，此是精神畅游之乐；园蔬本多趣，且余谷犹存而无饮食之虞，“营已良有极，过足非所钦”，此乃知足之乐；余谷酿酒虽非佳酿，以自斟自饮而得平生所好之乐；“弱子戏我侧”，又独得天伦之乐，是为乐之又乐。诗意表达不事雕琢，又尽显炼字之美，“中夏贮清荫”，一个“贮”字将清荫形象化，那清荫宛如汪汪一碧的清泉触手可及，而望之则清凉顿生腑中，这清荫又似洞解人意，专为主人而留驻，着实令人爱恋；“卧起弄书琴”，“弄”字也神态倍出，诗人那息交绝游、幽居自乐、手挥素琴、偃仰啸吟的悠闲姿态无不毕现。而诗人这种自得自乐的生活恰与“怀古”之意合。唐顺之《答茅鹿门知县》曰：“陶彭泽未尝较音律，雕文句，但信手写出，便是宇宙间第一等好诗。何则？其本色高也。”此等本色，若非千锤百炼，良难获得。元好问“一语天然万古新，豪华落尽见真淳”之评殆非妄说。

其　二

和泽周三春，　清凉素秋节。①
露凝无游氛，②　天高肃景澈。③
陵岑耸逸峰，　遥瞻皆奇绝。④

芳菊开林耀，青松冠岩列。[⑤]

怀此贞秀姿，卓为霜下杰。[⑥]

衔觞念幽人，千载抚尔诀。[⑦]

检素不获展，[⑧]厌厌竟良月。[⑨]

【注释】

①和泽：温和润泽。周：遍及。《易·系辞上》："知周乎万物。"三春：春季孟、仲、季三个月。素秋：秋季。古代五行以金配秋，其色白，故曰素秋。句谓春天风和日丽、气候润泽，而秋来天空高远、清凉怡人。 ②露凝：凝露为霜。游氛：浮游的云气。③肃景：秋景。肃，肃杀。《礼记·月令》："（孟秋之月）天地始肃。"澈：明净。 ④陵：《说文解字》："陵，大阜也。"土山。《尚书·尧典》："荡荡怀山襄陵。"岑（cén）：《尔雅·释山》："山小而高，岑。"小而高的山。逸峰：姿态俊逸的山峰。遥瞻：远望。句谓在天高气爽的秋日大小山峰都耸立出俊逸的姿态，远远看去皆奇绝灵秀。 ⑤冠岩列：覆盖在群山之上。冠，覆盖。张衡《东京赋》："结云阁，冠南山。"岩列，犹言群山。秋日万物萧瑟、光色黯然，此时唯菊花盛开为林木增添亮光，放眼远望则见郁郁青松覆盖群山。前四句皆言在高爽秋日对所见的新奇感受。 ⑥贞秀姿：贞纯秀逸的姿态。卓：独立不群。谓松菊贞纯秀逸，独立为霜中傲然之士。 ⑦衔觞：饮酒。幽人：隐逸之士。抚尔诀：坚守你们的节操。抚，持守。尔，你们，代松菊。诀，准则。举杯痛饮，追念自古以来的隐者，亦都尊松菊傲然之操守，保持自己的高洁品行。 ⑧检素：检点情志。素，情愫，真情。展：施行。 ⑨厌厌：

精神不振的样子。《汉书·李寻传》:“列星皆失色,厌厌如灭。”竟:终,尽。良月:指农历十月。《左传·庄公十六年》:“使以十月入,曰:‘良月也,就盈数焉。’”

【品评】

这一首诗作于秋季。诗中通过对秋景的描绘和对古代幽人的企慕,既表现了诗人对山林隐逸生活的热爱,也衬托出诗人芳洁贞秀的品格与节操。诗从季节写起,“清凉素秋节”,清爽的季节,澄明的天空,为下文着力描写的逸峰芳菊拉开序幕。“陵岑耸逸峰,遥瞻皆奇绝。芳菊开林耀,青松冠岩列。怀此贞秀姿,卓为霜下杰。”此六句不仅道出诗人喜爱高耸的山峰、芬芳的秋菊的原因,更重要的是赞美峰峦的贞秀之姿以及秋菊“卓为霜下杰”的特质。如山峰俊逸,如松菊孤傲的幽人,历代皆有,诗人“衔觞”所念的,正是以幽人节操自励,使身处浊世的自己不逐流扬波,清高自持。龚自珍《己亥杂诗》“万古浔阳松菊高”正道出渊明如松菊般霜傲不屈的高节清操。

于王抚军座送客[1]

秋日凄且厉, 百卉具已腓。[2]
爰以履霜节,[3] 登高饯将归。
寒气冒山泽, 游云倏无依。[4]
洲渚四缅邈,[5] 风水互乖违。[6]

瞻夕欣良宴，离言聿云悲。[⑦]

晨鸟暮来还，悬车敛余辉。[⑧]

逝止判殊路，旋驾怅迟迟。[⑨]

目送回舟远，情随万化遗。[⑩]

【注释】

①王抚军：王弘，曾以抚军将军监江州、豫州之西阳、新蔡二郡诸军事，任江州刺史。客：兼指庾登之和谢瞻。庾登之：原任西阳太守，此次征为太子庶子、尚书左丞。谢瞻：原任相国从事中郎，此次赴任豫章太守，途经德阳。 ②厉：猛烈，迅疾。腓（féi）：草木枯萎。《诗经·小雅·四月》："秋日凄凄，百卉具腓。"毛传："凄凄，凉风也。"意谓秋风寒冷猛烈，百草望秋而枯黄凋伤。③爰：语助词。以：在。《史记·孟尝君列传》："文以五月五日生。"履：行走。履霜节，行于霜上的季节，即指秋九月。《诗经·豳风·七月》："九月肃霜。" ④倏：忽然，疾速。言浮云飘忽不定，或聚或散，变动不居。 ⑤洲渚：水中陆地。《尔雅·释水》："水中可居者曰洲，小洲曰渚。"缅邈：遥远貌，盖有远远望见而不可及之意。龚斌《陶渊明集校笺》作"绵邈"，而"洲渚"二句似化用潘岳《寡妇赋》"遥逝兮逾远，缅邈兮长乖"之句，故改。 ⑥风水互乖违：风向和水流的方向相反。乖违，背离。殆以风水相乖喻两相分离之意。 ⑦离言：离别之言。聿、云：语助词，无义。《诗经·小雅·小明》："曷云其还？岁聿云莫。"抬眼看已是日薄西山，本可成为令人欣喜的晚宴，却因席间离别之言令人伤悲。⑧悬车：古代记时的名称，指黄昏前的一段时间。此可指夕阳。

《淮南子·天文训》:“(日)至于悲泉,爰止其女,爰息其马,是谓悬车。至于虞渊,是谓黄昏。”敛:收聚。敛余辉,谓夕阳收起最后一抹光辉。 ⑨逝:去,离去之人。止:留,送客之人。判:分开。《国语·周语中》:“若七德离判,民乃携贰。”韦昭注:“判,分也。”旋驾:回车。迟迟:徐行貌。此或谓庾、谢为官,自己隐居,道不相同,殊途判然。但客人远去,亦心中怅惘,故而车行缓缓。 ⑩回舟:归去的舟。回,还,归。万化:万物变化,指自然界的运动变迁。遗:消失。意谓归人的小舟在视线中已经渐行渐远,情感亦将随自然变化而暗淡以至消失。

【品评】

此诗作于宋武帝永初元年(420)秋,王弘送西阳太守庾登之回京都,送豫章太守谢瞻赴任,在湓口南楼摆宴饯行,陶潜亦在座,遂即席赋此诗。“秋日凄且厉,百卉具已腓。爰以履霜节,登高饯将归”,渊明于秋天的诗常常是豁达的,独在本诗中的秋天显得格外凄凉肃杀,细究其原委,也能略知其一二。渊明此次参加王弘的宴请时本来就面色苍白,身体虚弱,强支病体送客是其心境萧疏的一个原因,虽然是送他们为官赴任,但渊明所重的是彼此间的友情。重要的还有这是刘宋新朝的第一个秋天,在陶潜看来,自然是凄风苦雨。“寒气冒山泽,游云倏无依。洲渚四缅邈,风水互乖违。瞻夕欣良宴,离言聿云悲”,在双重感伤的压力下,渊明的心情也是如此黯淡,看着山涧中的寒气云蒸而起,孤独的游云四处飘荡,无所依傍,水中洲渚虽寄托了无尽的缅邈情思,无奈终将人各两地,丰盛的送别晚宴上,浸满了离别的哀伤。最后写到清晨飞出的鸟儿陆续回巢，夕阳渐渐收起最后一抹余辉。离别时间已到，最终席中之人"醉不成欢惨将别"，各奔前程。"目送回舟远，情随万化遗"，注目行舟渐行渐远，离去之后留下的会是什么呢？其实最终也不过是这份感情随着自然变化而暗淡以趋于消亡。尽管此时心情颇为沉重，但诗人性格中达观的一面又在结尾处表现出来，在一个连死都不以为意的达观者那里，又岂能为离别所累。诗中通过层层渲染，烘托出离别的情绪，既表现出真挚的情感又传达出旷达的胸襟。

与殷晋安别[1] 并序

殷先作晋安南府长史掾，因居浔阳，后作太尉参军，移家东下，作此以赠。

游好非少长，　一遇尽殷勤。[2]
信宿酬清话，[3]　益复知为亲。
去岁家南里，[4]　薄作少时邻。[5]
负杖肆游从，[6]　淹留忘宵晨。[7]
语默自殊势，[8]　亦知当乖分。
未谓事已及，　兴言在兹春。[9]
飘飘西来风，　悠悠东去云。
山川千里外，　言笑难为因。[10]
良才不隐世，　江湖多贱贫。

脱有经过便，[11] 念来存故人。[12]

【注释】

①邓安生《陶渊明年谱》以旧说殷晋安为殷景仁为非，应指晋安太守殷隐。可信。 ②游好：友好交善。殷勤：情意恳切貌。《史记·司马相如列传》："相如乃使人重赐文君侍者，通殷勤。"句谓二人相交虽不久，却一见定交，彼此诚意相待。 ③信宿：连宿两夜。《诗经·豳风·九罭》："公归不复，于女信宿。"毛传："再宿曰信；宿，犹处也。"酬：酬答，应答。清话：清逸高雅的言谈。④家：安家，定居。南里：即指诗人于义熙十一年春，移居浔阳城南之南村。有《移居》诗。 ⑤薄：近。一作句首语气词，相当于"夫"、"且"。 ⑥肆：纵情，谓二人交游了无拘羁，情感相契。游从：同游相随。 ⑦淹留：停留，久留。屈原《离骚》："时缤纷其变易兮，又何可以淹留。" ⑧语默：《易·系辞》："君子之道，或出或处，或语或默。"言其与殷晋安隐仕有别。 ⑨"未谓"二句：即指虽知"语默"势殊、终当乖分，然未料别离竟如此之遽且在今春，有始料未及之叹。兴：起。言：语气助词。 ⑩因：《广雅·释诂三》："因，亲也。"难为因，即难为亲。 ⑪脱：倘或，或许。《后汉书·李通列传》："事既未然，脱可免祸。" ⑫存：慰问，看望。《史记·魏公子列传》："朱亥笑曰：'臣乃市井鼓刀屠者，而公子亲数存之。'"

【品评】

此诗见出渊明平和真诚的个性，以及交友爱人之道。"游好非少长,一遇尽殷勤”,追忆自己与殷晋安相识相知的过程。二人交好虽未久,亦不过以去岁移居相识而已,然却“一遇尽殷勤”,“一遇”知二人相识相知之快,而“尽”字则又呈现相待之真诚。此等真情显然与其志趣爱好不无关系,“信宿酬清话”,由“清话”可见二人相同的志趣爱好,难怪二人一起之时得以“负杖肆游从,淹留忘宵晨”。然二人志趣虽相投,人生之路却相左,一隐一仕,聚多离少恐为必然,渊明熟知其情,亦能泰然处之,却不知别离到来之疾,“未谓事已及,兴言在兹春”句颇有无奈之叹。而渊明交友处世恰于此处见其真,既不勉求友人隐,又不迫使自己仕,只在相同的志趣中保持二人的真情。“良才不隐世”是对殷晋安的肯定与激励,“江湖多贱贫”又是对自己隐居的笃定。诗人始终以平和淡定的心态处之。结尾“脱有经过便,念来存故人”透着对友人殷殷的期盼。方东树《昭昧詹言》卷四:“序则真序,情则真情。此人公不重之以为道义交,所谓‘故者无失其为故’也。语不假借,亦无讽讥轻慢。青天白日,分寸不溢,公所以为修词立诚,为有道之言也。情词芊绵真挚,后惟韩、杜二公有之。”

赠羊长史并序

左军羊长史,衔使秦川,[①]作此与之。

愚生三季后, 慨然念黄虞。[②]
得知千载外, 正赖古人书。[③]

圣贤留余迹，　事事在中都。[④]
岂忘游心目，　关河不可逾。[⑤]
九域甫已一，　逝将理舟舆。[⑥]
闻君当先迈，[⑦] 负疴不获俱。[⑧]
路若经商山，　为我少踌躇。[⑨]
多谢绮与甪，[⑩] 精爽今何如？[⑪]
紫芝谁复采，　深谷久应芜。[⑫]
驷马无贳患，　贫贱有交娱。[⑬]
清谣结心曲，　人乖运见疏。[⑭]
拥怀累代下，　言尽意不舒。[⑮]

【注释】

①左军：据逯钦立《陶渊明事迹诗文系年》，左军指左将军檀韶。羊长史：指羊松龄，当时是左将军的长史。衔使：奉命出使。秦川：相当于今天陕西、甘肃秦岭以北的关中地区。　②三季：夏、商、周三个朝代的末期。《汉书·叙传下》："三季之后，厥事放纷。"颜师古注："三季，三代之末也。"黄虞：传说中的上古贤君黄帝和虞舜。谓我出生在夏商周三代之后，怀念黄帝、虞舜之时。③"得知"二句：谓赖古书得以知晓千载之外的事。　④事事：犹言件件事，每件事。中都：泛指洛阳、长安一带的中原地区，盖以晋室南渡，时人呼西晋为中朝，故名。《晋书》目录："中朝四帝，都洛阳五十四年。"　⑤关河：《史记·苏秦列传》："秦，四塞之国，被山带渭，东有关河，西有汉中，南有巴蜀，北有代马，此天府也。"张守节《正义》："东有黄河，有函谷、蒲津、龙门、和河等关。"逾（yú）：

越过。以上四句谓古圣先贤的遗迹均在中都，本欲游心纵目其中，无奈道路险阻、关河难越，不得成行。实谓仰慕圣贤。 ⑥九域：九州，指全国。甫：开始。一：统一。逝：发语词，无义。理舟舆：整治舟车。句谓全国刚刚统一，我也要整治舟车前往中原，探访圣贤遗迹。 ⑦先迈：先行，即先去关中。 ⑧负疴（kē）：抱病。不获俱：不能与之同往。 ⑨踌躇：停留。《楚辞·七谏·怨世》："骥踌躇于弊輂兮，遇孙阳而得代。" ⑩谢：存问。绮与甪（lù）：指绮里季和甪里先生。甪亦作"角"。他们同东园公、夏黄公为避秦时乱而隐居商山，号"商山四皓"。《汉书·王贡两龚鲍传·序》："汉兴，有园公、绮里季、夏黄公、甪里先生，此四人者，避秦之乱世而入商洛深山，以待天下之定也。" ⑪精爽：精神魂魄。《左传·昭公二十五年》："心之精爽，是为魂魄。" ⑫紫芝：菌名，可作菜食，可入药。传说四皓在商山隐居时常采而充饥。《乐府诗集》五十八《琴曲歌辞》汉四皓《采芝操》："晔晔紫芝，可以疗饥。"此二句谓自"四皓"去后商山已无隐者，晔晔紫芝再无人采，深谷中早已荒芜。 ⑬驷马：四马拉一车。此盖有显贵意。贳（shì）：通"赦"，赦免，免除。交娱：欢乐相接，谓不绝。言尊贵显赫既不能纾祸，不如守贫贱而长乐。《高士传》记"四皓"作歌曰："唐虞世远，吾将安归？驷马高盖，其忧甚大，富贵之畏人兮，不如贫贱之肆志。" ⑭清谣：即四皓所作之歌谣。结心曲：结于内心深处，谓萦绕不绝。乖：离违。四皓之歌犹在，袅袅不绝于耳，然人（四皓）与时代相隔不得见。 ⑮拥怀：怀有感慨。累代：许多代。意不舒：意未尽。舒，舒展。言怀此感慨于数代之后，言尽意无穷，心中之情难舒展，惟冀羊长史明察。

【品评】

刘履《选诗补注》云:“义熙十三年,太尉刘裕伐秦,破长安,送秦主姚泓诣建康受诛。时左将军朱龄石遣长史羊松龄往关中称贺,而靖节作此诗赠之。”于此之时,“九域甫已一”而诗人所言并非新朝气象,而是“愚生三季后,慨然念黄虞”的感慨,原来他所怅恨的是自己仅能从古人书中遥见上古盛世,而且“圣贤留余迹,事事在中都”,连其遗迹都至今未能亲睹,渊明对此神交已久,却不能成行,其遗憾之情可知。昔日战火连绵,阻隔行程、无法践行,今日天下归一,大可“理舟舆”以骋夙愿,无奈又“负疴不获俱”,所幸还有友人羊长史衔使秦川,遂嘱托其能“路若经商山,为我少踌躇”,以下六句表达了对古代圣贤的仰慕之情。此其一意,诗人于对古圣先贤的仰慕中暗寓着对现实的忧心忡忡,并表示了隐居的决心。此诗含蓄蕴藉,感时事而不露痕迹,被清代方东树誉为“陶诗当以此为冠卷”(《昭昧詹言》卷四)。

岁暮和张常侍①

市朝凄旧人,　骤骥感悲泉。②
明旦非今日,　岁暮余何言。③
素颜敛光润,　白发一已繁。④
阔哉秦穆谈,　旅力岂未愆。⑤
向夕长风起,⑥ 寒云没西山。
洌洌气遂严,⑦ 纷纷飞鸟还。

民生鲜长在，矧伊愁苦缠。[⑧]
屡阙清酤至，无以乐当年。[⑨]
穷通靡攸虑，憔悴由化迁。[⑩]
抚己有深怀，履运增慨然。[⑪]

【注释】

①张常侍:当指张诠。一说指张野。 ②市朝:指人众会集之处。《孟子·公孙丑上》:“思以一豪挫于人,若挞之于市朝。”凄:为……而悲。旧人:亡故之人。骤骥:盖谓如白驹过隙之迅疾。此代指太阳。悲泉:日落之处。《淮南子·天文训》:“日至悲泉,爰息其马,是谓悬车。”这两句是说,光阴迅速,人生易逝。③或谓:今日尚是世间一人,明天已是阴间一鬼,人生无常,匆匆岁又暮,还有什么可说的呢? ④素颜:脸色白皙。敛光润:收起光泽。一:语助词,无义。繁:多。句谓形容憔悴。 ⑤阔:迂阔,不切实。秦穆:即秦穆公。旅力:亦作“膂力”,体力。愆(qiān):丧失。《尚书·秦誓》记秦穆公曰:“番番良士,旅力既愆,我尚有之。”是说头发花白的将士,已经丧失了体力,而我尚有力。陶诗此二句反用其意,是说:年老衰弱,体力怎能不丧失呢?意即老了无能为力,故言秦穆之谈为迂阔。 ⑥向夕:向晚,将近傍晚。长风:远风。 ⑦冽冽:寒冷。《诗经·小雅·大东》:“有冽氿泉,无浸获薪。”朱熹注:“冽,寒意也。”严:重,厉害。 ⑧“民生”二句:谓人生本来就很少能长久,何况又凄苦缠绕,则更易衰老。鲜:少。矧(shěn)伊:况且。 ⑨屡阙:经常缺。阙,同“缺”。清酤(gū):清酒。《诗经·商颂·烈祖》:“既载清酤,赉我思成。”谓常

常缺少清酒，无法及时行乐。⑩穷通：穷困与通达。靡：无。攸：所。憔悴：此指衰老。由化迁：任由自然的变迁。谓穷厄显达无所顾虑，容颜衰老亦任由自然变迁。⑪抚己：抚己自问。深怀：深刻的感怀。履运：经历时运变化。谓值此易代之际省己自问，感慨满怀。

【品评】

此诗当作于晋义熙十四年(418)，渊明时年54岁。刘履《选诗补注》卷五云："按《晋史》义熙十四年十二月，宋公刘裕弑安帝于东堂而立恭帝。靖节和此岁暮诗，盖亦适当其时，而寄此意焉。首言市朝耆旧之人，莫不相为悲凄，而其乘马亦有悲泉悬车之感。且谓明旦已非今日，予复何言，其意深矣。中谓长风夕起，寒云没山，猛气严而飞鸟还者，以喻宋公阴谋弑逆之暴，而能使人骇散也。篇末又言穷通死生皆不足虑，但抚我深怀而践此末运，能不慨然而增愤激焉。"诗人适值乱世而自己又已年过50，诗中弥漫着一种忧虑与孤凄。诗题"岁暮"固然指自然节令的寒云朔气，此外便是感叹自己已真正地步入人生的暮年，因而对岁暮的感慨，也是对自己生命渐逝的伤感。诚如"明旦非今日，岁暮余何言"所言，怆然无奈。而"素颜敛光润，白发一已繁"的迟暮之感早已没有了先期"纵浪大化中，不喜亦不惧"(《形影神》)那样的平和超脱。而今所感受到的仅是衰朽之年体气渐衰。"向夕长风起，寒云没西山。冽冽气遂严，纷纷飞鸟还"的诗句，深感于流俗之辈变节从俗，所为无非依附权势，以牺牲人格为代价博得锦衣玉食甚至封妻荫子而已。正道直行者孤独寂寥，独守困穷，所谓"抚已有深怀，履运增慨然”者，乃是人生暮年的苍凉，此等况味惟历世事变幻者方可道得出。

和胡西曹示顾贼曹[①]

蕤宾五月中，[②] 清朝起南飔。[③]
不驶亦不迟， 飘飘吹我衣。[④]
重云蔽白日， 闲雨纷微微。[⑤]
流目视西园，[⑥] 晔晔荣紫葵。[⑦]
于今甚可爱， 奈何当复衰。[⑧]
感物愿及时， 每恨靡所挥。[⑨]
悠悠待秋稼，[⑩] 寥落将赊迟。[⑪]
逸想不可淹，[⑫] 猖狂独长悲。[⑬]

【注释】

①胡西曹、顾贼曹：胡、顾二人名字及事迹均不详。西曹、贼曹均是州从事官名。据《宋书·百官志》，西曹掌管官员铨选之事，贼曹掌管捕系惩处盗贼之事。示：给某人看。 ②蕤(ruí)宾：指仲夏五月。《礼记·月令》：“仲夏之月……律中蕤宾。” ③清朝：清晨。飔(sī)：凉风。《乐府民歌·有所思》：“秋风肃肃晨风飔，东方须臾高知之。” ④驶：疾速。迟：迟缓，缓慢。句谓晨风不疾不徐，缓缓吹来，拂动衣袂。 ⑤“重云”二句：《古诗十九首》：“浮云蔽白日，游子不顾返。”重云：层层乌云。蔽：遮挡。闲

雨：指小雨。闲，缓，慢。微：细，小。⑥流目：游目，随意观览。王羲之《兰亭集序》："所以游目骋怀，足以极视听之娱，信可乐也。" ⑦晔晔(yè)：美盛貌。《汉书·叙传下》："世宗晔晔，思弘祖业。"颜师古注："晔晔，盛貌也。"荣：草木开花谓荣。⑧当：将。奈何：无奈。盖叹荣华难久恃。⑨靡所挥：无酒可饮。挥，即挥觞，饮酒之意。⑩悠悠：久远貌。待秋稼：等待秋收。⑪赊(shē)迟：迟缓。赊，远。后世王勃《滕王阁序》："北海虽赊，扶摇可接。" ⑫逸想：拔俗之想。淹：留滞。⑬猖狂：恣情纵性，谓情怀激烈。

【品评】

本诗约作于渊明晚年，据《宋书·陶渊明传》："当九月九日无酒，出宅边菊丛中坐久，值弘送酒至，即便就酌，醉而后归。"乃知渊明晚年贫困交加，无酒可饮。诗中流露出伤感无奈的情绪。仲夏五月，清晨的凉风徐徐吹来，本可尽情享受清风吹我襟的悠闲惬意，却无奈乌云密布，细雨绵绵，阴霾笼上诗人的心头。放眼远望，西园沐浴在细雨中的紫葵生长得异常繁茂，诗人却没有从中感受到生命的蓬勃，而是从现在繁茂的表面上看到终将衰微的生命本质，油然生出一种感伤情绪。物虽必将衰残，但却能得时而散发出生命的光彩，而自己却独自忍受着独居以来的寂寞，承受着无酒可饮的煎熬。而五月距离秋收尚有一段不短的时间，没有生活资养的日子能不令人慨然长悲！全诗似乎又不纯然感叹生活的艰难，艰难的背后若有所指。邱嘉穗《东山草堂陶诗笺》卷二："此诗赋而比也。盖晋既亡于宋，如重云蔽日而阴雨纷纷，独公一片赤心如紫葵向日，甚为可爱，而又老至，不能及时收获，渐当复衰，此公之所以感物而独长悲也。”诗人“固穷守节”信仰的诗意化，在困顿生活的挤压下似乎失去了昔日圣洁的光环，这或许就是本诗背后诗人的心情。

悲从弟仲德[①]

衔哀过旧宅，　悲泪应心零。[②]
借问为谁悲，　怀人在九冥。[③]
礼服名群从，　恩爱若同生。[④]
门前执手时，　何意尔先倾。[⑤]
在数竟未免，　为山不及成。[⑥]
慈母沉哀疚，[⑦]二胤才数龄。[⑧]
双位委空馆，[⑨]朝夕无哭声。
流尘集虚坐，[⑩]宿草旅前庭。[⑪]
阶除旷游迹，[⑫]园林独余情。
翳然乘化去，[⑬]终天不复形。[⑭]
迟迟将回步，[⑮]恻恻襟涕盈。[⑯]

【注释】

①从弟：比自己小的叔伯之子，即堂弟。古人常在称呼之前加“从”字表示堂房亲属，如从子、从兄弟、从伯叔等。仲德：生平事迹不详。　②应：随着。零：零落。　③九冥：九泉，黄泉，指阴

间。阮瑀《七哀》:“冥冥九泉室,漫漫长夜台。” ④礼服:见《赠长沙公》注⑤。从:指堂房亲属。恩爱:感情亲笃。《韩非子·六反》:“明主知之,故不养恩爱之心,而增威严之势。”同生:一母同胞之谓。意谓以丧服礼制而言从弟为众堂房亲属之一,以恩爱情感而言则又情如一母所生。 ⑤意:料想。倾:倒塌,覆灭。《诗经·大雅·荡》:“曾是莫听,大命以倾。”引申为死亡。 ⑥在数:犹言寿限之内。数,命运,气数。为山:谓建立功业。句谓年寿之内未免于命殒一旦而终至功业未成。 ⑦疚:因丧事而悲痛。⑧胤:子嗣,后代。《左传·隐公十一年》:“夫许,大岳之胤也。”⑨双位:指仲德与其妻之灵位。委:置。空馆:空舍。 ⑩流尘:灰尘。集:本指鸟止于树上。《诗经·周南·葛覃》:“黄鸟于飞,集于灌木。”引申为落。虚坐:空座。坐,通“座”。指祭祀时为死者而设的座位,故而是空的。 ⑪宿草:隔年的草。《礼记·檀弓》:“朋友之墓,有宿草而不哭焉。”孔颖达疏:“宿草,陈根也,草经一年则根陈也。”后用为悼念亡友之辞。旅:野生。《乐府民歌·十五从军征》:“中庭生旅谷,井上生旅葵。” ⑫阶除:台阶,楼阶。王粲《登楼赋》:“循阶除而下降兮,气交愤于胸臆。”除,台阶的通称。张衡《东京赋》:“登自东除。”旷:空,无。游迹:人之行迹。⑬翳(yì)然:隐然貌。乘化去:顺应自然变化而逝去。意同渊明《归去来兮辞》“聊乘化以归尽”句。 ⑭终天:永久。复形:犹言复生。形,形体。 ⑮迟迟:迟缓,徐行。此指心情沉痛而行走迟缓。 ⑯恻恻:悲痛貌。潘岳《寡妇赋》:“庶浸远而哀降兮,情恻恻而弥甚。”涕:泪。谓涕泪满衣裳。

【品评】

从诗中“衔哀过旧宅”句看,此诗与《还旧居》大约作于同一时期,即晋义熙十三年(417)。这是一首祭文性质的诗,但没有祭文述写逝者生前的功业等内容,而是着重写凭吊旧宅时触物所及而引发的悲情。诗人与从弟恩爱若同生的感情,使他悲不自禁,“门前执手时”是对往日生活的甜美回顾,怎奈昔日执手之别竟成永别,“何意尔先倾”之“何意”道出对从弟“在数竟未免,为山不及成”早早离世的痛心与惋惜。而今归来,室中仅剩老母幼孙,庭前旅草繁盛,庭阶荒无人迹,睹之不胜凄凉。诗人昔日面对死亡不以为意、甚至“鼓盆而歌”的道家气味荡然无存,字里行间浸满了无尽哀痛,表达了对亲人的深切悼念。陶渊明一生虽然淡泊处世,但对亲友,却又情深异常,即便是对人生道路并不相同的朋友也是如此。于此诗亦有如清代陈祚明“特多弱句”(《采菽堂古诗选》)的诟病,但又何须强求,大悲之至而惶不择语,这时候随口道来,此诚率真任性之为。为诗为文精析审思,是在痛定思痛之后的事。

卷之三　诗五言

始作镇军参军经曲阿作①

弱龄寄事外，② 委怀在琴书。
被褐欣自得，　屡空常晏如。③
时来苟冥会，　宛辔憩通衢。④
投策命晨装，　暂与园田疏。⑤
眇眇孤舟逝，　绵绵归思纡。⑥
我行岂不遥，　登降千里余。⑦
目倦川途异，　心念山泽居。⑧
望云惭高鸟，　临水愧游鱼。⑨
真想初在襟，　谁谓形迹拘。⑩
聊且凭化迁，　终返班生庐。⑪

【注释】

①曲阿：地名，在今江苏丹阳。　②弱龄：年轻。弱：年幼。寄事外：寄身心于世事之外，即不关心俗杂人事。　③被：同“披”，穿着。《史记·陈涉世家》：“将军身被坚执锐，伐无道，诛暴秦。”褐（hè）：粗布衣。《老子》：“是以圣人，被褐怀玉。”屡空：食物常常乏匮。《论语·先进》：“子曰：回也其庶乎，屡空。”诗人以道德学问皆有所成而食用匮乏的颜回自比，安然于“被褐”、“屡空”

的生活。晏如：恬然自安。《汉书·扬雄传》："家产不过十金，乏无儋石之储，晏如也。" ④时来：机会到来。冥会：自然吻合。郭璞《山海经图赞·磁石》："磁石吸铁，琥珀取芥，气有潜通，数亦冥会。"宛：屈。憩：休息。通衢（qú）：四通八达的大道。此喻仕途。假令机会与己之主张相合，姑且屈长往之驾于仕途中。其时刘裕起兵讨伐桓玄，政局突变，渊明以为时机来临，不妨出仕（龚斌《陶渊明传论》语）。 ⑤投策：弃杖。命晨装：使人准备早晨出发的行装。句谓此次游迹于仕途，暂时与亲近的田园告别。 ⑥眇眇：辽远貌。绵绵：连绵不断。曹植《洛神赋》："思绵绵而增慕，夜耿耿而不寐。"纡：情思不绝貌。谓虽出仕为官，心中田园情仍不绝。 ⑦登降：登，升；降，下。谓路途坎坷险阻，崎岖不平。蔡邕《述行赋》："率陵阿以登降兮，赴偃师而释勤。" ⑧川途异：指途中山川景色各异。山泽居：山水田园之居。旅途景色变化，眼睛却倦怠不已，心中倍加思念田园生活。 ⑨"望云"二句：仰观云中翔鸟，俯察水中游鱼，自由自在，无拘无束，反观自己一入仕途，便身不由己，心为形役，身心不得其所，颇感惭愧。 ⑩真想：任真的思想。形迹拘：为形体所拘。形迹，指形体所为。谓：只要心存"真"想，又怎么能心为形役呢？ ⑪句谓暂且委任时运变化，最终还会归隐田园。凭：听任。化迁：自然造化。班生庐：指仁者隐居之处。班生指东汉班固，其《幽通赋》有"终保己而贻则兮，里上仁之所庐"句。

【品评】

晋安帝元兴三年（404），陶渊明40岁时，出任镇军将军、徐州刺史刘裕的参军。这首诗就是他在赴任途中所作。作为世代官宦元勋之后的渊明，并非生来就厌恶官场，相反还曾经有过济苍生的人生期望，《杂诗》说："忆我少壮时，无乐自欣豫。猛志逸四海，骞翮思远翥。"可见他曾经的抱负。而在一次次仕途风波中，在东晋文人追求隐逸自由风气的影响下，他的内心也深深埋下了向往田园的种子，"弱龄寄事外，委怀在琴书"、"少无适俗韵，性本爱丘山"，都是对这一思想的申述，而且面对归隐穷居的生活，诗人也早有准备，"被褐欣自得，屡空常晏如"。但是这两种思想常常同时存在，只是因时而不同。所以机会来临时，他也会选择出任镇军将军刘裕的参军，"时来苟冥会，婉娈憩通衢"，但更多的是他赴任途中又眷念田园的矛盾心态，"目倦川途异，心念山泽居。望云惭高鸟，临水愧游鱼。真想初在襟，谁谓形迹拘"，表现出身在任上心在田园的矛盾心理。诗中反复抒发对田园自由生活的深深怀念之情，并决心保持纯真的本性，"暂与园田疏"、"终返班生庐"表明自己此次赴任只是暂别园田，终将归隐其中。罗大经《鹤林玉露》卷五曰："士岂能长守山林，长亲蓑笠，但居市朝轩冕时，要使山林蓑笠之念不忘，乃为胜耳。渊明《赴镇军参军》诗曰：'望云惭高鸟，临水愧游鱼。真想初在襟，谁谓形迹拘。'似此胸襟岂为外荣所点染哉！"此亦能看出渊明之出仕诚非本心。

庚子岁五月中从都还阻风于规林二首[1]

其　一

行行循归路，　计日望旧居。[2]

一欣侍温颜，[3] 再喜见友于。[4]
鼓棹路崎曲，指景限西隅。[5]
江山岂不险，归子念前涂。[6]
凯风负我心，戢枻守穷湖。[7]
高莽眇无界，夏木独森疏。[8]
谁言客舟远，[9] 近瞻百里余。
延目识南岭，空叹将焉如。[10]

【注释】

①规林：古地名，在今安徽宿松境内。《宿松县志》卷末“补遗”：“规林后为规林司，今归林滩，废司故址，县南一百里外，属归林庄，晋彭泽宰陶潜遗迹在。” ②“行行”二句：一路沿着旧路不停地走着，心中急切地算着时日，盼望早日见到老家。行行：走着不停。《古诗十九首·行行重行行》：“行行重行行，与君生离别。”计日：算计着日子。谓心情急切。旧居：老家。 ③温颜：指渊明的母亲。侍温颜，即侍奉母亲。 ④友于：本指兄弟相爱。《尚书·君陈》：“孝乎惟孝，友于兄弟。”后为兄弟情谊或兄弟的代称。《后汉书·史弼列传》：“陛下隆于友于，不忍遏绝。” ⑤“鼓棹”二句：意谓奋力划船前行，无奈道路崎岖，手指太阳，却见其已薄于西隅。指景：即指太阳。限：界。盖有至于西隅之限的意思，故言太阳行将落山。西：太阳落山之处。隅：边远处。此指天边。⑥念：思。前涂：前路，指回家的路。涂，同“途”。江山非不险阻，但回家之人一心只想着回家的路，无心他顾。 ⑦凯风：见《和郭主簿二首》(其一)注③。负我心：违背我心愿。回家心迫，却又为

风所阻，故言“负我心”。戢(jí)：收起。枻(yì)：短桨。穷：荒僻偏远。途中为风所阻，不得已只好收桨停船，困守于荒僻的湖泽之中。 ⑧莽：草。独：特别。森疏：繁茂扶疏。此二句乃独困舟中之举目所见。 ⑨客舟：即渊明所乘之舟。 ⑩延目：放眼远望。南岭：指庐山之一峰。焉如：何往。放眼远望，虽然识得南岭在处即我家，但因阻隔不能前行，空自叹息该何以前往。

【品评】

这两首诗写于晋安帝隆安四年(400)，陶渊明36岁(据王瑶编注《陶渊明集》)，他此时是桓玄的幕僚，作为桓玄的使者到建康(今南京)，完成使命后，回家省亲，然被风阻于途中。“行行循归路，计日望旧居”，交代了诗人不停前行的情形；“计日”，刻画出渴望尽早回家的焦急心情。这种焦急心情一则是由于回家可以“一欣侍温颜，再喜见友于”，再则由于回家可以远离官场的种种险恶。据萧统《陶渊明传》记载，陶渊明京都建康之行，亲眼目睹了司马道子父子及司马尚之兄弟挟制皇室和他们的专横暴虐，看到了各派势力间的权力倾轧与争斗，使他刚刚燃起的热情又瞬间消失，回家享受亲情的温馨无疑是最好的去处。不管出于何种原因，此时渊明回家的心情是急切的。“鼓棹路崎曲，指景限西隅。江山岂不险，归子念前涂。凯风负我心，戢枻守穷湖。高莽眇无界，夏木独森疏”，道路崎岖，阻风停舟都加剧了急于回家的焦躁情绪。家成了渊明精神的抚慰所，无奈天公不作美，途中阻风，“延目识南岭”，遥望家就在眼前，纵然心情急切也只能暂时等待，“空叹将焉如”，是啊，回家的路有多艰难！而通往精神家园的路又何尝不是呢？

其　二

自古叹行役，[①] 我今始知之！
山川一何旷，　巽坎难与期。[②]
崩浪聒天响，[③] 长风无息时。
久游恋所生，[④] 如何淹在兹。[⑤]
静念园林好，　人间良可辞。[⑥]
当年讵有几，　纵心复何疑。[⑦]

【注释】

①行役：因公务而在外跋涉。《诗经·魏风·陟岵》："嗟！予弟行役，夙夜必偕。"　②巽（xùn）坎：《周易》卦名，巽代表风，坎代表水。风波不平。谓天地阔远，人生风浪难以预测。　③崩浪：巨浪。聒（guō）天：震天。　④游：游宦。所生：指母亲。　⑤淹：久留。　⑥人间：谓世俗社会。　⑦当年：丁年，壮年。《晏子春秋·不合经术者》："当年不能究其礼，积财不能赡其乐。"注："当年，壮年也。"讵（jù）：曾。纵心：放纵情怀，不受约束。谓壮年之日无多，应当放任身心，纵游所好，无须犹疑。

【品评】

如果说前一首还比较含蓄地流露了对官场的厌恶之情的话，那么这一首则明确地表达了他身在官场的身心劳累，"自古叹行役，我今始知之"正是这一心情的体现，而承此"崩浪聒天响，长风无息时”则不可作表面解会，此二句诗人以夸饰语道尽官宦生活无休止的繁杂与扰心之痛，这也是行役之苦处所在。可见诗人如今是真的识尽行役的苦滋味了。渊明虽在诗中没有说官场上的虚伪狡诈让他厌弃了这种生活，但我们从他对山川难与期、静念园林好的描述中分明感受到向往园林生活的深层原因。官场的污浊与园林的清新、行役的繁乱与闲居的静穆，两相对比让诗人对美好的田园生活仰慕不已，也让他坚定了归隐的决心，“当年讵有几，纵心复何疑”，壮年无多，宜当及时归隐，无须更多虑，这也许是他此时的心情。

辛丑岁七月赴假还江陵夜行涂口①

闲居三十载，② 遂与尘事冥。
诗书敦宿好， 林园无世情。③
如何舍此去， 遥遥至西荆。④
叩枻新秋月，⑤ 临流别友生。⑥
凉风起将夕，⑦ 夜景湛虚明。⑧
昭昭天宇阔，⑨ 皛皛川上平。⑩
怀役不遑寐，⑪ 中宵尚孤征。⑫
商歌非吾事，⑬ 依依在耦耕。⑭
投冠旋旧墟，⑮ 不为好爵萦。⑯
养真衡茅下，⑰ 庶以善自名。⑱

【注释】

①赴假:犹言今之销假,谓假满赴职。江陵:当时的荆州镇地,在今湖北省江陵。涂口:古地名,在今湖北安陆境内。 ②闲居:避人独居。《礼记·孔子闲居》郑玄注:“退燕避人曰闲居。”又《大学》:“小人闲居为不善,无所不至。”此当言家居无事。三十载:三十年,此处盖非实数。 ③敦:厚。用如动词,即加强。宿好:平素的嗜好。宿,平素。二句念所好。 ④“如何”二句:为什么要舍弃田园生活,去赴任为官呢?西荆:指荆州,治所在湖北江陵。 ⑤叩:敲,击。枻(yì):船舷。《楚辞·渔父》:“渔父莞尔而笑,鼓枻而去。”王逸注:“叩船舷也。”新:与下句“别”字对照,疑为“亲”之通假。有亲近意。盖谓月明之夜泛舟水上,秋月朗照,诗人倍感亲切。 ⑥临流:面对长流。友生:朋友。《诗经·小雅·棠棣》:“虽有兄弟,不如友生。” ⑦将夕:向晚,将近傍晚。⑧湛(zhàn):澄清,明朗。虚明:天空晴明。虚,天空。《抱朴子·君道》:“剔腹背无益之毛,揽六翮凌虚之用。” ⑨昭昭:光明,明亮。《楚辞·九歌·云中君》:“灵连蜷兮既留,烂昭昭兮未央。”王逸注:“昭昭,明也。” ⑩皛(xiǎo)皛:洁白光明的样子。川上平:指江面平静。 ⑪怀役:心念职役。不遑(huáng):不暇。遑,闲暇。《诗经·小雅·小弁》:“心之忧矣,不遑假寐。” ⑫中宵:夜半。孤征:独自远行,即赴任。征,远行。 ⑬商歌:悲凉低回的歌。《淮南子·氾论训》:“夫百里奚之饭牛,伊尹之负鼎,太公之鼓刀,宁戚之商歌,其美有存焉者矣。”《淮南子·主术训》:“宁戚商歌车下,而桓公慨然而悟。”许慎曰:“宁戚,卫人,闻齐桓公兴霸,无因自达,将车自往。”屈原《离骚》:“宁戚之讴歌兮,齐桓闻以

该辅。”后以“商歌”喻自荐求官。商歌非吾事:意谓如宁戚自荐求官,非我所愿意做之事。 ⑭依依:依恋,不舍貌。耦(ǒu)耕:《论语·微子》:“长沮、桀溺耦而耕。”谓隐居躬耕。意谓内心依恋不舍的还是隐逸生活。 ⑮投冠:比喻弃官。旋:返回。旧墟:故乡旧居。 ⑯为:被。好爵:高官厚禄。萦:牵挂,缠绕不断。即不被官事纠缠拖累。 ⑰养真:涵养任真的本性。衡茅:谓居室简陋。衡,同“横”,“横木为门”之省。茅,茅屋。 ⑱庶:庶几,差不多。有希望之意。善自名:更好地保持自己的名声。

【品评】

辛丑岁是晋安帝隆安五年(401),此时渊明仍在荆州刺史桓玄幕府中任职。此前,诗人告假还家,至七月假满,从家返江陵赴职,这首诗便是在途中所作。诗人虽然身在官场,但仍然表现出对其污浊的厌弃和对闲居生活的向往。因而前四句追忆闲居生活的美好,“如何舍此去,遥遥至西荆”,一个“如何”,充满了对自己出仕桓玄幕府行为的质疑与自责,此二句又与“诗书敦宿好,林园无世情”相对照,大有早知如此何必当初的悔恨之意,这是临别之时对了无世情的田园生活的恋恋不舍。而“叩枻新秋月,临流别友生”,可以看作是结构上的过渡,由前面对出仕行为的质疑转为新秋月下驾舟独行、临流别友生的孤独失意。“凉风起将夕,夜景湛虚明。昭昭天宇阔,皛皛川上平”四句,是诗人在秋夜独对孤舟的生命体验。天宇浩渺,清凉的新月下惟有小舟相伴,天地的阔远与个人的渺小使诗人感到一股彻心的孤寂落寞。重要的是此行依然要面对一张张阳奉阴违的脸,面对阴险狡诈的环境,整日生活得战战兢兢，远没有在并无世情的林园中活得舒心踏实。“怀役不遑寐，中宵尚孤征”，是这种劳心费神、惶恐不安生活的具体体现，“中宵”与“尚”字准确地表达出诗人违心而为的满腹怨气。因此“商歌非吾事，依依在耦耕。投冠旋旧墟，不为好爵萦”四句就是厌弃行役之苦，尽快归隐的志向与心愿。自荐求官决非我之所愿，面对争斗不休的官场，我宁可过耦耕隐居的生活，也不愿为无尽的烦恼劳累。诗人心中始终未变的还是他那保守本真的人生理想，“养真衡茅下，庶以善自名”，是他在繁杂的人生中为保全自己完整的人格而做出的努力。

癸卯岁始春怀古田舍二首

其　一

在昔闻南亩，　当年竟未践。①
屡空既有人，　春兴岂自免。②
夙晨装吾驾，　启涂情已缅。③
鸟弄欢新节，④ 泠风送余善。⑤
寒竹被荒蹊，　地为罕人远。⑥
是以植杖翁，　悠然不复返。⑦
即理愧通识，　所保讵乃浅。⑧

【注释】

①在昔：过去，往日。南亩：《诗经·小雅·大田》：“以我覃

耜，俶载南亩。”指农田。然此“南亩”与《归园田居》（其一）“开荒南野际”所得之田，殆非同一处。从“在昔闻南亩”知“南亩”当为祖上既得之田。当年：壮年。此盖谓恨己归之晚。践：踩踏，此指亲自耕种。二句谓虽然早就听说以前家中有田，但时至今日尚未亲自耕种。 ②屡空：《论语·先进》：“子曰：回也其庶乎，屡空。”言如颜回般贫穷。既有人：指颜回。兴：起。谓春天来临始耕作。此二句谓自己虽如颜回一样贫穷，但每到春来还会耕作。 ③夙晨：早晨。装吾驾：整理备好我的车马。启涂：启程，出发。涂，通“途”。缅：遥远貌。言刚刚启程，心神早已远远飞驰于田亩之中。 ④弄：鸟叫，此有鸟鸣婉转之意。新节：即指春天。 ⑤泠（líng）风：小风，和风。《庄子·齐物论》：“泠风则小和。”陆德明释文：“泠风，泠泠小风也。”余善：不尽的和美之感。善，美好。《庄子·逍遥游》：“夫列子御风而行，泠然善也。” ⑥被荒蹊：覆盖着荒芜的小路。被，覆盖。曹植《公宴诗》：“秋兰被长坂，朱华冒绿池。”蹊，小路。《史记·李将军列传》：“谚曰：‘桃李不言，下自成蹊。’”清晨泛着凉意的竹子覆盖着荒僻的小路，所去的南亩也因人迹罕至而觉得很远。 ⑦植杖翁：即指子路途中所遇之荷蓧丈人。《论语·微子》：“子路从而后，遇丈人，以杖荷蓧（diào）。子路问曰：‘子见夫子乎？’丈人曰：‘四体不勤，五谷不分，孰为夫子？’植其杖而芸。子路拱而立。止子路宿。杀鸡为黍而食之，见其二子焉。明日，子路行以告。子曰：‘隐者也。’使子路反见之。至，则行矣。”此二句用其意。 ⑧即理：就躬耕隐居之理的认识。通识：识见通达。意谓就躬耕隐居的道理而言，虽然有愧于识见通达，但其对养生任真的涵养之功却实属不浅。

【品评】

癸卯岁是晋安帝元兴二年(403)。两年前,即晋安帝隆安五年(401)的冬天,陶渊明因遭母丧而离桓玄幕府之职返回家乡。这两首诗作于同一年的春天,这时诗人已经开始躬耕。

“在昔闻南亩,当年竟未践”二句,起首便表达出归来恨晚之意,诗人此前或出于济世之志的理想、或出于生活所迫而出仕,疏远了田园生活,当他艰辛倍尝、疲惫归来之时,乡土扑面而来的亲切使他产生出如此悔意,这并非矫情。如今已经躬耕于南亩之中,虽然生活并不宽裕,但前有如颜回等先贤屡空却晏如的生活做榜样,春来也会努力耕作,享受一种过程上的欢欣。每当清晨整理农具、准备事弄田园之时,心神早已先形体而驰往于田亩之中了,这该是一种怎样的愉悦。途中更是“鸟弄欢新节,泠风送余善”,诗人分别从听觉和视觉享受上表现自己沐浴在晨曦中、只有田野乡间才得一遇的惬意,一个“弄”字,把鸟儿在清爽的晨风中婉转啼鸣的自由自在刻画得淋漓尽致。此二句正应了王国维“一切景语皆情语”的论断,我们从鸟儿的欢鸣、泠风的和美中真切地感受到渊明发自心底的欢欣。晨曦笼罩,寒竹覆径,南亩因人罕至而略显偏远,而这并不能挫伤渊明此时的兴致,相反更能使他充分享受大自然赋予的单纯与静穆。这种远离世俗扰攘的清新宁谧,也使得植杖之人沉迷其中而隐去不复出,更何况素有隐逸之志的渊明呢? 农耕之乐虽然难当识见通达,但却可以涵养任真的情性,这是渊明所不懈追求的。

其　二

先师有遗训，　忧道不忧贫。①
瞻望邈难逮，　转欲志长勤。②
秉耒欢时务，③解颜劝农人。④
平畴交远风，⑤良苗亦怀新。⑥
虽未量岁功，　即事多所欣。⑦
耕种有时息，　行者无问津。⑧
日入相与归，⑨壶浆劳近邻。⑩
长吟掩柴门，　聊为陇亩民。⑪

【注释】

①先师:对孔子的尊称。遗训:本犹遗言,此指遗留下来的训导之辞。忧道不忧贫:语出《论语·卫灵公》:“子曰:君子谋道不谋食。耕也,馁在其中矣;学也,禄在其中矣。君子忧道不忧贫。”然渊明之道异于孔子厚治世而薄耕作之道,以躬耕来养本保真,是为其道。　②瞻望:仰望。《诗经·邶风·燕燕》:“瞻望弗及,实劳我心。”邈:远。逮:达到。志:立志。长勤:指耕作。既然先师遗训无以企及(非真不可及,实志不同),遂转而志于耕作。③秉:持。耒:古代耕地翻土用的一种工具,代指农具。时务:农时而作之务。　④解颜:笑颜,盖情欣于心而呈于颜。劝:勉励,当作与农人共勉励之意。　⑤交:遇。远风:和风,风和美以助新苗。　⑥怀新:谓含生机,万物得时,故生意盎然。　⑦量:估计。岁功:农事一年的收成。王符《潜夫论·爱日》:“岁功既亏,天下岂无受其饥者乎?”即事多所欣:就农作本身而言,令人欢欣。意

谓虽然一年收成尚无法预计，然就从事农作过程中所见所感而言，则足以令人欢欣鼓舞。⑧行者无问津：《论语·微子》："长沮、桀溺耦而耕，孔子过之，使子路问津焉。"言耕作可以息心静养，少人打扰。盖"好爵萦"不得静且乖违本真之心。二句有后世"怕有渔郎来问津"（谢枋得）之意。⑨日入：太阳落山。《庄子·让王》："日出而作，日入而息，逍遥于天地之间而心意自得。"⑩浆：酒。《史记·魏公子列传》："薛公藏于卖浆家。"劳：慰劳。⑪聊：姑且。陇亩民：农人。

【品评】

癸卯年诗人躬耕田园，一入田园就被其朴实自然的风物吸引，寻得了他的本"真"所在，在"夙晨装吾驾，启涂情已缅"的神采飞扬与"鸟弄欢新节，泠风送余善"的欢欣中写下《癸卯岁始春怀古田舍二首》。诗中写他这年春天参加农耕时对古人的怀想，表明自己愿"聊为陇亩民"的意愿。

诗的开头写道"先师有遗训，忧道不忧贫"，然孔子所言意在晓谕君子当谋求高尚的道德修养，而不是躬耕"谋食"。这与渊明之志相左，于是在后二句中写到"瞻望邈难逮，转欲志长勤"。意思是：瞻仰孔子的遗训，高远得自己可望而不可及，愿立志长期耕种。孔子之遗训貌高远实不高远，只因内涵不同而显其高远。孔子厚"修身、齐家、治国、平天下"的治世之道而薄躬耕谋食之术，渊明则相反，专尚躬耕以养本保真的处世之道甚或是人生之道，故而圣人之遗训诚然高远难攀，但诗人并不愿攀，也不打算攀。这正是诗人"志"的改变，这种改变是对社会责任的放弃与对生命质量的一种持守，更是一次人生价值观的再选择。现在他想要的只是田园温馨的生活，无须惊天动地，但求清静自修。“秉耒欢时务，解颜劝农人。平畴交远风，良苗亦怀新”四句描写了清新秀美的田园景色。“平畴交远风，良苗亦怀新”更是字字精妙，一个“交”字融合了“平畴”和“远风”，既状写了平畴的开阔、清新，也道出了“远风”的缠绵、柔和。“平畴交远风”，“良苗”自然会感时而动，发出新芽。“亦”和“怀”字赋予“良苗”灵性，为宽阔的平畴平添了一抹生命的亮色，带来了生的气息。这里我们隐约感到诗人内心的喜悦，远离污浊，得到一个清新简单的世界。苏轼于《东坡题跋》卷二《题陶渊明诗》称其句为：“非古之耦耕植杖者，不能道此语；非世之老农，不能识此语之妙。”既然躬耕就要面对收成的问题，而渊明则认为收成姑且不论，重要的是尽情享受躬耕带来的身心愉悦。“良苗”的长势，休息时与农人的欢笑，还有解怀畅饮的酣畅，又无问津者的打扰，种种欢乐使诗人甘心做一个农人，清晨踏破一地清新，开始一天的生活；日落踏着晚霞归来，呷一口薄酒，听两声蛐蛐。荣华富贵何有于我哉？此等生活岂不正是渊明所苦苦追寻的？至此他“聊为陇亩民”的心愿得以实现。诗中以简净朴实、不加雕琢的笔法对田园风光和田园生活进行描写，生动传神而又充满浓郁的情趣，表现出诗人对田园生活的向往。何湛之《陶韦合集序》评曰：“冲夷清旷，不染尘俗，无为而为，故语皆实际。”

癸卯岁十二月中作与从弟敬远

寝迹衡门下，[①] 邈与世相绝。

顾盼莫谁知，荆扉昼常闭。[2]
凄凄岁暮风，翳翳经日雪。[3]
倾耳无希声，在目皓已洁。[4]
劲气侵襟袖，[5]箪瓢谢屡设。[6]
萧索空宇中，[7]了无一可悦。
历览千载书，时时见遗烈。[8]
高操非所攀，谬得固穷节。[9]
平津苟不由，[10]栖迟讵为拙。[11]
寄意一言外，兹契谁能别。[12]

【注释】

①寝迹：隐迹，息迹，即隐居。寝，息。②“顾盼”二句：环顾四周，无人相识，荆门虽设却常关。息交绝游之为。③翳翳：光线暗弱不明貌。经日：整日，一整天。④无希声：没有一点声音。《老子》：“听之不闻名曰希。”河上公注：“无声曰希。”谓听之宁谧无声息，视之洁白无尘杂。⑤劲气：风雪大寒之气。⑥箪(dān)瓢：即箪食瓢饮。《论语·雍也》：“子曰：贤哉。回也！一箪食，一瓢饮，在陋巷，人不堪其忧，回也不改其乐。”谢：明，告。设：陈列。箪瓢谢屡设：箪瓢常在却常常是空陈设。⑦萧索：萧条，冷落。后世江淹《恨赋》：“秋日萧索，浮云无光。”空宇：空空的屋子。宇，本谓屋檐，代指房屋。⑧遗烈：志士高尚的操守。烈，或作“业”，恐非。渊明喜举贤圣志士，以其之操守自策。⑨谬：自谦之辞。固穷：固守穷困。《论语·卫灵公》：“子曰：君子固穷，小人穷斯滥矣。”谓古圣先贤仁人志士的高尚操守我并不想

努力攀求,但求能固守贫穷的节操。 ⑩平津:平坦的大道,喻入仕之路。《晋书·陶侃传》:"逵曰:'卿欲仕乎?'侃曰:'欲之,困于无津耳!'"由:遵从。 ⑪栖迟:游息,指隐居。《诗经·陈风·衡门》:"衡门之下,可以栖迟。" ⑫契:心意契合。别:别会,领悟。意谓所寄言外之深意唯志趣契合者方能解会。

【品评】

癸卯岁是晋安帝元兴二年(403)。敬远是渊明的堂弟,他们自幼关系亲密,成人后亦志趣相投,感情融洽。本诗记叙了自己和从弟敬远,一起隐居躬耕,研读诗书,在北风凄紧、飞雪漫天而又缺衣少食的寒冬,仍坚守固穷的节操,相拥自乐、如松柏般傲然风雪的生活。前十句交代了这种艰难的隐居生活:隐居而不与人交,门虽设而常关,寒风四起,大雪封门,寒气逼人而箪瓢空空,这种衣食无着的隐居生活确实如诗人所说"了无一可悦"。然而物质生活的短缺并不能表明二人精神生活的匮乏,"历览千载书,时时见遗烈",正是古往今来的圣贤固穷的高尚节操激励着二人傲霜斗雪的勇气。"固穷"的人生信条也便成了他生命的精神支柱。诗人隐居的贫寒清苦与清高的人生追求,构成了不可调和的矛盾,但他却以平和安详的心态处之。这种平和的心态使他在生命最为痛苦的情况下,在命运最为坎坷的时候,也在理想最不为人理解的际遇中将困难一一化解,在诗文中往往呈现出浓烈的淡然与刚猛。

乙巳岁三月为建威参军使都经钱溪[1]

我不践斯境，　岁月好已积。[2]
晨夕看山川，　事事悉如昔。
微雨洗高林，　清飙矫云翮。[3]
眷彼品物存，[4]义风都未隔。[5]
伊余何为者，[6]勉励从兹役。[7]
一形似有制，　素襟不可易。[8]
园田日梦想，　安得久离析。[9]
终怀在归舟，[10]谅哉宜霜柏。[11]

【注释】

①乙巳岁：即晋安帝义熙元年乙巳(405)，时渊明为建威将军刘敬宣参军。钱溪：约相当于今安徽省贵池梅根港。　②好：甚。积：积累，谓时间久。　③飙(biāo)：疾风。矫：高举。云翮(hé)：云中之鸟。翮，鸟的翅膀，代指鸟。谓云中鸟藉风高飞。　④眷：眷顾，顾念。品物：品类，万物。王羲之《兰亭集序》："仰观宇宙之大，俯察品类之盛。"　⑤义风：适宜之风。义，合理，适宜。《易·乾》："利物足以和义，贞固足以干事。"孔颖达疏："言天能利万物，使物各得其宜。"未隔：无隔碍。谓风雨适时，万物得时而茂，无所阻隔。　⑥伊：语助词，无义。　⑦勉励：勤苦努力。兹役：为参军之职事。　⑧一形：身体。制：制约，约束。素襟：平素的志向。

谓自己虽然身在宦海中,拘羁不自由,但平素胸怀志向不会改变。⑨安得:怎能,岂能。曹丕《杂诗》:“吴会非吾乡,安得久留滞?”离析:分开,分离。谢灵运《南楼中望所迟客》:“路阻莫赠问,云何慰离析。” ⑩归舟:回舟以返园田。 ⑪谅:诚。霜柏:霜中的松柏。松柏不屈以喻君子,诗人自比。此抱朴之节操诚能与松柏比洁。

【品评】

晋安帝义熙元年(405)初,陶渊明离开刘裕幕府,回到了浔阳,在当时任江州刺史的刘敬宣麾下做参军。但是随着刘裕权势日重,惊恐不安的刘敬宣决定自表解职。三月份渊明衔命使都可能就是为刘敬宣向刘裕送辞职表,经钱溪时写下这首诗。此行不管渊明是否知道刘敬宣自请解职,但当他目睹钱溪优美的自然风景时,内心的归隐之念再一次触动了他。“我不践斯境,岁月好已积”,几年来忙于行役而无暇欣赏这清秀独特的风景,此时面对“事事悉如昔”的山川,有一种陌生的熟悉感。微雨过后的高林,澄碧的高空中冲天而起的鸟,给了诗人清新的感受,再一次温馨着久涸的心田。此时渊明的笔下荡尽了“脂我名车,策我名骥”的豪迈进取之心,弃去了“目倦川途异,心念山泽居”的彷徨和犹豫,代之而来的是“伊余何为者,勉励从兹役。一形似有制,素襟不可易。园田日梦想,安得久离析”坚定的归隐意志,“勉励从兹役”与“素襟不可易”之句表达了对出仕行为的否定和归隐思想的坚定,又以“终怀在归舟,谅哉宜霜柏”作结,重申自己不可改变的归隐田园的素志,以及像霜中傲然挺拔的松柏那样坚定高洁的德行。

还旧居

畴昔家上京，[①] 六载去还归。[②]
今日始复来， 恻怆多所悲。[③]
阡陌不移旧，[④] 邑屋或时非。[⑤]
履历周故居， 邻老罕复遗。[⑥]
步步寻往迹， 有处特依依。[⑦]
流幻百年中，[⑧] 寒暑日相推。[⑨]
常恐大化尽， 气力不及衰。[⑩]
拨置且莫念， 一觞聊可挥。[⑪]

【注释】

①畴昔：在昔，往昔，从前。畴：语助词，无义。《礼记·檀弓上》："予畴昔之夜，梦坐奠于两楹之间。"上京：地名，近于浔阳城。②六载：即诗人在上京居住的时间，具体起止时间不确。去还归：六年前离家赴上京，今复返家。 ③恻怆（cè chuàng）：凄伤悲痛。 ④不移旧：谓小路不改旧时模样。 ⑤邑屋：村庄房舍。邑，村落。或时非：与昔时迥别。 ⑥履历：行步所至之处。周：全，遍。恻怆者何？此四句明以示之，村路不改，房屋坍圮，邻人无遗，睹斯物触旧情而悲。 ⑦有处：即有"往迹"之处。依依：依恋"往迹"而不舍。 ⑧流幻：流动变幻。百年中：即指一生。百，盖以大限虚指一生。《古诗十九首》有"生年不满百，常怀千岁忧"

句可证。 ⑨寒暑日相推：寒来暑往，日月交替变化。《淮南子·原道训》："是故夫得道已定，而不待万物之推移也。" ⑩大化尽：指生命结束。大化，原指人生的变化，《列子·天瑞》："人自生至终，大化有四：婴孩也，少壮也，老耄也，死亡也。"后以"大化"为生命的代称。气力：指体力。衰：衰弱。《楚辞·九章·涉江》："年既老而不衰。"古人以50岁为入衰之年。《礼记·王制》："五十始衰。"意谓时常担心体力不待衰竭而生命终止。 ⑪拨置：弃置。挥：饮。言暂且将生死之忧弃之不顾，且尽杯中酒。

【品评】

此诗约作于晋安帝义熙十三年(417)。诗题"旧居"指柴桑旧居，渊明始居柴桑，约41岁时迁居上京，在上京居六年，又迁居南村。诗人居上京时，尚常往来于柴桑之间，所以诗中说"畴昔家上京，六载去还归"，然迁至南村后，已多年未回柴桑。此次回乡却是物是人非。阡陌不改，邑屋已非，邻老不存，睹此零落景象，诗人深感日月推移的沧桑，人生变幻的无常，念及自己也"气力不及衰"，心中涌起无限感慨，好在"一觞聊可挥"还为诗人伤感的情绪添上一点乐观的色彩。

戊申岁六月中遇火

草庐寄穷巷，甘以辞华轩。①
正夏长风急，林室顿烧燔。②

一宅无遗宇，　舫舟荫门前。③

迢迢新秋夕，　亭亭月将圆。④

果菜始复生，　惊鸟尚未还。

中宵伫遥念，⑤　一盼周九天。⑥

总发抱孤介，　奄出四十年。⑦

形迹凭化往，　灵府长独闲。⑧

贞刚自有质，　玉石乃非坚。⑨

仰想东户时，⑩　余粮宿中田。⑪

鼓腹无所思，⑫　朝起暮归眠。

既已不遇兹，⑬　且遂灌我园。⑭

【注释】

①甘：甘愿。辞：拒绝。华轩：华美的车子，此指代功名富贵。一说指代达官贵人。轩，古代一种供大夫以上乘坐的车子。②长风：大风。林室：林木和住宅。燔（fán）：焚烧。《韩非子·和氏》："燔诗书而明法令。"适值夏日风势迅猛，大火将茅屋连同附近的林木焚烧殆尽。　③宇：屋檐。舫（fǎng）：船。王粲《赠蔡子笃》："舫舟翩翩，以溯大江。"后来一般代指小船，渊明之"舫"当是。大火烧掉茅屋，失掉唯一藏身之所，唯有门前的小舟聊可作遮蔽之处。　④迢迢：遥远。《古诗十九首》："迢迢牵牛星，皎皎河汉女。"此谓初秋夜晚天空寥廓高远。亭亭：高貌。刘桢《赠从弟》："亭亭山上松，瑟瑟谷中风。"句谓舟中所见。　⑤中宵：半夜。伫：长时间地站立。遥念：遥想。　⑥盼：顾盼，看。周：遍，遍览。九天：中央及八方。《楚辞·离骚》："指九天以为正兮，夫唯灵修之故也。"

也作“九野”。《吕氏春秋·有始》谓天有九野:“中央曰钧天,东方曰苍天,东北曰变天,北方曰玄天,西北曰幽天,西方曰颢天,西南曰朱天,南方曰炎天,东南曰阳天。”或言极高。 ⑦总发:即总角,称童年时代。抱:持有。孤介:谓操守谨严,不肯同流合污。奄:倏忽。出:超过。谓余自童年即持有孤高不群之志,倏忽间已经年过四十了。 ⑧形迹:身体,指生命。化:造化,自然。往:指变化。灵府:指心。《庄子·德充符》:“不可入于灵府。”成玄英疏:“灵府者,精神之宅也,所谓心也。”四十年间虽然形体足迹随大化推移变化,但内心深处却依旧能保持长久闲适,了无尘俗杂念。 ⑨贞刚:意志操守坚贞刚直。意谓余之操守自有坚贞刚直的本质,相比之下玉石并不坚贞。 ⑩仰想:遥想。东户:东户季子。《淮南子·缪称训》:“昔东户季子之世,道路不拾遗,耒耜余粮,宿诸亩首。”高诱注:“东户季子,古之人君。” ⑪宿:存放。中田:即田中。⑫鼓腹:饱食。《庄子·马蹄》:“夫赫胥氏之时,民居不知所为,行不知所之,含哺而熙,鼓腹而游。”谓饱食而闲暇无事。无所思:无忧无虑。 ⑬兹:即东户时代。 ⑭遂:就。灌我园:即灌园,浇灌我的田园。泛指隐居躬耕。

【品评】

戊申岁指晋义熙四年(408)。是年六月渊明柴桑附近的上京旧居遭遇一场大火,火灾将其居室焚烧殆尽,所以诗中渊明不惜以夸张的语气来写此次火灾带来的影响,“惊鸟尚未还”,果菜都已毁而复生了,鸟却迟迟不肯飞回,俏皮中流露出火灾留下的心理阴影。不得已,诗人只能住在门前的船中。新秋之夜,仰望苍穹，默想四十多年来的生活，一直是孤介耿直，任由时光变迁，内心深处依然还是保持着那份闲适，了无尘俗杂念。而火灾中房屋被毁似乎并没有让诗人觉得沮丧，毕竟清贫的生活无力再次承担营舍造屋的费用，在这举步难艰的日子里，诗人却“贞刚自有质，玉石乃非坚”。此处又以东户时代的生活与眼前境况相比较。遥想东户时代，有余粮可用，虽不富足但足用即可，那时也是过着“朝起暮归眠”的悠闲生活，而今房屋被烧，东户时代安逸自足的生活一去不复返，但这并不意味着生活已无路可走，“且遂灌我园”之句表达了他虽遭受灾难却隐居躬耕的信心。蒋薰评《陶渊明诗集》卷三：“他人遇此变，都作牢骚愁苦语，先生不着一笔，末仅仰想东户，意在言外，此真能灵府独闲者。”

己酉岁九月九日

靡靡秋已夕，　凄凄风露交。[①]
蔓草不复荣，[②] 园木空自凋。
清气澄余滓，　杳然天界高。[③]
哀蝉无留响，[④] 丛雁鸣云霄。
万化相寻绎，　人生岂不劳。[⑤]
从古皆有没，　念之中心焦。[⑥]
何以称我情，[⑦] 浊酒且自陶。[⑧]
千载非所知，　聊以永今朝。[⑨]

【注释】

①靡靡(mǐ):迟缓貌。《诗经·王风·黍离》:“行迈靡靡,中心摇摇。”此作渐渐意。已夕:已晚。《尚书大传·洪范》郑玄注,谓一月之最后一旬为“月之夕”,一年之最后一季为“岁之夕”。以此,盖一季之最后一月为“季之夕”。九月乃秋季之最后一月,故可解。凄凄:《诗经·郑风·风雨》:“风雨凄凄,鸡鸣喈喈。”朱熹注:“凄凄,寒凉之气。”言随时光推移,秋渐渐深了,金风玉露交互而至,带来阵阵寒意。 ②蔓草:蔓生的草。《诗经·郑风·野有蔓草》:“野有蔓草。”朱熹注:“蔓,延也。”鲍照《行药至城东桥》:“蔓草缘高隅,修杨夹广津。” ③滓:尘垢。杳然:深邃悠远。谓清秋之气荡涤了空中残余的尘垢,天空深邃高远。此二句状写秋日天空晴明之态。 ④哀蝉:寒蝉,秋后之蝉。留响:遗响。⑤万化:自然界的变化。寻绎:反复推求。《汉书·黄霸传》:“吏民见者,语次寻绎。”颜师古注:“绎,谓抽引而出。”此谓日月循环,往复不已。劳:忧愁。《诗经·邶风·燕燕》:“瞻望弗及,实劳我心。”此二句盖谓自然往复变化,循环不已,去者尚有复来日,唯有人生一去不复返,故岂有不忧之理? ⑥没:指死亡。焦:焦虑。谓人生终有一死,自古而然,余亦心中常焦虑。 ⑦称(chèn):适合。 ⑧陶:欢喜,欢乐。谢灵运《酬从弟惠连》:“倘若果归言,共陶暮春时。” ⑨永:长。《诗经·小雅·白驹》:“絷之维之,以永今朝。”朱熹注:“永,久也。”

【品评】

己酉岁是晋安帝义熙五年(409)。九月九日是重阳节,因

“九”与“久”谐音双关。人们在这一天饮菊花酒以期长生。渊明爱此名也是由来已久,《九日闲居》:“余闲居,爱重九之名。”原因即为“斯人乐久生”,此心渊明也未能免。诗中首先描述了秋来时万物凋伤的衰败气象,凄露枯草木叶凋落,让人感到了秋的萧疏寒凉,也让人联想到人到晚年的衰伤不堪。“清气澄余滓”四句似乎甩掉了前面惋伤的影子,看到了秋空的澄明高远。澄碧如洗的天空,声声传来的雁叫都有一种勃发的冲动,但这也许只是最后的鸣唱,明丽秋景的背后依然笼罩着暮秋哀伤的影子。由“万化相寻绎,人生岂不劳”可知,诗人转入对人生易逝的感慨。人生亦如秋暮,渐渐走到了生命的尽头,无情的时间悄悄带走了一个个鲜活的生命,无论你有多么不情愿都不会改变,自古而然,概莫能外。任何一个热爱生活、珍爱生命的人,对此都是倍感焦虑的。可贵的是诗人总能在惋惜生命渐逝、盛年不再的时候,达观视之,以一种乐观超脱的态度坦然面对这千古之忧,并能举酒自饮,欢度余生。这是洞悉了“天地赋命,生必有死”之后的释然,一种融于自然、善待生命的人生哲学。

庚戌岁九月中于西田获早稻①

人生归有道,　衣食固其端。②
孰是都不营,　而以求自安。③
开春理常业,④ 岁功聊可观。
晨出肆微勤,　日入负耒还。⑤

山中饶霜露，　风气亦先寒。[⑥]
田家岂不苦，　弗获辞此难。[⑦]
四体诚乃疲，[⑧]　庶无异患干。[⑨]
盥濯息檐下，　斗酒散襟颜。[⑩]
遥遥沮溺心，[⑪]　千载乃相关。
但愿常如此，　躬耕非所叹。[⑫]

【注释】

①庚戌岁：晋安帝义熙六年(410)。　②归：归附，归宿。道：常理，规律。固：本来。端：开始，根本。谓人生归于常理处，衣食住行乃根本所在，舍此无以言他。　③孰：谁。是：代词，指衣食。营：经营，操持。连衣食都不经营，而何以求自安？谓不耕则馁，不织则寒。　④常业：平常事务，即农务。　⑤肆微勤：犹言肆勤，勤勉。《后汉书·周燮列传》："有先人草庐结于冈畔，下有陂田，常肆勤以自给。"即勤于农事。负耒：扛着农具。二句即"日出而作，日入而息"意。　⑥饶：多。风气：风土气候。《汉书·地理志下》："凡民函五常之性，而其刚柔缓急，音声不同，系水土之风气，故谓之风。"谓九月霜露日多，气候渐寒，唯农人先觉其寒。⑦此句谓田家岂不劳苦，但为衣食故，岂能脱离此苦。弗获：不能，不得。辞：摆脱，拒绝。难：即劳作之苦。　⑧四体：四肢，代指身体。《论语·微子》："丈人曰：'四体不勤，五谷不分，孰为夫子？'"　⑨异患：不虞之祸。即仕途难测之险。干：侵扰。　⑩盥(guàn)濯：洗涤。盥，洗手。濯，洗脚。散：酒令襟颜放松，故曰"散"。襟颜：胸怀和容颜。言一日劳作盥洗之后，息于檐下，酌酒

解颜自娱。是诚可乐。 ⑪沮溺:长沮与桀溺。见《癸卯岁始春怀古田舍二首》(其二)注⑧。心:指隐耕之志。 ⑫"躬耕"句:谓农耕虽令身体疲倦,但念及可以远离仕途,且可于劳作之余酌酒解颜自娱,故而情愿经常如此,而不会因农事忙碌劳苦而怨叹。

【品评】

庚戌岁是晋安帝义熙六年(410)。诗的题目虽为"获早稻",但并没有表现丰收的喜悦场面,而是由获早稻这一劳动结果生发开去,强调农耕的重要性。这种重要性首先体现在"衣食固其端"的现实意义。诗人把衣食住行视为人生的根本所在,唯有它可以求得"自安",衣食不营,自安难求,所谓不耕则馁在其中,不织则寒在其中。至此诗人之意已明,然并非强调肥甘足于口、轻暖足于体的物质享用,而是重在劳动过程带来的身心愉悦,"盥濯息檐下,斗酒散襟颜"的欢欣是无法在官场得到的,因而获早稻,获得的是一种心情,一种虽简犹乐、虽劳累但自由的心情。清代邱嘉穗《东山草堂陶诗笺》卷三评此诗曰:"陶公诗多转势,或数句一转,或一句一转,所以为佳。余最爱'田家岂不苦'四句,逐句作转。其他推类求之,靡篇不有。此萧统所谓'抑扬爽朗,莫之于京'也。"此评很能说明本诗的艺术特点。

丙辰岁八月中于下潠田舍获[①]

贫居依稼穑,[②] 戮力东林隈。[③]

不言春作苦，[4] 常恐负所怀。[5]
司田眷有秋，寄声与我谐。[6]
饥者欢初饱，束带候鸣鸡。[7]
扬楫越平湖，泛随清壑回。[8]
郁郁荒山里，猿声闲且哀。[9]
悲风爱静夜，林鸟喜晨开。[10]
曰余作此来，三四星火颓。[11]
姿年逝已老，其事未云乖。[12]
遥谢荷蓧翁，[13] 聊得从君栖。

【注释】

①下潠（xùn）：地势低洼多水的地带，即诗中所说的“东林隈”。田舍：指田间简易的茅舍，可供临时休息、避雨之用。②依：赖，依靠。稼穑：农业劳动。播种为稼，收获为穑。《诗经·魏风·硕鼠》：“不稼不穑，胡取禾三百廛兮。” ③戮力：努力，尽力。《史记·项羽本纪》：“至鸿门，谢曰：‘臣与将军戮力而攻秦，将军战河北，臣战河南。’”东林：地名，即庐山之东林。隈：隅，旁边，角落。左思《魏都赋》：“考之四隈。” ④春作：春天耕作。⑤负：辜负。怀：内心。句言常常担心辜负了内心所坚守的归隐躬耕的初衷。 ⑥司田：掌管农事的官吏。司：掌管。此盖指为渊明代管园田之人。有秋：即年成好。《尚书·盘庚》：“若农服力穑，乃亦有秋。”寄言：寄语，传话。谐：和。管农事之人传话给我说，今年有个好收成，这与我期待的正相一致。 ⑦束带：穿戴好衣服。秦嘉《赠妇诗》：“束带待鸡鸣。”鸡鸣之前穿好衣服，极言急

迫难耐之情。⑧楫：划船用的短桨。回：迂回行进。意谓鸡鸣天亮后，泛舟越过平静的湖面，复又在幽壑清溪中迂回行进。⑨郁郁：郁结。闲：大貌。谓草木郁结的荒山间，猿的啼鸣声响亮哀婉。⑩“悲风”二句：秋风惯于夜间悲鸣，林中鸟儿却喜欢在清晨尽展歌喉。⑪三四：谓十二年。星火：古代星名，亦称大火。此有日月推演之意。颓：落，落下。后世陶弘景《答谢中书书》：“夕日欲颓，沉鳞竞跃。”句谓余来此归隐，斗转星移间已十二年。⑫姿年：容颜与年龄。乖：背弃。言虽容颜渐渐老去，但归隐事农耕的意愿从未舍弃。⑬谢：以言相告。荷蓧翁：古代隐士。典见《论语·微子》。

【品评】

丙辰岁是晋安帝义熙十二年(416)。诗前四句先抑，表达了竭力耕种不违初衷的想法。后经“司田眷有秋，寄声与我谐”一转，引出闻道今年将有好收成时的喜悦心情。“束带候鸣鸡”，迫不及待的神情毕现，而“扬檝越平湖，泛随清壑回。郁郁荒山里，猿声闲且哀。悲风爱静夜，林鸟喜晨开”又把此前的欢欣具体化，船行迅疾，荒山猿鸣，风响鸟唱，无不具体呈现出诗人欢快的心情。但是毕竟诗人已躬耕十二年了，其间辛酸，如人饮水，冷暖自知。不过这也并不意味着对这种生活的厌弃，他所感叹的只是年华的老去，“三四星火颓”，叹老之情油然而起。尽管如此，诗人心中隐居躬耕的意愿从未衰减，相反愈加坚定。结尾再次以“遥谢荷蓧翁，聊得从君栖”重申不渝的归隐之志。诗中写景生动形象有力，烘托了诗人起伏波动的心情。

饮酒二十首并序

余闲居寡欢，兼比夜已长，① 偶有名酒，无夕不饮。顾影独尽，忽焉复醉。② 既醉之后，辄题数句自娱，纸墨遂多，辞无诠次。③ 聊命故人书之，以为欢笑尔。

其　一

衰荣无定在，　彼此更共之。④
邵生瓜田中，　宁似东陵时。⑤
寒暑有代谢，⑥ 人道每如兹。⑦
达人解其会，⑧ 逝将不复疑。
忽与一觞酒，⑨ 日夕欢相持。

【注释】

①比夜：近来几夜。比，近来。《三国志·魏书·徐邈传》："比来天下奢靡，转相仿效。"　②顾影：自顾其影，有自怜、自负意。《文选》晋赵景真《与嵇茂齐书》："若乃顾影中原，愤气云踊，哀物悼世，激情风烈。"忽：快貌，即浅饮辄醉意。此二句状写诗人"闲居寡欢"之际，偶得名酒痛快畅饮之态，传神之至。温汝能《陶诗汇评》卷二："'顾影'二句，直绘出饮酒之神，偏渊明道得出，其妙处犹在'独'字、'忽'字也。"所言极是。　③纸墨：代指自娱之

诗句。诠次：选择和编次。后世钟嵘《诗品》："一品之中略以世代为先后，不以优劣为诠次。" ④"衰荣"二句，言事物盛衰不会固定不变，而是会更迭替代。前句暗指晋宋行将易代之势。⑤"邵生"二句：邵：通"召"，《史记·萧相国世家》："诸君皆贺，独召平吊。召平者，故秦东陵侯。秦破，为布衣，贫，种瓜于长安城东，瓜美，故世俗谓之'东陵瓜'，从召平以为名也。召平谓相国曰：'祸自此始矣。'"渊明用此事叹"衰荣无定在"。 ⑥代谢：更替变化。屈原《离骚》："日月忽其不淹兮，春与秋其代序。"序，通"谢"。 ⑦人道：社会规律，与天道相对。《易·系辞》："有天道焉，有人道焉。"天道：自然规律。《荀子·天论》："天有常道，地有常数。" ⑧达人：通达事理之人。解：明晓。会：时机，机会。《文选》汉陈琳《为袁绍檄豫州文》："此乃忠臣肝脑涂地之秋，烈士立功之会。" ⑨与：得。

【品评】

诗人参透人道代谢一如寒暑更替，故达观视之而能固贫守拙，坚持隐居而不复仕。何溪汶《竹庄诗话》卷四引黄山谷云："渊明此诗，乃知阮嗣宗当裣衽，何况鲍、谢诸子耶。诗中不见斧斤，而磊落清壮，惟陶能之。"

其　二

积善云有报，　夷叔在西山。①
善恶苟不应，　何事立空言？②
九十行带索，　饥寒况当年。③

不赖固穷节，百世当谁传。④

【注释】

①夷叔：伯夷、叔齐，《史记·伯夷列传》："伯夷、叔齐，孤竹君之二子也。父欲立叔齐，及父卒，叔齐让伯夷。伯夷曰：'父命也。'遂逃去。叔齐亦不肯立而逃之。……武王已平殷乱，天下宗周，而伯夷、叔齐耻之，义不食周粟，隐于首阳山，采薇而食之。及饿且死，作歌。其辞曰：'登彼西山兮，采其薇矣。以暴易暴兮，不知其非矣。神农、虞、夏忽焉没兮，我安适归矣？于嗟徂兮，命之衰矣！'遂饿死于首阳山。"西山：即首阳山。　②苟：假如。何事：即何用。事，用。立言：树立格言。《史记·伯夷列传》："或曰：'天道无亲，常与善人。'若伯夷、叔齐，可谓善人者非耶？积仁絜行如此而饿死。"意谓：既然善恶并无报应，古人立下"天道无亲，常与善人"之论又有何用？　③九十行带索：用荣启期典。《列子·天瑞》："孔子游于太山，见荣启期行乎郕之野，鹿裘带索，鼓琴而歌。孔子问曰：'先生所以乐，何也？'对曰：'吾乐甚多。天生万物，唯人为贵。而吾得为人，是一乐也。男女之别，男尊女卑，故以男为贵。吾既得为男矣，是二乐也。人生有不见日月、不免襁褓者，吾既已行年九十矣，是三乐也。"行：且，将要。带索：以绳索作衣带。索，绳索。《小尔雅·广器》："大者谓之索，小者谓之绳。"况：况复，况且。当年：指壮年。谓荣启期行年九十尚以贫为乐，更何况正值壮年之人，更当以贫为乐。　④固穷节：固守穷困的节操。《论语·卫灵公》："子曰：君子固穷，小人穷斯滥矣。"意谓荣启期以固穷的节操得以流芳百世。以此明己之固穷之志。

【品评】

诗人通过否定善恶报应之说，来揭示善恶不分的社会现实。都说积善会有好的报答，却为何伯夷、叔齐饿死在首阳山上？既然善恶并无报应，古人立下“天道无亲，常与善人”的格言又有何用！之后以荣启期行年九十尚能以贫为乐的典故，肯定正当壮年之时的自己更当以贫为乐。“不赖固穷节，百世当谁传”，荣启期以固穷的节操得以流芳百世，借此表明自己同样固穷的志向。深婉曲折的诗意之中，透露着诗人愤激不平的情绪。

其 三

道丧向千载，人人惜其情。①
有酒不肯饮，但顾世间名。②
所以贵我身，岂不在一生。③
一生复能几，倏如流电惊。④
鼎鼎百年内，⑤持此欲何成。

【注释】

①道：渊明之道，指自老庄以来清静无为、抱朴任真之道。盖叹世之保真者少而沽名者多。向：将近。惜其情：吝惜情欲。意即世人顾其世间名声而有意克制任真之情，故而有酒亦不肯饮。②但：只。顾：顾惜。世间名：世俗间的虚名。 ③贵：珍惜。意谓珍惜自己的身体，是为了人生得以寿延。盖谓人生世上应适性而活，无须为浮世虚名而劳心费神。 ④倏（shū）：迅速，疾速。《楚辞·九歌·少司命》：“荷衣兮蕙带，倏而来兮忽而逝。”谓人活一世

不过如惊雷闪电稍纵即逝。 ⑤鼎鼎：形体散缓貌。《礼记·檀弓上》："鼎鼎尔则小人。"郑玄注："鼎鼎尔，谓大舒。"孔颖达疏："若吉事鼎鼎尔，不自严敬，则如小人然，形体宽缓也。"引申为蹉跎。

【品评】

全诗通过对为了追求功名利禄而虚伪矫饰者的否定，表达短暂人生应当率性而活的人生态度。诗人以饮酒为道具，嘲笑世人虚伪猥琐的处世方式，追求一种高洁洒脱的人格。诗人在诗中对人生做了新的价值评判，"有酒不肯饮，但顾世间名"，道出"道丧向千载"的真正原因。此种所为，无非是为了使人生得以延续，然而浮世虚名不过伴人一生，而一生又能有多久，"一生复能几，倏如流电惊"，不过瞬间即逝。不如饮酒纵情，自得人生的真趣。

其　四

栖栖失群鸟，① 日暮犹独飞。
徘徊无定止，② 夜夜声转悲。
厉响思清远，③ 去来何依依。④
因值孤生松，⑤ 敛翮遥来归。⑥
劲风无荣木，⑦ 此荫独不衰。
托身已得所， 千载不相违。⑧

【注释】

①栖栖（xī）：忙碌不安貌。 ②定止：固定的居所。止，居住，栖息。《诗经·商颂·玄鸟》："邦畿千里，维民所止。"朱熹注："止，

居。” ③厉响:高猛激越的声音。曹植《七启》:“飞声激尘,依违厉响。”清远:清雅高远。谓其有高远之志,不随流俗。 ④依依:依恋不舍。 ⑤值:遇,逢着。《史记·酷吏列传》:“宁见乳虎,无值宁成之怒。” ⑥敛翮:停止飞翔。 ⑦劲风:疾风,大风。 ⑧违:离违,背弃。意谓既已找到孤松为托身之所,那么就永远不会背弃而去。

【品评】

这首诗通篇比喻,以孤鸟自喻,表现了孤独徘徊中的境遇和思慕高远、不随流俗的高洁志向。前两句言虽忙碌奋飞却已然与群鸟失散,离群之鸟,其鸣本就哀伤,又黄昏相加,境况实在堪忧。但夜夜悲鸣声里透出对追求高远志向的坚定和执着。“因值孤生松”二句,说诗人结遇孤松,遂得栖身之所。本句不同于苏轼“拣尽寒枝不肯栖”之意,云“因值”看出并非苦苦寻觅的结果,这也正好暗合了渊明委运自然、得失随缘的心志。又松柏凌冬不凋的节操正是诗人所仰慕的,因此有一见如故之感。末二句明志,表现了坚定的归隐之志和高尚的人格情操。

其　五

结庐在人境,[①] 而无车马喧。[②]
问君何能尔?[③] 心远地自偏。[④]
采菊东篱下,[⑤] 悠然见南山。[⑥]
山气日夕佳,[⑦] 飞鸟相与还。
此中有真意,[⑧] 欲辨已忘言。[⑨]

【注释】

①结庐:建屋居住。结,构造。人境:人间,世间。 ②车马喧:车马来往扰攘不已。此谓世俗交往。 ③尔:如此,这样。即“无车马喧”。 ④心远地自偏:谓只要心志高远、不慕世俗,虽居闹市亦如在僻静之处,超尘脱俗。 ⑤东篱:因“采菊东篱下”一句,后以此代指菊花或种菊处。 ⑥悠然:闲适自得。南山:指庐山。 ⑦山气:山间之云气。日夕:傍晚之时。 ⑧真意:抱朴守真,委运自然之意。 ⑨辨:《庄子·齐物论》:“辨也者,有不辨也,大辨不言。”忘言:《庄子·外物》:“言者所以在意也,得意而忘言。”

【品评】

《饮酒二十首》是陶渊明最有代表性的组诗,而这一首又是其中最为人乐道的名篇。本诗大约作于晋安帝义熙十二年(416),渊明52岁。

“结庐在人境”,出语平常但又含义隽永。作为隐逸诗人,既然“隐”,何以又要构屋于繁华的人境呢?这也许要从渊明的归隐方式谈起。渊明不同于以前的隐士。以前的归隐大都非常艰难痛苦,甚至要冒着生命危险。伯夷、叔齐义不食周粟,逃隐山林,采薇而食,终致饿死首阳山上。孙登挖土穴而居,董京行乞于市,范粲不愿仕,三十六年未发一言,杨轲、霍原虽身为隐士,终难免于一死。其身心的痛苦可想而知。至陶渊明,他的归隐则主张从山林渊薮中回家,以田园作为生活依托,以“质性自然”为根本的“隐逸之宗”。因而他将百姓安居乐业的理想与士大夫独善其身的原则结合起来,创造了“回家即隐逸”的归隐模式(通常称之为耕隐)。

在这种耕隐模式下，渊明注定不会放弃人世间的一切，过虚空的生活。虽然他一再强调“请息交以绝游”，但这并不意味着他从此就离群索居。相反他也很注重交往，“昔欲居南村，非为卜其宅。闻多素心人，乐与数晨夕”，“有客赏我趣，每每顾林园”，“奇文共欣赏，疑义相与析”，可见他的交往中既有同调之人，也有有识之士，交往仍然是他生活的一部分，只是交往的对象是严格区别的。刘熙载《诗概》说耕隐的诗人倒是“未尝不脚踏实地，不是偶然无所归宿”的，顾炎武《陶彭泽归里》诗“因多文义友，相与卜南村”，都意识到这种注重人事交往（确切地说是同调间的交往）的隐居生活，所以渊明的“结庐在人境”自是为实现自己的理想而作出的居处选择。既然居于人境之中就难免会受到车马喧哗扰攘，而诗人以一个“而”字一转，言其无车马之喧，自然引出对其原因的探究。“问君何能尔”，如何能做到这一点呢？诗人的回答是“心远地自偏”，意即心有之则有，心无处便无，充满了禅宗的辩证意味。宋朝苏东坡是当代才子，一向对佛学很有研究，经常和当时的高僧佛印禅师来往讨论。有一天，他到金山寺和佛印禅师打坐参禅。完后，问佛印禅师说：“我在你眼中是什么？”佛印禅师回答说：“你是一尊佛。”苏东坡很得意。佛印禅师反问他道：“我在你眼中呢？”苏轼道：“你像一堆牛粪！”佛印禅师听了并不生气，反而点了点头。苏轼很得意，回家后还眉飞色舞地把此事告诉了妹妹。苏小妹天资聪慧，笑着说：“禅师的心中有佛，所以他看你就是佛；而哥哥的心中有牛粪，所以看禅师才会像牛粪啊！”道理颇相似。可见渊明凭借着心高远而将“在人境”和“无车马喧”之间的矛盾完美统一起来，实现了心脱俗境自高远的人生理想。而这种“地自偏”的高洁志趣在

五、六句中得到具体体现，“采菊东篱下，悠然见南山”，此时渊明笔下的菊，犹如屈子笔下的兰，成为高洁的化身。采菊于东篱之下而又无意中见到南山，田园风光之优美和远离市朝的身心愉悦达到完美融合。“山气日夕佳，飞鸟相与还”二句是“悠然见南山”的进一步延伸，山气佳处恰是飞鸟归去之所，而“鸟”之意象在渊明诗中早已成为不同用意的代言体，此处又以飞鸟飞还出之，隐喻着诗人由仕而隐的人生轨迹，着一“飞”字，现鸟飞迅疾貌，又见诗人归来的殷切之心。“此中有真意，欲辨已忘言”，“真意”当作何解，并不确定。但纵观陶诗其“真”，有“天岂去此哉，任真无所先”（《连雨独饮》）的自然率真，也有“傲然自足，抱朴含真”（《劝农》）的上古真纯之风等等多种不同的含义，此“真意”或许兼而有之。然诗人又为何“忘言”不说了呢？抑或是有他难言之痛吧。白居易曾于《访陶公旧宅》中曰：“呜呼陶靖节，生彼晋宋间。心实有所守，口终不能言。”乃见“忘言”者，实乃隐藏自己、远避灾祸的遁词而已。

其　六

行止千万端，　谁知非与是。①
是非苟相形，　雷同共誉毁。②
三季多此事，③ 达士似不尔。④
咄咄俗中愚，⑤ 且当从黄绮。⑥

【注释】

①行止：犹言一举一动。此指人的取舍爱好。千万端：各不相同。“谁知非与是”盖本于《淮南子·齐俗训》：“不知世之所谓

是非者，不知孰是孰非。”意谓人的取舍爱好各不相同，没有谁知道何者为是，何者为非。　②苟：暂且，暂时。相形：互相比较。《老子》：“长短相形，高下相倾。”本句即用其意。雷同：人云亦云，相同。《礼记·曲礼上》：“毋勦说，毋雷同。”郑玄注：“雷之发声，物无不同时应者，人之言当各由己，不当然也。”《楚辞·九辩》：“世雷同而炫曜兮，何毁誉之昧昧！”誉毁：称誉与诋毁。一作“毁誉”。意谓世间的是与非只是相比较而言的、暂时的，并无绝对，可人们常一起加以毁誉。　③三季：详见《赠羊长史》注②。④达士：通达贤能之人。此指行为放荡、不拘礼俗者。熊远《因灾异上疏》：“从容为高妙，放荡为达士。”　⑤咄咄（duō）：惊诧。俗中愚：世俗中的愚蠢者。　⑥黄绮：夏黄公与绮里，代指“商山四皓”。见《赠羊长史》注⑩。

【品评】

本诗所言可以看做是诗人意欲归隐的另一种解释。大千世界中，人的行为变化多端，无所谓何者为是，何者为非。所谓是与非者，只是相对比而言的，正如老子所言“长短相形，高下相倾”，万事没有绝对的是与非。然而世俗之人并不明白这一点，往往对其大加毁誉，于此惟有贤能通达、放荡不拘礼俗之士，能特立独行，不人云亦云。诗人以愤怒的口吻斥责了是非不分、善恶不辨的社会现象，并以追随商山四皓隐居世外、远避毁誉来保全自己的理想人格。

其 七

秋菊有佳色，裛露掇其英。①
泛此忘忧物，远我遗世情。②
一觞虽独进，杯尽壶自倾。③
日入群动息，归鸟趋林鸣。④
啸傲东轩下，⑤ 聊复得此生。⑥

【注释】

①裛(yì)：通“浥”，沾湿。后世王维《送元二使安西》：“渭城朝雨浥轻尘，客舍青青柳色新。”掇：采摘，拾取。《诗经·周南·芣苢》：“采采芣苢，薄言掇之。”英：花。《诗经·郑风·有女同车》：“有女同行，颜如舜英。” ②泛：浮。意即以菊花泡酒中。此：指菊花。忘忧物：可以用来暂时忘忧的东西，指酒。远：这里作动词，使远离。遗世情：遗弃世俗的情怀，即隐居。盖因菊发于百花凋零之后，有遗世独立之意，以此期高远之情。 ③倾：注酒入杯中。“独”、“自”尽呈自斟自饮，自甘落寞之态。 ④群动：运动着的万物。息：止息。趋：赴。意谓日落以后各种活动之物都静息下来，归鸟也鸣叫着飞回树林中。 ⑤啸傲：谓言动自在，无拘无束。轩：窗。 ⑥得：得意满足。即满足于复得的悠闲适意的田园生活。

【品评】

本诗是渊明典型的以菊花与酒为表现题材表达隐逸思想的作品。因菊花始发于百花凋零之后，故有遗世而独立之情，诗人赏菊,以期高远的情怀;酒为忘忧物,因有解百虑之功,诗人饮此,以期忘忧而脱俗。虽然赏花饮酒难免孤独,“一觞虽独进,杯尽壶自倾”,但静听鸟鸣、啸傲东轩的生活,还是让诗人自甘寂寞,在寂寞中忘却了尘世,摆脱了忧愁,逍遥闲适,自得其乐。渊明从先前短暂离开田园而今又复得田园乐趣中传达自己归隐的意愿。

其　八

青松在东园,　众草没其姿。①
凝霜殄异类,②　卓然见高枝。
连林人不觉,　独树众乃奇。③
提壶抚寒柯,　远望复何为。④
吾生梦幻间,　何事绁尘羁。⑤

【注释】

①没:掩没。　②凝霜:严霜,寒霜。殄(tiǎn):灭绝,绝尽。异类:群草之类。　③草木连结成林时不觉其挺拔,众草凋尽后人们才惊奇于它的高超特立。　④壶:指酒壶。柯:树枝。此句依不同本作两解,一种是“远望复何为”,意即:携酒独往与青松为伴,何必再远眺他求呢?此解谓满足于可以任真随性的生活,无需他顾,似有“复驾言兮焉求”之意。另一种是“远望时复为”,即“时复为远望”之倒装。即言携酒抚松,还时时向远方眺望。此一解谓举目遐观,可以畅游身心,又似“策扶老以流憩,时矫首而遐观”与“景翳翳以将入,抚孤松而盘桓”之境。二者虽对句意解释不同,但于渊明对归隐态度的理解一点上是一致的。　⑤何事:

为什么。绁(xiè):捆绑。尘羁:尘世的羁绊。意谓吾生如梦幻之间,不必为尘世羁累而不得横放自适。

【品评】

本诗首先赞扬了青松卓然不群的品质。在群草丛生、连林成片时,青松的形象被淹没其中,无法见到它高洁挺立的身姿。而岁寒之时,丛草凌冬而凋,唯有青松傲霜斗雪,唯此艰难之秋方显青松高洁不屈的高贵品质。诗中以松自喻,青松即渊明,渊明即青松,“语语自负,语语自怜”(温汝能《陶诗汇评》),诗人和青松融而为一,青松的品格正是诗人高洁人格的象征。作为曾经胸有“大济苍生”之志又有“卓然见高枝”之高尚人格的诗人,归隐田园无异于青松掩其身于众草之中、没其姿于连林之内,而诗人并未因此而不平,而是对此傲然一笑。“提壶抚寒柯,远望复何为”,悠游东园之中,抚柯远望,游目骋怀,这是诗人对这种生活的默认与称许。结尾处肯定了自己短暂一生不应为尘世羁绊,而应横放自适。诗人以孤松自喻,表达自己不畏寒霜的坚贞品质和不染流俗的高尚节操。

其 九

清晨闻叩门, 倒裳往自开。[①]
问子为谁欤? 田父有好怀。[②]
壶浆远见候, 疑我与时乖。[③]
褴褛茅檐下, 未足为高栖。[④]
一世皆尚同, 愿君汨其泥。[⑤]

深感父老言，　禀气寡所谐。[6]
纡辔诚可学，[7]违己讵非迷。[8]
且共欢此饮，　吾驾不可回。[9]

【注释】

①倒裳：颠倒衣裳。语出《诗经·齐风·东方未明》："东方未明，颠倒衣裳。"语谓有客骤然而至，匆忙迎客，衣服未及穿好。②田父（fǔ）：农人。父，对老年男性的尊称。好怀：好的情意。③"壶浆"二句：谓田父携酒远道而来问候我，怪我有些与时代不合。浆：指酒。见候：被问候。疑：怪。乖：背离，不合。　④褴缕（lán lǚ）：衣服破烂。《方言》第四："以布而无缘，敝而纨之，谓之褴缕。"高栖：高隐。意谓衣衫褴褛，茅檐低小，不足为高隐之所。盖欲劝渊明出仕。　⑤一世：举世。尚同：崇尚同俗。同，同流合污，盲从附和。《论语·子路》："子曰：君子和而不同，小人同而不和。"汩（gǔ）其泥：同流合污。汩，同"淈"，水浊貌。《楚辞·渔父》："渔父曰：'夫圣人者不凝滞于物，而能与世推移。举世皆浊，何不淈其泥而扬其波？"渊明意本此。以上四句是田父劝说之语。以下是诗人的回答。　⑥禀气：禀性，生性。谐：合。　⑦纡辔：回驾。比喻再次出仕为官。意与《始作镇军参军经曲阿作》"宛辔憩通衢"中"宛辔"同。　⑧违己：违背意愿，违背本心。即违背归隐躬耕的初衷。迷：迷惑，糊涂。　⑨驾不可回：即不可能再去背弃意愿，出仕为官。

【品评】

这首诗假托田父与自己的问答，来表达诗人终身归隐，不愿与世俗同流合污的坚定意志。“清晨闻扣门，倒裳往自开”，意即清晨客人骤然而至，诗人衣裳来不及穿戴整齐就出门迎接。看出诗人善待邻曲友朋的热诚，而“清晨”二字又看出田父解劝诗人那迫不及待的心情。但是渊明热情接待的田父的“好怀”究竟是什么呢？“褴缕茅檐下，未足为高栖。一世皆尚同，愿君汩其泥。”此四句是田父的劝。他以为如此简陋粗疏的居住环境是不适合“君”隐居的，“君”当“汩其泥”而仕，博一个高轩华盖、衣食无忧的生活。这也是他“疑我与时乖”的原因所在。而田父所谓的富足生活恰好与渊明自己的生活追求相悖。于是诗人委婉道：“纡辔诚可学，违己讵非迷。”出仕并不难，只是违背了初衷，这是自己所不愿做的。诗人虽然一清早就听到田父劝他出仕这一违背他初衷的话，但他并没有翻脸相逐，而依然礼遇有加，他还是“深感父老言”。或许田父并无恶意，只是不忍看到心地善良的渊明如此穷困潦倒，出于好意而劝他谋个衣食有着的差使度日而已，但毕竟触到了渊明内心的痛处。对此渊明没有抱怨，而是“深感”其情，表现出他对别人的理解与宽容。同时他也不会轻易放弃自己的人格追求，于结尾处明确表达不违初衷、甘愿归隐的志向，“且共欢此饮，吾驾不可回”。本诗在一问一答中展现出诗人独立不迁的人格，中庸泛爱的处世哲学，也表现出诗人理解别人、宽厚待人的高贵品质。

其　十

在昔曾远游，　直至东海隅。①
道路迥且长，②　风波阻中涂。③
此行谁使然，　似为饥所驱。④
倾身营一饱，　少许便有余。⑤
恐此非名计，⑥　息驾归闲居。⑦

【注释】

①远游：赴远地游宦。东海隅(yú)：东海边。此指曲阿，其地当时属于南东海郡，近于东海。陶渊明曾于40岁(晋安帝元兴三年)任镇军将军刘裕的参军，在赴任途中曾写有《始作镇军参军经曲阿作》诗。　②迥：远。曹植《杂诗》："之子在万里，江湖迥且深。"句本《古诗十九首》："道路阻且长，会面安可知。"　③风波阻中涂：因遇风浪而被阻于中途。涂，同"途"。　④为饥所驱：受饥饿驱使。　⑤倾身：竭尽全力。营：谋求。少许：一点点。句谓倾尽全力所谋求的不过一顿饱食而已，若为饱食之故则仅需少许亦足够。　⑥非名计：不是留取名声的良策。　⑦息驾：停止车驾，即弃官。闲居：隐居。

【品评】

这首诗回忆了自己曾经迫于生计而涉足仕途。其间历经艰难波折，尝尽人情冷暖，意识到一顿饱餐过后付出的是名节的代价，终不如息驾归隐以保全纯洁的节操。

其十一

颜生称为仁,[1] 荣公言有道。[2]
屡空不获年,[3] 长饥至于老。[4]
虽留身后名, 一生亦枯槁。[5]
死去何所知, 称心固为好。[6]
客养千金躯, 临化消其宝。[7]
裸葬何必恶,[8] 人当解意表。[9]

【注释】

①颜生:即孔子的弟子颜回,字子渊,春秋时鲁国人。称为仁:以仁德著称。《论语·雍也》:"子曰:回也,其心三月不违仁。" ②荣公:即荣启期,春秋时隐士。见《饮酒》(其二)注③。有道:指荣启期安贫自乐之道。 ③屡空:颜回食用常匮乏,生活窘迫。《论语·先进》:"子曰:回也其庶乎?屡空。"不获年:不得寿年。即短命早亡。《论语·雍也》:"哀公问:'弟子孰为好学?'孔子对曰:'有颜回者好学,不迁怒,不贰过。不幸短命死矣。'"《史记·仲尼弟子列传》:"回年二十九,发尽白。蚤死。" ④长饥至于老:指荣启期困饿而死。 ⑤枯槁:人面容憔悴。《史记·屈原贾生列传》:"屈原至于江滨,被发行吟泽畔。颜色憔悴,形容枯槁。" ⑥称心:合心意。即适性而活,不为形役。 ⑦客:用人生匆如过客之意,喻人生短暂。《古诗十九首》多有以"客"、"寄"喻人生短暂者,《青青陵上柏》:"人生天地间,忽如远行客。"《今日良宴会》:"人生寄一世,奄忽若飙尘。"《驱车上东门》:"人生忽如寄,寿无金石固。"养:保养。千金躯:贵如千金的身体。化:指死。宝:身体。

《老子》:“轻敌几丧吾宝。”河上公注:“宝,身也。”意谓短促的人生无论如何保养自己贵重的身体,死后也是形体丧尽。 ⑧裸葬:《汉书·杨王孙传》:“及病且终,先令其子曰:‘吾欲裸葬,以反吾真,必亡易吾意。死则为布囊盛尸,入地七尺,既下,从足引脱其囊,以身亲土。’”恶:不好。 ⑨意表:言外之意,即死不足惧,只是返归自然。

【品评】

渊明诗中虽然常常提及颜渊屡空而晏如,荣启期长饥而安贫的人生,以标榜自己安贫乐道、固穷守节的追求,但在本诗中又对此二人以及杨王孙的做法加以否定和批评,认为这种追求后世不切实际的虚名的做法是不可取的,如此只能使他们的人生遭受现实的身心痛苦,不如称心而活,饥则食渴即饮,过一种逍遥自适、无所顾虑的生活。这也正是渊明一反先前忍受身心痛苦、归隐山林以求名节的做法,而倡导走出林壑、以耕代隐的思想体现。这种思想因实际而显得更加人性化。

其十二

长公曾一仕,① 壮节忽失时。②
杜门不复出,③ 终身与世辞。
仲理归大泽,④ 高风始在兹。⑤
一往便当已, 何为复狐疑。⑥
去去当奚道, 世俗久相欺。⑦
摆落悠悠谈,⑧ 请从余所之。⑨

【注释】

①长公：指张挚。《史记·张释之列传》："其子曰张挚，字长公，官至大夫，免。以不能取容当世，故终身不仕。" ②壮节：壮烈的气节。失时：即不能取容当世，与世乖违。 ③杜门：杜塞其门，即闭门不出。杜，堵塞，断绝。《国语·晋语一》："谗言益起，狐突杜门不出。" ④仲理：指东汉杨伦。《后汉书·儒林列传》："杨伦，字仲理……为郡文学掾……志乖于时，遂去职……不复应州郡命。讲授于大泽中，弟子至千余人。" ⑤高风；高尚的品格操守。兹：此，这里。 ⑥一往：指归隐。狐疑：犹豫不决。意谓：杨伦归隐大泽，始有高风亮节之名，然既归隐，自当有始有终，奈何又狐疑不决呢？ ⑦去去：越离越远，此有决绝之意。曹植《杂诗·转蓬离本根》："去去莫复道，沉忧令人老。"奚道：还有什么可说的。奚，何。句谓世俗相欺已很久了，决意归隐毋须再多说。⑧摆落：摆脱。悠悠谈：指庸俗荒谬之谈。《晋书·王导传》："悠悠之谈，宜绝智者之口。"悠悠，庸俗。 ⑨余所之：我所去的地方，指隐居。之，往，到。

【品评】

这首诗通过对张挚辞官归隐、永不再复出的高风亮节的赞扬，以及对杨伦既然归隐而又狐疑不决的批评，表达自己的归隐之志，并劝说世人：俗世相欺由来已久，无需留恋，应当随他一道归去隐耕。诗人由"猛志"常在的青壮年时期的积极用世，到现在的弃世，思想的转变，背后隐含着深刻的痛苦经历。红尘看破，拂袖归来，用躬耕自食来保全自己完整的理想人格。

其十三

有客常同止,[①] 趣舍邈异境。[②]

一士长独醉, 一夫终年醒。

醒醉还相笑, 发言各不领。[③]

规规一何愚, 兀傲差若颖。[④]

寄言酣中客,[⑤] 日没烛当秉。[⑥]

【注释】

①同止:同居。 ②趣舍:出处进退。王羲之《兰亭集序》:“虽取舍万殊,静噪不同,当其欣于所遇。”邈异境:境界迥然不同。邈,悠远貌。 ③领:领略,理解。谓醒者醉者相视而笑却互不理解。 ④规规:浅陋拘泥貌。《庄子·秋水》:“子乃规规然而求之以察,索之以辩。是直用管窥天,用锥指地也,不亦小乎?”兀(wù)傲:不拘礼节,不随流俗。差:约略,差不多。颖:聪颖,聪敏。此六句取《楚辞·渔父》“举世皆浊我独清,众人皆醉我独醒”意,谓醒者愚而醉者智。 ⑤酣中客:酣饮之人。 ⑥烛当秉:秉烛夜谈以继日。秉,持,拿着。《古诗十九首》:“昼短苦夜长,何不秉烛游?”

【品评】

本诗虚构了醉者与醒者两个形象,来表现截然不同的人生态度。二人虽然同居一处,但志趣各异,彼此走不进各自的内心深处,所谓“醒醉还相笑,发言各不领”。醉者真醉,醒者真醒吗?邱嘉穗《东山草堂陶诗笺》曰:“醒非真醒而实愚,醉非真醉而实颖。”

乃知所谓醉者，乃佯醉，实是皭然泥而不滓者；所谓醒者，实愚，惟欲随其流而扬其波。“寄言酣中客，日没烛当秉。”此为无奈痛语，人生当如醉者，横放自适，任真而为；莫学醒者，小心拘谨，蝇营狗苟。诗人以诙谐委婉的笔调，把醉者与醒者喻为隐与仕的不同境界的人物，对那些追名逐利、趋炎附势的“醒者”进行无情的嘲弄，用鄙夷的眼光加以痛斥，寄托了对现实生活不满的愤激之情。

其十四

故人赏我趣，挈壶相与至。
班荆坐松下，[1] 数斟已复醉。
父老杂乱言，觞酌失行次。[2]
不觉知有我，安知物为贵。[3]
悠悠迷所留，[4] 酒中有深味。[5]

【注释】

①班荆：铺荆于地。班，铺开。《左传·襄公二十六年》：“伍举奔郑，将遂奔晋。声子将如晋，遇之于郑郊，班荆相与食，而言复故。”杜预注：“班，布也，布荆坐地。”荆，丛生的灌木杂草类的东西。后世江淹《别赋》：“可班荆兮赠恨，唯尊酒兮叙悲。” ②行次：先后次序。失行次，言酒至酣处，不拘礼节。 ③“不觉”二句：意谓醉意中忘掉了自我，哪管身外之物有何可贵处。状写饮酒至醉处、物我两忘的境界。 ④悠悠：闲适自得，此指醉后自在率真之状。迷所留：谓迷恋杯中酒。 ⑤深味：托醉可以物我两忘。

【品评】

这首诗写与友人畅饮，旨在表现饮酒之中物我皆忘、超然物外的乐趣。故人所赏之“趣”，包含着“乐”的意蕴。酒中之趣，有它独特韵味，可以使饮之者物我两忘、超然物外，此处显然没有了前首诗“发言各不领”的尴尬场面，而是班荆道故、数斟复醉的酣畅情形。“父老杂乱言，觞酌失行次”，酒过数巡，彼此仅有的那点所谓的拘束也早已荡然无存，代之而来的是他们踉跄的脚步、迷蒙的眼神，还有不拘礼俗的行止，这是他们率真自然的情趣所在，也是在饮酒中感受到的人生妙味。

其十五

贫居乏人工，① 灌木荒余宅。
班班有翔鸟，② 寂寂无行迹。
宇宙一何悠， 人生少至百。③
岁月相催逼， 鬓边早已白。④
若不委穷达， 素抱深可惜。⑤

【注释】

①人工：人力。潘岳《西征赋》：“役鬼佣其犹否，况人力之所为工。” ②班班：繁密，众多。《后汉书·五行志》：“桓帝之初，京都童谣曰：‘……车班班，入河间。’” ③悠：久远。少至百：很少活到百岁。《古诗十九首》：“人生不满百。”宇宙久远而人生短促。④“岁月”二句：岁月匆匆催人老去，不知不觉已是鬓角斑白。⑤委：委任，任由。穷达：困厄显达。素抱：平素的怀抱。句言如

果不委任人生困厄显达之命,便辜负了平素的志向。

【品评】

本诗由荒草满宅、杳无人迹的荒败场面而感叹“人生少至百”,不觉老之将至。虽然“岁月相催逼,鬓边早已白”,但诗人并不为自己贫穷的生活而觉得可惜,相反,他以为如果放弃了自己的夙愿去追逐虚名与显达,那才是令人痛惜的事。黄文焕《陶诗析义》卷三评曰:“穷达摇其虑,则素抱不能自主,肯委之度外,然后素抱不坏。”可见其对素抱的坚守。

其十六

少年罕人事,[①] 游好在六经。[②]
行行向不惑,[③] 淹留遂无成。[④]
竟抱固穷节,[⑤] 饥寒饱所更。[⑥]
弊庐交悲风,[⑦] 荒草没前庭。
披褐守长夜, 晨鸡不肯鸣。[⑧]
孟公不在兹, 终以翳吾情。[⑨]

【注释】

①罕:稀少。人事:世俗交往。 ②游好:留心爱好。六经:指《诗》、《书》、《易》、《礼》、《乐》、《春秋》,泛指古典经籍。 ③行行:走不停。石崇《王明君辞》:“行行日已远,遂造匈奴城。”喻时光荏苒流逝。向不惑:近不惑之年,即年近40。《论语·为政》:“四十而不惑。” ④淹留:久留。遂:一作“自”。无成:指学业功

名无所成就。语本《楚辞·九辩》:“蹇淹留而无成。” ⑤竟:最终。抱:持。固穷节:固守穷困而不悔改的节操。 ⑥饱:饱经,饱受。更:经历。 ⑦交:逢,交加。悲风:凄厉的风。曹植《野田黄雀行》:“高树多悲风,海水扬其波。” ⑧此二句与《怨诗楚调示庞主簿邓治中》“寒夜无被眠”、“造夕思鸡鸣”之意同。上四句言饥寒交迫之实境。 ⑨孟公:东汉刘龚,字孟公。《后汉书·苏竟列传》:“龚字孟公,长安人,善议论,扶风马援、班彪,并器重之。”皇甫谧《高士传》载:“张仲蔚者,平陵人也。……好诗赋,常居穷素,所处蓬蒿没人。……时人莫识,惟刘龚知之。”时渊明所居“荒草没前庭”与张仲蔚“蓬蒿没人”似,而言“孟公不在”者,盖叹没有知音。翳(yì):遮蔽。句谓知音不在,情默默无人诉,盖抒弦断无人听之悲情。

【品评】

诗人回顾了少年时期的生活:“少年罕人事,游好在六经。”可见他曾经也是抱着儒家经世致用的思想开始人生之路的。“少年罕人事”是对自己早期生活的反思与认识,曾经以为不问世事、一心只读圣贤书,可以实现大济苍生之志,没想到世事是如此的变幻莫测,已届不惑之年依然一无所成。耿介不圆滑、高洁不随俗是他引以为荣的高尚品格,也是他不为人所赏的原因所在。抱定固穷的节操、坚持隐居生活以保全自己的人格,同样也忍受着痛苦,“弊庐交悲风,荒草没前庭。披褐守长夜,晨鸡不肯鸣”,居所破败,衣不蔽体的生活让诗人承受着身心的煎熬,“晨鸡不肯鸣”形象地表达出困苦难耐的心理。不过痛苦的生活也许并不可怕,可怕的是高洁之心无人理解的孤独，“孟公不在兹，终以翳吾情”，一种孤独悲凉之情浮现心头，这也许是诗人饮酒之后的真言，不是为自己的艰难悲哀，而是为世无知音的时代哀痛。

其十七

幽兰生前庭，　含薰待清风。①
清风脱然至，　见别萧艾中。②
行行失故路，③任道或能通。④
觉悟当念还，　鸟尽废良弓。⑤

【注释】

①“幽兰”二句：意谓幽兰芳香馥郁，以待清风播扬。《晋书·乐志》：“谋言协秋兰，清风发其芳。”薰：香草。江淹《别赋》：“闺中风暖，陌上草薰。”此指香气。　②脱然：霍然，轻快貌。《公羊传·昭公十九年》：“乐正子春之视疾也，复加一饭，则脱然愈。”萧艾：即艾蒿。屈原《离骚》：“何昔日之芳草兮，今直为此萧艾也。”意谓清风时至，播扬兰芳，兰自别于艾蒿。　③故路：旧路，指归隐田园，固守节操。　④任道：顺应自然之道。　⑤鸟尽废良弓：《文子·上德》：“狡兔得而猎犬死，高鸟尽而强弩藏。”《史记·越王句践世家》：“范蠡遂去，自齐遗大夫种曰：‘蜚鸟尽，良弓藏；狡兔死，走狗烹。’”又《史记·淮阴侯列传》：“果若人言：‘狡兔死，良狗烹；高鸟尽，良弓藏；敌国破，谋臣亡。’”后以之比喻事情成功之后，曾经出过大力的人就遭到摒弃或杀害。龚斌《陶渊明集校笺》：“晋安帝隆安二年(398)，殷仲堪、杨佺期等盟

于浔阳，推桓玄为盟主。第二年，桓玄却袭杀殷、杨二人。义熙八年(412)，刘裕害兖州刺史刘藩、尚书左仆射谢琨，讨灭曾与他长期共患难的荆州刺史刘毅及南蛮校尉郄僧施……义熙九年(413)三月，刘裕杀长民及其弟辅国将军黎民、大司马参军幼民、从弟宁朔将军秀之。这些'鸟尽弓藏'的新例证，当为渊明耳闻目见。因此，诗末'觉悟'二句，决非泛泛而谈历史，更多的是针对现实而发。"

【品评】

本诗前四句用比的手法，以兰的幽香喻自己的才能志向，这种有裨家国的才华需要清风的播扬，等待有利的政治环境。这是诗人在诗中对自己才能的肯定。然而诗人的几度出仕都与"清风"时运相悖，险恶的仕途生涯使他高涨的豪情渐趋低落，使他渐渐觉得这种做法更是背离了他心底的田园情。"觉悟当念还，鸟尽废良弓"，一个"觉悟"是他对耳闻目睹的政治生活的彻底否定，从此走上"任道或能通"的归隐之路。"鸟尽废良弓"，古文多有用者，后以之比喻事情成功之后，曾经出过大力的人就遭到摒弃或杀害。此处渊明以"鸟尽废良弓"收尾，见出他对现实有着多么清醒深刻的认识，更为这首诗赋予了深刻的政治含义。

其十八

子云性嗜酒，[①] 家贫无由得。
时赖好事人， 载醪祛所惑。[②]
觞来为之尽， 是谘无不塞。[③]

有时不肯言，　岂不在伐国。④

仁者用其心，　何尝失显默。⑤

【注释】

①子云：扬雄，字子长，西汉蜀郡成都（今四川成都郫县）人。②好（hào）事人：此指勤学好问之人。载醪（láo）：拿着酒。祛所惑：除胸中疑惑，即求教于扬雄。《汉书·扬雄传》说扬雄“家素贫，嗜酒，人希至其门。时有好事者载酒肴从游学”。 ③谘（zī）：询问。无不塞：无不得到满意的答复。塞，充满。此谓满意。④伐国：《汉书·董仲舒传》：“闻昔者鲁君问柳下惠：‘吾欲伐齐，何如？’柳下惠曰：‘不可。’归而有忧色，曰：‘吾闻伐国不问仁人，此言何为至于我哉！’”渊明用此典指国家之事。 ⑤用其心：谨慎小心。失：失去。显默：指出仕与归隐。谓仁者处世用心行事，或仕或隐，均不失仁者之心。

【品评】

这首诗以扬雄自况。扬雄生性嗜酒，但因家贫无法得到，只有等到那些勤学好问之人带着酒来向他请教时，他才能有酒可喝。他有酒辄饮尽，当然问题也能解答得令他们满意。但是在王莽篡汉时，那些巧言善辩之士，因为歌颂王莽称帝是天意都得到封赏。而扬雄不肯趋炎附势，就没有封侯。扬雄鄙视这种丑恶之行，因而当别人问他攻伐别国的计谋时，他从不肯说。因为仁者处事谨慎小心，当言则言，不当言则不言。诗人借扬雄嗜酒与不言国事的事实含蓄地表达了自己远祸全节、深忧国势的感情。

其十九

畴昔苦长饥，[1] 投耒去学仕。
将养不得节， 冻馁固缠己。[2]
是时向立年，[3] 志意多所耻。
遂尽介然分，[4] 拂衣归田里。
冉冉星气流，[5] 亭亭复一纪。[6]
世路廓悠悠，[7] 杨朱所以止。[8]
虽无挥金事，[9] 浊酒聊可恃。[10]

【注释】

①畴昔：犹言在昔，往昔。畴，助词，无义。潘岳《夏侯常侍诔》："畴昔之游，二纪于兹。" ②将养："将"、"养"同义。《诗经·小雅·四牡》："不遑将父。"毛传："将，养也。"不得节：不得法。谓以薄宦依旧无法养护家庭，饥饿仍然无法摆脱。 ③向立年：将近30岁。《论语·为政》："三十而立。"后遂以"而立之年"称30岁。 ④介然：耿介执着。《荀子·修身》："善在身，介然必以自好也。"杨倞注："介然，坚固貌。"分：本分。 ⑤冉冉：缓缓地，慢慢地。指时光渐渐流逝。屈原《离骚》："老冉冉其将至兮，恐修名之不立。"吕向注："冉冉，渐渐也。"星气：星宿与节气。借指时光。流：流转，消逝。 ⑥亭亭：时间久远。司马相如《长门赋》："荒亭亭而复明。"李善注："亭亭，远貌。"一纪：十二年为一纪。谓渊明自辞官归隐，光阴渐逝，已有十二年。 ⑦世路：人生如行路，故谓处世的经历为世路。刘峻《广绝交论》："世路险巇，一至于此。"

廓悠悠：空阔遥远的样子。 ⑧杨朱：战国时魏国人。止：止步不前。《淮南子·说林训》："杨子（杨朱）见逵路（即歧路）而哭之。为其可以南，可以北。" ⑨挥金事：《汉书·疏广传》载：汉宣帝时，疏广官至太子太傅，后辞归乡里，帝赐金二十斤，皇太子赠以五十斤，"广既归乡里，日令家共具设酒食，请族人故旧宾客，与相娱乐。数问其家金余尚有几所，趣卖以共具"。其所为挥金甚多。⑩恃：凭借。此有慰藉意。

【品评】

本诗首先追忆了自己出仕的原因，"畴昔苦长饥"，是生活窘迫使他投耒学仕，走进险恶的官场。本以为这样可以养家糊口，但却依然摆脱不了这种局面，依旧"冻馁固缠己"。尽管是迫于生计，我们还是能够看出诗人对政治抱有一定的幻想，但又从"志意多所耻"来看，他厌恶了官场中尔虞我诈的风气，正是这种肮脏污浊又迫使他"遂尽介然分，拂衣归田里"、"不堪吏职，少日自解归"。目前的境遇尽管同样贫困，但重新开始的是一种没有狡诈、不违背本心的生活，况且纵无挥金之事，却有"浊酒聊可恃"，这对生性嗜酒的渊明来讲，已经足够了，所以他对归隐生活没有遗憾抱怨，只有欣慰满足。

其二十

羲农去我久，① 举世少复真。②
汲汲鲁中叟， 弥缝使其淳。③
凤鸟虽不至，④ 礼乐暂得新。⑤

洙泗辍微响，[⑥] 漂流逮狂秦。[⑦]
诗书复何罪，　一朝成灰尘。[⑧]
区区诸老翁，[⑨] 为事诚殷勤。[⑩]
如何绝世下，　六籍无一亲。[⑪]
终日驰车走，[⑫] 不见所问津。[⑬]
若复不快饮，[⑭] 空负头上巾。[⑮]
但恨多谬误，　君当恕醉人。[⑯]

【注释】

①羲农：指伏羲氏、神农氏，传说中的上古帝王。　②真：指真淳自然。　③汲汲(jí)：心情急切的样子。《礼记·问丧》："其往送也，望望然，汲汲然，如有追而弗及也。"鲁中叟：指孔子。弥缝：弥合缝补，即补救行事的阙失。《左传·僖公二十六年》："弥缝其阙，而匡救其灾。"意谓孔子心情急切地奔走于诸国间，欲弥补阙失，使世道返归于淳真。　④凤鸟虽不至：《论语·子罕》："凤鸟不至，河图不出，吾已矣夫！"古人认为凤凰是一种神鸟，是祥瑞的象征，出现就表示天下太平。又说圣人受命，黄河就出现图画。孔子之意盖言天下无清明之望。　⑤礼乐暂得新：《史记·孔子世家》："孔子之时，周室微而礼乐废，《诗》、《书》缺。"后经孔子的补救整理，"诗三百五篇孔子皆弦歌之"、"礼乐自此可得而述"。　⑥洙泗：二水名，在今山东省曲阜北。孔子曾在那里教授弟子。辍：停止。微响：微言，指精微要妙之言。刘歆《移书让太常博士》："及夫子没而微言绝，七十子终而大义乖。"　⑦漂流：形容日月流逝，时代变迁。逮：至，到。狂秦：狂暴的秦朝。

⑧二句言秦始皇焚书事。 ⑨区区:犹“拳拳”,精诚执著。诸老翁:指西汉初年传授经学的饱学长者,如说《诗》的申培等四人。⑩为事:指传授经学之事。 ⑪绝世:指汉朝覆亡。六籍:即六经。亲:亲近。谓自汉代灭亡以后,世无习六经者,虽有习者,其去六经之旨亦远而弗得其真。 ⑫驰车走:指驾车奔走不息。⑬问津:《论语·微子》:“长沮、桀溺耦而耕,孔子过之,使子路问津焉。”渊明盖以长沮、桀溺自比,叹世上无有如孔子救道弊之徒。⑭快饮:痛饮,畅饮。 ⑮头上巾:头上葛巾,可作滤酒之用。《宋书·隐逸传》:“(渊明)值其酒熟,取头上葛巾漉酒。毕,还复著之。” ⑯“但恨”二句:谓酒后之言自有诸多谬误之处,还请宽恕酒醉之人。

【品评】

本诗是通过对上古真淳民风的逝去,表达对现实不满的情绪。渊明对上古时期的开明政治以及真淳自然的民风充满了向往,所以他在诗中多有提及。“愚生三季后,慨然念黄虞”(《赠羊长史》),“黄唐莫逮,慨独在余”(《时运》),甚至在《与子俨等疏》中称:“自谓是羲皇上人。”开篇感叹神农伏羲时期的纯朴自然之风远我们而去已经很久了,随即想到曾欲拯救这种纯朴自然之风于礼崩乐坏之中的孔子,“汲汲鲁中叟,弥缝使其淳”,一个“汲汲”表现出孔子为此做出的不懈努力,也表明了诗人对他的热情赞颂。之后话锋一转,“凤鸟虽不至,礼乐暂得新”,凤鸟即凤凰,古人认为凤鸟出现是吉祥的象征,意味着会有太平盛世出现,《论语·子罕》中说:“凤鸟不至,河不出图,吾已矣夫。”而诗中以“凤鸟虽不至”出之，感叹孔子生不逢时，他的不懈努力，无法阻挡世风日颓的现实。“虽”、“暂”二字流露出对孔子功业难成的惋惜之情。之后诗人集中描写了儒家思想以及“六经”在秦汉魏晋时期的遭遇，狂秦时期“诗书复何罪，一朝成灰尘”，诗书遭遇了灭顶之灾，虽后经汉代“区区诸老翁，为事诚殷勤”的大力倡导、复兴，但到魏晋时期依然是“六籍无一亲”，那些当上官或者想当官的人都驱车奔走，追逐名利权势，哪有人像孔子一样关注时局、匡扶乱世。面对刘裕集团急于篡位的形势以及社会的动荡不堪，无能为力的诗人唯有饮酒来排遣心中的忧愤，“若复不快饮，空负头上巾”，表达出诗人急欲以酒麻醉自己的愤激之情。渊明此诗盖如叶梦得所言“晋人多言饮酒，有至沉醉者，此未必意真在酒。盖时方难，人各惧祸，惟托于醉，可以粗远世故”(《石林诗话》卷下)，盖托酒以言心情。

止 酒

居止次城邑，[①] 逍遥自闲止。[②]
坐止高荫下， 步止荜门里。[③]
好味止园葵， 大欢止稚子。[④]
平生不止酒， 止酒情无喜。[⑤]
暮止不安寝， 晨止不能起。
日日欲止之， 营卫止不理。[⑥]
徒知止不乐， 未知止利己。
始觉止为善， 今朝真止矣。

从此一止去，将止扶桑涘。⑦
清颜止宿容，⑧ 奚止千万祀！⑨

【注释】

①居止：居住。次：靠近。 ②闲止：闲居无事。 ③荜：同"筚"。荜门，柴门，用树枝等编成的门。《三国志·魏书·管宁传》："环睹荜门，偃息穷巷，饭鬻糊口，并日而食。"后指居室简陋。止：盖当停留，止限于。二句言坐歇止留于高树密荫之下，步行流憩止限于柴门敝户之内。 ④止：相当于说莫过于。谓最好的滋味莫过于园中的葵菜，最大的欢乐莫过于与幼子嬉戏。 ⑤"平生"以下八句：止：停止。极言停止饮酒的种种不自由和止与不止的矛盾心理。 ⑥营卫：中医指血气的作用。止：止酒。不理：不调顺。谓营卫则因止酒而不畅顺。 ⑦将止：将到。止，至，到。扶桑涘(sì)：指神仙所居之处。扶桑，传说中的神树名，古人认为是日出之处。涘，水边。《诗经·秦风·蒹葭》："所谓伊人，在水之涘。" ⑧清颜：陆机《日出东南隅行》："高台多妖丽，浚房出清颜。"吕延济注："清颜，清洁之貌。"止宿容：止，盖当摒弃，弃绝。谓止酒到清癯的仙颜代替平素的容貌。 ⑨奚止：何止。祀(sì)：年。

【品评】

本诗可以看作是渊明闲居时的游戏之作。诗中用了二十个"止"字，错落有趣，既有对闲居生活的满足，也有明言戒酒实则不可戒也不能戒的心理。诗人以幽默诙谐的语言，说明自己对于酒的依恋和将要戒酒的打算，而从“清颜止宿容，奚止千万祀”句看出他对“止酒”的想法也只是一句玩笑而已。渊明处晋宋易代之际，目睹了太多的杀戮与晋祚的覆亡，其内心的痛楚只有在酒的麻醉下方能真正忘却，于此渊明岂可无酒？

述　酒[①]

重离照南陆，　鸣鸟声相闻。[②]
秋草虽未黄，　融风久已分。[③]
素砾皛修渚，　南岳无余云。[④]
豫章抗高门，　重华固灵坟。[⑤]
流泪抱中叹，　倾耳听司晨。[⑥]
神州献嘉粟，　西灵为我驯。[⑦]
诸梁董师旅，　芈胜丧其身。[⑧]
山阳归下国，　成名犹不勤。[⑨]
卜生善斯牧，　安乐不为君。[⑩]
平王去旧京，　峡中纳遗薰。[⑪]
双陵甫云育，[⑫]三趾显奇文。[⑬]
王子爱清吹，[⑭]日中翔河汾。[⑮]
朱公练九齿，　闲居离世纷。[⑯]
峨峨西岭内，　偃息常所亲。[⑰]
天容自永固，　彭殇非等伦。[⑱]

【注释】

①逯钦立校注《陶渊明集》:“原注‘仪狄造,杜康润色之’。仪狄、杜康,古代善酿酒者,酒由仪狄造出,再由杜康润色。比喻桓玄篡位于前,刘裕润色于后,晋朝终于灭亡。为了篡位,桓玄曾鸩杀司马道子,刘裕曾鸩杀晋安帝,都是用酒完成篡夺。所以陶以《述酒》为题,以‘仪狄造,杜康润色之’为题注。” ②重离:《史记·楚世家》:“楚之先祖出自帝颛顼高阳。……高阳生称,称生卷章,卷章生重黎。”《晋书·宣帝纪》谓司马氏“其先出自帝高阳之子重黎,为夏官祝融”,即言其乃重黎之后,汤汉《陶靖节先生诗注》:“司马氏出重黎之后,此言晋室南渡。”吴师道《吴礼部诗话》:“以离为黎,则是陶公故讹其字以相乱耳。离,南也,午也。重黎,典午再造也。”一说,据《易·说卦》:“离为火,为日。”故“重离”代指太阳,暗指司马氏。南陆:指江左。《易·说卦》:“离也者,明也,万物皆相见,南方之卦也。”所以诗人说“重离照南陆”。又《史记·楚世家》:“重黎为帝喾高辛居火正,甚有功,能光融天下,帝喾命曰祝融。”既然重黎能光融天下,自然亦能照南陆。鸣鸟声相闻:比喻东晋之初人才济济,名臣荟萃。鸣鸟,指凤凰。凤凰喻忠臣贤士。《楚辞·九章·涉江》:“鸾鸟凤皇日已远兮,燕雀乌鹊巢堂坛兮。”此二句,对“重黎”、“南陆”解释虽异,但皆能归之于晋元帝得贤臣而中兴。 ③“秋草”二句:谓秋草虽未衰黄,然与融风分别已久。融风:东北风。《说文·风部》:“东北曰融风。”段玉裁注:“调风、条风、融风,一也。”《史记·律书》:“条风居东北,主出万物。条之言条治万物而出之,故曰条风。”此以“融”作双关,司马氏先祖重黎曾为帝喾“命曰祝融”。意指东晋司马氏国势早已

衰微。 ④砾：碎石。皛(xiǎo)：皎洁，明亮。此作显现，呈现。修渚：长洲。言砾石显露于江上州中，盖以水尽沙石出喻晋室国势日颓，气数殆尽。南岳无余云：暗喻司马氏政权气数已尽。南岳，即衡山，五岳之一，在湖南。晋元帝即位诏中曾说“遂登坛南岳”，且零陵在南岳附近。故“南岳”代指江左司马氏政权。云，指紫云，多为数术家附会为王及贤者出现的征兆。《艺文类聚》引晋庾阐《扬州赋》注云：“建康宫北十里有蒋山，元皇帝未渡江之年，望气者云，蒋山有紫云，时时晨见。”“无余云”即指司马氏无帝王之气。此二句皆用隐语，以水尽沙显、南岳无云指言晋室衰微，气数将尽。 ⑤豫章抗高门：暗指刘裕继桓玄之后与司马氏政权分庭抗礼。豫章，郡名，在今江西南昌。义熙二年(406)刘裕封豫章郡公，遂与王室抗衡。抗，对抗，抗衡。高门，即皋门。古代皇都为五门，最外为皋门，即指天子之门。《诗经·大雅·绵》：“乃立皋门，皋门有伉。”毛传：“王之郭门曰皋门。”孔疏：“皋高通用。”重华固灵坟：暗指晋恭帝已死，只剩坟墓而已。重华，虞舜名。代指晋恭帝。恭帝被废为零陵王，而舜墓即在零陵的九嶷山。吴师道《吴礼部诗话》：“重华句，恭帝废为零陵王，舜冢在零陵九疑，故云尔。”固，但，只。固灵坟，只剩一座灵坟。这两句意思是说，刘裕继桓玄之后与晋王室相抗衡，晋恭帝只有死路一条。 ⑥抱中叹：内心叹息。抱、中指内心。司晨：报晓，也指报晓的雄鸡。此指天亮。谓内心忧伤叹息，彻夜难眠，侧耳倾听雄鸡报晓，焦急地等待着天亮。汤汉《陶靖节先生诗注》：“谓恭帝禅宋也。裕既建国，晋帝以天下让，而又不免于弑，此所以流泪中叹，夜耿耿而达曙也。”袁行霈《陶渊明集笺注》：“此指恭帝被幽于零陵时帝后之忧叹也，此时恭帝身边唯帝后一人而已。”依诗托言记晋帝与刘裕之事而不明言自己的感受看，后者更胜。 ⑦神州：中国的代称。《史记·孟子荀卿列传》：“中国名曰赤县神州。赤县神州内自有九州，禹之序九州是也，不得为州数。中国外如赤县神州者九，乃所谓九州也。”嘉粟：嘉禾，生长得特别茁壮的禾稻，古人认为是祥瑞之兆。王充《论衡·讲瑞》：“嘉禾生于禾中，与禾中异穗。”汤汉《陶靖节先生诗注》：“义熙十二年(417)，巩县人献嘉禾，裕以禾献帝，帝以归于裕。西灵当四灵。裕受禅文有‘四灵效瑞’之语。二句言裕假符瑞以奸大位也。”西灵：《礼记》：“麟、凤、龟、龙，谓之四灵。”为我驯：为我所驯服，即归属于我。二句言刘裕假托祥瑞图谋篡位。 ⑧诸梁：即叶公，战国时楚人。董：治理，监督。芈(mǐ)胜：白公胜，楚太子建之子，居于吴国，为白公。《史记·楚世家》载：“白公自立为王。月余，会叶公来救楚，楚惠王之徒与共攻白公，杀之。惠王乃复位。”按：桓玄篡晋，建立楚国，刘裕籍彭城，也为楚人。此二句盖以叶公、白公征战之内乱暗喻桓玄篡晋后又为刘裕率部众所灭的内讧之事。 ⑨山阳：指汉献帝。东汉建安二十五年(220)，曹丕称帝，废献帝为山阳公，而卒弑之。此暗指恭帝禅位与刘裕，裕废恭帝为零陵王。次年零陵王进毒不遂，刘裕掩杀之。下国：即指献帝逊位后归山阳(在今河南怀州)，为山阳公十五年，始卒。此指恭帝被废为零陵王。成名犹不勤：指零陵王被杀。《周书·谥法解》：“不勤成名曰灵。”古代帝王不善终者，即追谥为“灵”。不勤，不劳，不安慰。成名，指受到追谥。此二句谓零陵王虽然被迫禅位，但仍不免被杀害，死后也得不到安慰，他的命运还不如山阳公。 ⑩“卜生”二句：汤汉《陶靖节先生诗注》:“魏文侯师事卜子夏,此借之以言魏文帝也。安乐公,刘禅也。丕既篡汉,则安乐不得为君矣。” ⑪平王去旧京:东周的开国君主周平王,于公元前770年东迁雒邑(今河南洛阳)。去,离开。旧京,旧都镐(今陕西西安)。借平王东迁之事,寓晋室南渡,始建东晋王朝。峡:同“郏”,指郏鄏(jiá rǔ),即今洛阳。周成王曾定鼎于此。薰:薰鬻,亦作猃狁、荤粥、獯鬻、荤允等。我国古代北方部族名,后亦称为匈奴。刘聪为匈奴遗族,曾攻陷洛阳,晋元帝因此南迁,故曰“峡中纳遗薰”。句谓晋室南迁,中原陷入胡人之手。 ⑫双陵:即二陵。《左传》:“崤有二陵焉。”双陵甫云育,或言刘裕北伐后,关洛中原之地已平,可以长居于此生息繁育。⑬三趾:三足,即三足乌。晋初曾用它作为代魏的祥瑞。《晋诸公赞》:“世祖时,西域献三足乌。遂累有赤乌来集此昌陵后县。案,昌为重日,乌者,日中之鸟,有托体阳精,应期曜质,以显至德者也。”显奇文:是说谶纬之言,本为晋代魏之祥瑞,而今又成为宋代晋之祥瑞,故曰“显奇文”。句谓三足乌反而成为刘宋代晋的符瑞。⑭王子:即王子晋。《列仙传》载,王子晋,好吹笙,作凤鸣,游伊洛之间。受浮丘生点化,乘白鹤羽化登仙而去。清吹:即指吹笙。⑮日中:即正午,有典午之意。典,主其事,即司;午,属马,典午托言司马,暗指晋。翔:遨游。河汾:晋国地名。遨游河汾,暗指禅代之事。 ⑯朱公:汤汉《陶靖节先生诗注》:“朱公者,陶也。意古别有朱公修炼之事,此特托言陶耳。晋运既终,故陶闲居以避世,明言其志也。”练九齿:修炼长生之术。九齿,即久龄。九,同“久”;齿,同“龄”。九齿即长寿。世纷:世间的纷乱。谓我将修炼长生之术,避人闲居,远离这纷乱的世界。 ⑰峨峨:高大貌。

《后汉书·冯衍列传下》："山峨峨而造天兮。"西岭：即西山，详见《饮酒二十首》(其二)注①。偃息：安卧。《后汉书·李膺列传》："愿怡神无事，偃息横门。"亲：亲近。此二句谓那高高的首阳山，因伯夷、叔齐安卧而心感亲近。　⑱天容：伯夷、叔齐自然之容。永固：永久保持。彭：即彭祖，古之长寿者。殇(shāng)：指夭折的儿童。彭殇应为偏义复词，偏于"彭"。等伦：同等，一样。谓伯夷、叔齐自然之容将恒存于世，虽彭祖亦不可与之相较。

【品评】

本诗词意晦涩，后经汤汉等学者的考释，其意大致可通。这首诗是谈政治的，具体的政治概况已在注释中有所交代，此不赘述。渊明诗中鲜有直接关涉现实的，本首诗词意隐晦含蓄，主要是通过鸟鸣秋草、旧朝烟云一系列不着现实影子的风物隐晦曲折地记录了刘裕篡权易代的过程，对刘裕篡晋谋杀零陵王的行径作了含蓄而深刻地揭露和抨击。诗人隐居多年，他既不能面对现实，但又不能忘怀现实，鲁迅在《魏晋风度及文章与药及酒之关系》中说："可见他于世事也并没有遗忘和冷淡。不过他的态度比嵇康阮籍自然得多，不至于招人注意罢了。"的确是对本诗曲折表达其情怀的极好评价。

责　子

白发被两鬓，[1] 肌肤不复实。

虽有五男儿，　总不好纸笔。②
阿舒已二八，③懒惰故无匹。④
阿宣行志学，⑤而不爱文术。⑥
雍端年十三，　不识六与七。
通子垂九龄，⑦但觅梨与栗。
天运苟如此，⑧且进杯中物。⑨

【注释】

①被（pī）：同“披”，覆盖，下垂。鬓（bìn）：面颊两旁近耳的头发。　②纸笔：代指读书。　③二八：即16岁。　④故：同“固”。无匹：《楚辞·九章·怀沙》：“怀质抱情，独无匹兮。”匹，匹配，相当。　⑤行：行将，即将。志学：指15岁。《论语·为政》：“子曰：吾十有五而志于学。”后人遂以15岁为志学之年。　⑥文术：指读书、为文等方面的技艺。　⑦垂九龄：将近9岁。垂，将近。⑧天运：天命，命运。　⑨杯中物：指酒。

【品评】

本诗虽然题为“责子”，但并没有“责”意。眼看五个儿子渐渐长大，但是各个都贪玩不爱学习，使得渊明《命子》中“愿尔斯才”的愿望落了空。渊明面对这些不肖的儿子，并没有横眉怒目，而是以为“天运如此”，是非人力所能强求的，他对此不免有一点淡淡的忧伤和无奈，但这并不能影响他任随自然、委运自然的人生态度，仍以平静的心态喝他自己的酒。诗中所呈现出的平和的心态、旷达的态度是常人难以学到的。

有会而作并序

旧谷既没，新谷未登，①颇为老农，②而值年灾，日月尚悠，③为患未已。④登岁之功，⑤既不可希，朝夕所资，⑥烟火裁通。⑦旬日已来，始念饥乏。岁云夕矣，⑧慨然永怀。⑨我今不述，后生何闻哉！

弱年逢家乏，　老至更长饥。⑩
菽麦实所羡，⑪　孰敢慕甘肥！⑫
惄如亚九饭，⑬　当暑厌寒衣。⑭
岁月将欲暮，　如何辛苦悲。
常善粥者心，　深念蒙袂非。⑮
嗟来何足吝，　徒没空自遗。⑯
斯滥岂攸志，　固穷夙所归。⑰
馁也已矣夫，　在昔余多师。⑱

【注释】

①未登：即未收割。登，进。《吕氏春秋·仲夏》："农乃登黍。"注："登，进。植黍熟，先进之。"　②颇为老农：做农民已很久。颇，很，甚。老农，诗人自谓。　③悠：久远貌。盖谓其时距离秋收时间尚早。　④谓饮食之忧不断。未已：未止。　⑤登岁

之功：即岁功，指一年的农业收成。 ⑥资：资用，指生活所需之物。 ⑦裁：同“才”，仅仅。即言刚刚能维持生活不断炊。⑧云：语助词，无意义。夕：指年终。 ⑨永怀：以诗歌来表达情怀。永，通“咏”，歌咏，即诗歌。 ⑩更：经历。 ⑪菽（shū）：本指大豆，后来引申为豆类的总称。 ⑫甘肥：丰美的食物。⑬惄（nì）如：因饥饿而愁苦之状。惄，忧思。《方言》：“自关而西，秦晋之间，凡志而不得，欲而不获，高而有坠，得而中亡，谓之湿，或谓之惄。”《诗经·周南·汝坟》：“未见君子，惄如调饥。”毛传：“惄，饥意也。调，朝也。”郑玄笺：“惄，思也，未见君子之时，如朝饥之思食。”亚九饭：亚，次于。九饭，用子思一月食九顿之典。《说苑·立节》：“子思居卫，缊袍无表，三旬而九食。”意谓饥困之状仅次于子思。 ⑭当暑厌寒衣：谓夏天还穿着冬天的衣服。言其贫穷而无夏衣可换。闻人倓《古诗笺》：“当暑之服，至嫌夫寒衣之未改，则无衣又可知矣。” ⑮善：赞许，称赞。《孟子·梁惠王下》：“王如善之，则何为不行？”粥者：指黔敖。《礼记·檀弓下》：“齐大饥，黔敖为食于路，以待饥者而食之。有饿者蒙袂辑屦，贸贸然来。黔敖左奉食，右执饮，曰：‘嗟！来食。’扬其目而视之，曰：‘予唯不食嗟来之食，以至于斯也。’从而谢焉，终不食而死。”蒙袂（mèi）：以衣遮面，谓不忍见人。此二句谓常常称许施粥者之善心，又为不食嗟来之食者而抱憾。 ⑯吝：耻辱。《后汉书·张衡列传》：“得之不休，不获不吝。”徒没：白白地死。没，犹“殁”，死亡。《史记·屈原贾生列传》：“伯乐既殁兮，骥将焉程兮？”谓乞食并不可耻，白白饿死又岂不可惜。 ⑰此二句典出《论语·卫灵公》：“君子固穷，小人穷斯滥矣。”斯滥：无操守之小人。攸：所。

夙所归：平素所向往的。 ⑱馁(něi)：饥饿。过去遭饥困而固穷守节者正多，余当从而师之。

【品评】

这首诗约作于宋文帝元嘉三年(426)。“有会而作”即有感而作。渊明一生穷困潦倒，尤其到晚年生活更是难以为继，正如诗中所言“老至更长饥”。其实他对生活的要求并不高，只要有菽麦充饥即可，“耕织称其用，过此奚所须”，知足的生活态度，让他并不羡慕富足甚至奢华的享受，“孰敢慕甘肥”一句，既表明对肥美的食物不愿企及，也表明自己不愿为了肥美的食物就屈节出仕，君子“固穷”的节操可见一斑。这种饥寒交迫的生活使诗人想起了一月仅九餐的子思，而自己也并不比子思好多少，况且当夏犹穿寒衣的日子让他叫苦不迭。但是，既然选择了“固穷”的节操，又何必要为此悲苦呢？尽管生活困苦，但无论何时，诗人热爱生命的信念从未改变，“常善粥者心，深念蒙袂非”，即是对不食嗟来之食而白白死去者的抱憾。名节固然重要，生命岂可轻忽。渊明是一个现实的人，“吁嗟身后名，于我若浮烟”的人生信念注定他不会为现世的虚名而舍弃生命，他可以忍受饥寒，可以拒不受官，但不可以忽视生命的存在与价值，所以他一再强调生命应适性任真，不应违背本心，不应束带折腰，而应饮酒自乐。而且他并不以为耳目之娱、口腹之甘是生命的真意，也不承认浮世虚名的意义。因为一切都会“死去何所知”，一切都将归于空无，有生之年“称心固为好”，不虚伪、不做作、不委曲求全的人生，纵然困苦短暂，也是无愧的。结尾四句申明冻馁不足惧，但愿固穷节的坚定志向。

蜡　日[1]

风雪送余运，[2] 无妨时已和。[3]
梅柳夹门植，[4] 一条有佳花。[5]
我唱尔言得，[6] 酒中适何多。[7]
未能明多少，[8] 章山有奇歌。[9]

【注释】

①蜡日：古代年终祭祀名。蜡（zhà），周代十二月祭百神之称。《礼记·郊特性》："蜡也者，索也，岁十二月，合聚万物而索飨之也。" ②余运：一年中剩余的时运，即岁暮。 ③时已和：时节渐暖，谓春天来临。李充《春游赋》："盖适性莫畅乎游，而时和莫喻乎春。" ④夹门植：在门两旁种植。夹，两侧。渊明《桃花源记》："夹岸数百步，中无杂树。" ⑤佳花：指梅花。 ⑥唱：指吟咏（诗句）。尔：指梅花。言得：晓悟、称赏之意。 ⑦适：惬意。谓饮酒赏梅赋诗何等惬意自得。 ⑧未能明多少：即惬意难计。⑨章山：其地不详。有疑为庐山之石门山者。

【品评】

这是一首即景言情的清新小诗，但其中又包含着一定的哲理情韵。"风雪送余运，无妨时已和"，瑞雪飘飞，送走了一年最后的时光，但也送来了春的信息。"一条有佳花"，在渊明的诗中，这恐怕是唯一一首吟咏梅花的诗。诗中并不着意刻画梅花傲霜斗雪的气质，而是赋予它以人的情性，"我唱尔言得"，梅花似乎成了诗人的知音，从他的吟咏声中读者不难体会到诗人高洁的意趣。诗人虽然以风雪飘临、年岁将尽来说明四时变化、时不我与的哲理，但是在有酒相伴、有梅可赏的冬日，他还是从宁静美丽的自然中感到了满足和惬意。

然亦有人认为本诗托言政治，可备一说。

吴骞《拜经楼诗话》卷三："其《腊日》诗，旧亦编次《述酒》之后，而文清未注。予细读之，盖犹之乎《述酒》意也。爰为补释于左，俟考古者论定焉。'风雪送余运，无妨时已和。'此感腊为岁之终，喻典午运已告讫，而宋祚方隆，臣民已多附从，不必更滋防忌，故曰无妨也。'梅柳夹门植，一条有佳花。'梅喻君子，柳比小人。夹门植谓参错朝宁。君子不能厉冰霜之操，小人则但知趋炎附时，望风而靡。'一条有佳花'，有者犹言无有乎尔。'我唱尔言得，酒中适何多！'裕以毒酒一瓮命张祎鸩帝，祎自饮之而卒，又命兵进药而害之。下句言酒中之阴计何多耶。'我唱尔言得'，谓裕倡其谋，而附奸党恶者众也。'未能明多少，章山有奇歌。'《山海经》：'(鲜山)又东三十里，有章山。'《地理志》：章山在江夏竟陵县东北，古文以为内方山。按，竟陵、零陵皆楚地，故假竟陵之山以寓意，犹《述酒》诗之用舜冢事也。渊明为桓公曾孙，昔侃镇荆楚，屡平寇难，勋在社稷。'未能明多少'，谓若曹勿谓阴计之多，以时无英雄耳，使我祖若在，岂遂致神州陆沉乎！'有奇歌'，盖欲效采薇之意也。"

卷之四　诗五言

拟古九首

其　一

荣荣窗下兰，　密密堂前柳。[1]
初与君别时，[2] 不谓行当久。
出门万里客，　中道逢嘉友。[3]
未言心相醉，　不在接杯酒。[4]
兰枯柳亦衰，　遂令此言负。
多谢诸少年，[5] 相知不忠厚。[6]
意气倾人命，　离隔复何有。[7]

【注释】

①荣荣、密密：茂盛、繁密。此二句比兴，状写别时节令，兼以兰柳繁盛喻友情亲密。　②君：指远行游子。　③中道：中途。嘉友：好友。　④心相醉：内心相互倾慕。《列子·黄帝》："列子见之而心醉。"不在接杯酒：《汉书·司马迁传》："未尝衔杯酒，接殷勤之余欢。"谓心相投，不待饮酒交谈已倾心。　⑤多谢：多多告诫。《玉台新咏·古诗为焦仲卿妻作》："多谢后世人，戒之慎勿忘。"　⑥相知不忠厚：相知之人亦未必忠厚。　⑦意气：情谊，恩义。司马迁《报任安书》："曩者辱赐书，教以慎于接物，推贤进士

为务,意气勤勤恳恳。”倾人命:使人命倾,即使人丧命。倾,倾覆,丧灭。闻人倓《古诗笺》:“言相知者,特患不忠厚。倘其意气如故,虽命为之倾,亦且不惜,而何有于离隔乎!”离隔:分离,分手。意谓相知以意气为贵,相知且忠厚之人,虽为之付出一切亦不惜。虽有离隔,情亦不丧。

【品评】

这组诗约作于宋武帝永初二年(421)前后。从内容来看,这组诗大多为忧国伤时、托古讽今之辞。温汝能《陶诗汇评》卷四云:“《拟古》九首大抵遭逢易代,感世事之多变,叹交情之不终,抚时度势,实所难言,追昔伤今,惟发诸慨,在陶集中意义固甚明者。诸家有疑其中不可解,或且别为之说,务为穿凿以求,其失愈远矣。”

这首诗以“荣荣窗下兰,密密堂前柳”起兴,借远游之人重许诺而轻守诺的行为告诫世人交友宜忠厚,感慨世人结交“纵令然诺暂相许”的浮薄与势利。

其　二

辞家夙严驾,[①] 当往至无终。[②]
问君今何行, 非商复非戎。[③]
闻有田子泰,[④] 节义为士雄。
斯人久已死, 乡里习其风。
生有高世名, 既没传无穷。
不学狂驰子, 直在百年中。[⑤]

【注释】

①夙：早。《诗经·卫风·氓》："夙兴夜寐，靡有朝矣。"严：整治，整理。曹丕《杂诗》："仆夫早严驾，吾行将远游。"驾：车乘。句谓行将辞家远行。 ②无终：县名，今天津蓟县。 ③商：商山之省。商山，今陕西商县东南。秦末汉初东园公、绮里季、夏黄公、甪里先生等四人隐于此处，故有"商山四皓"之说。戎：古代中原人对西北部族的泛称。 ④田子泰：田畴，字子泰，一作子春。《三国志·魏书·田畴传》："田畴字子泰，右北平无终人也。好读书，善击剑。……众议咸曰：'田畴虽年少，多称其奇。'" ⑤狂驰子：意谓趋炎附势，追慕荣华之徒。直：只。二句言痴狂驰奔追慕荣华之人，繁华仅其一生而已，难得久长。

【品评】

此诗当为述志之作，但若言渊明不甘闲居而意欲为"士雄"，似显不妥。"乡里习其风"可证，斯人虽逝，然节义之风犹存，其风久染乡里而诗人心向往之，斯当晋宋易代之乱世，诗人或冀得一义士如田畴者，却时多"狂驰子"而终无一人，故心悲之，此为一份期盼而已。黄文焕《陶诗析义》："此诗当属刘裕初废晋帝为零陵王而作。盖当时裕以兵守之，行在消息，总无能知生死何者，故元亮寄慨于子春也。"所言极是。

其　三

仲春遘时雨，[①] 始雷发东隅。
众蛰各潜骇，[②] 草木从横舒。[③]

翩翩新来燕，[④] 双双入我庐。

先巢故尚在，[⑤] 相将还旧居。[⑥]

自从分别来，　门庭日荒芜。

我心固匪石，[⑦] 君情定何如。[⑧]

【注释】

①仲春：农历二月。遘（gòu）：遇，逢。　②众蛰（zhé）：各种冬眠的动物。蛰，动物冬眠时潜伏之状，此指冬眠的动物。潜骇：于潜藏处被惊醒。《礼记·月令》："仲春之月……始雨水……雷乃发生……蛰虫咸动，启户始出。"　③从横舒：草木开始向四处自由生长。从，同"纵"。　④翩翩：轻快飞翔。《诗经·小雅·四牡》："翩翩者鵻，载飞载下。"　⑤先巢：故巢，旧窝。故：仍旧。⑥将：扶助，持。后世《木兰诗》："出郭相扶将。"相将，相偕，一起。⑦我心固匪石：《诗经·邶风·柏舟》："我心匪石，不可转也。"谓心坚如磐石，不可转移。　⑧定：究竟。后世李白《新林浦阻风寄友人》："岁物忽如此，我来定几时？"何如：怎么样。

【品评】

本诗前四句勾画春天来临时的景象，为燕子翩翩归来作伏笔。而去年飞去、今年归来的燕子虽还旧居，但世事变迁、"门庭日荒芜"了。似曾相识的燕子究不知主人是否健在，忍不住发问：我心依旧，归来还就旧居，未知主人"情定何如"？邱嘉穗尝言："末四句亦作燕语方有味。"此语正道出燕子归来，见庭院荒芜，急欲追问主人在否的心理，也见出诗人意趣天真、物我交融的情态。

其　四

迢迢百尺楼，[①] 分明望四荒。[②]
暮作归云宅，　朝为飞鸟堂。[③]
山河满目中，　平原独茫茫。[④]
古时功名士，[⑤] 慷慨争此场。
一旦百岁后，[⑥] 相与还北邙。[⑦]
松柏为人伐，　高坟互低昂。[⑧]
颓基无遗主，　游魂在何方。[⑨]
荣华诚足贵，　亦复可怜伤。[⑩]

【注释】

①迢迢：高高的样子。陆机《拟西北有高楼》："高楼一何峻，迢迢峻而安。"　②分明：清楚。四荒：四方荒远之地。《尔雅·释地》："觚竹、北户、西王母、日下，谓之四荒。"注："觚竹在北，北户在南，西王母在西，日下在东，皆四方昏荒之国。"谓站在高高的楼上可以清楚地看到四方极远的地方。　③"暮作"二句：谓百尺之楼乃为日暮归云隐没之处，晨起飞鸟群聚之所。言此处唯有暮云、飞鸟出入。　④茫茫：辽阔，广大。山河满目尽是，而平原亦广大无边。　⑤功名士：追逐功名利禄之人。　⑥百岁后：死后。⑦北邙(máng)：山名，在洛阳城北，东汉、魏晋君臣多葬此山。此有死后尽归其所意。　⑧互低昂：坟堆高低参差。昂，高。⑨"颓基"二句：谓坟基毁坏而无后代予以修复，其灵魂又不知游荡何方。　⑩"荣华"二句：意谓那些热衷功名之人，其生前荣华

诚然弥足珍贵,然死后以至于此,坟毁无修,是又可怜伤之至。

【品评】

本诗写登楼远眺,并非抒发去国怀乡之情,而是由放眼远望所见到的茫茫荒原引发的人生思考。古往今来,无数狂驰之人不懈地追求功名利禄,无论成功与否,到于今早已灰飞烟灭,无不湮没在时光中,剩下的仅荒冢一片,连冢上的松柏都任由人砍伐,更何况生前曾苦苦追求的荣华富贵呢?“荣华诚足贵,亦复可怜伤”是诗人对人生的认识,即人生难长久,荣华不足恃,从而抒发了诗人不慕荣华、君子固穷的情怀。

其　五

东方有一士，　被服常不完。①
三旬九遇食，②　十年著一冠。③
辛勤无此比，　常有好容颜。④
我欲观其人，⑤　晨去越河关。⑥
青松夹路生，　白云宿檐端。
知我故来意，⑦　取琴为我弹。
上弦惊别鹤，　下弦操孤鸾。⑧
愿留就君住，⑨　从今至岁寒。⑩

【注释】

①被服:所穿的衣服。被,同“披”。不完:不完整,即破烂。

《韩非子·五蠹》:“短褐不完者不待文绣。” ②三旬九遇食:参见《有会而作并序》注⑬。 ③著:戴。《玉台新咏·古诗为焦仲卿妻作》:“著我绣夹裙,事事四五通。” ④“辛勤”二句:谓东方之士虽辛勤异常,面容却清雅淡然。 ⑤观:访问。 ⑥越河关:渡河越关。 ⑦故:特意,特地。 ⑧上弦、下弦:指前曲、后曲。别鹤:即《别鹤操》,古琴曲名,声悲凄。《乐府诗集》卷五十八引崔豹《古今注》:“别鹤操,商陵牧子所作也。娶妻五年而无子,父兄将为之改娶。妻闻之,中夜起,倚户而悲啸。牧子闻之,怆然而悲,乃援琴而歌。……后人因为乐章焉。”孤鸾:即《双凤离鸾》,汉琴曲名,庆安世作。《西京杂记》:“庆安世年十五,为成帝侍郎,善鼓瑟,能为双凤离鸾之曲。”二句举琴曲,盖喻隐士孤高的节操而叹知音少。 ⑨就君住:即从君而隐。 ⑩至岁寒:《论语·子罕》:“岁寒,然后知松柏之后凋也。”言其固穷守节之志不改易。

【品评】

这首诗虽托言东方隐士,实则是诗人自咏,借以抒发诗人的理想人格。“东方”之士虽然“被服常不完”,“三旬九遇食,十年著一冠”,生活贫困异常、辛苦无比,但却有“好容颜”,而且所住之处皆“青松夹路生,白云宿檐端”,援琴所奏之曲为《别鹤》、《孤鸾》,这正表现出诗人孤高自许、安贫固穷的品格。

其　六

苍苍谷中树，　冬夏常如兹。
年年见霜雪，　谁谓不知时。①

厌闻世上语，[2] 结友到临淄。
稷下多谈士，[3] 指彼决吾疑。[4]
装束既有日，[5] 已与家人辞。
行行停出门，[6] 还坐更自思。
不畏道里长，[7] 但畏人我欺。[8]
万一不合意，[9] 永为世笑嗤。
伊怀难具道，[10] 为君作此诗。

【注释】

①“苍苍”四句：诗人殆以此自比，谓我心有主，明见物事而不为之惑。苍苍：深青色，犹言青青。《庄子·逍遥游》：“天之苍苍，其正色耶？”时：时令变化，谓物事更迭不断。 ②世上语：泛指世俗的言论。 ③稷(jì)下：古地名，战国齐都临淄城稷门(西边南首门)附近地区。《史记·田敬仲完世家》：“(齐)宣王喜文学游说之士，自如驺衍、淳于髡、田骈、接予、慎到、环渊之徒七十六人，皆赐列第，为上大夫，不治而议论，是以齐稷下学士复盛，且数百千人。”集解引刘向《别录》：“齐有稷门，城门也。谈说之士，期会于稷下也。”又《史记·孟子荀卿列传》：“自驺衍与齐之稷下先生，如淳于髡、慎到、环渊、接子、田骈、驺奭之徒，各著书言治乱之事，以干世主。”谈士：善言谈论辩之人，指“不治而议论”的稷下之士。 ④指彼：指望他们。决吾疑：解决我的疑惑。 ⑤装束：整备行装。 ⑥行行：走不停，此有犹豫徘徊之意。 ⑦道里：即路程。 ⑧人我欺：即人欺我。人，指“谈士”。 ⑨不合意：见解不同。 ⑩伊：此。难具道：难以详细地说出。

【品评】

这首诗前四句兴而比，以谷中青松比喻自己历寒霜而不屈的坚贞意志。其意志坚定，为的是什么呢？大概对国家的治乱之术，心中存疑，欲求可与语者而不得，因而想到“稷下”以求决疑之人，但又恐不合意而为人耻笑，孤独彷徨之意溢于言表。诗人虽然对能否得到满意的答复尚存疑虑，但从诗中不难看出他将不为流言所惑，不受世俗欺诓，遂写诗以明坚贞不渝之志。

其　七

日暮天无云，　春风扇微和。①
佳人美清夜，② 达曙酣且歌。③
歌竟长太息，④ 持此感人多。⑤
皎皎云间月，⑥ 灼灼叶中华。⑦
岂无一时好，⑧ 不久当如何。⑨

【注释】

①扇：轻吹。微和：和暖之风。　②美：赞，喜爱。清夜：清爽宜人之夜。　③达曙：直到天明。曙，日出。《淮南子·天文训》：“日入于虞渊之汜，曙于蒙谷之浦。”　④竟：本指乐曲终了，引申为尽，完。太息：长长地叹息。《楚辞·离骚》：“长太息以掩涕兮，哀民生之多艰。”　⑤此：指佳人所唱之歌。　⑥皎皎：明亮貌。曹丕《短歌行》：“明月皎皎照我床，星汉西流夜未央。”　⑦灼灼：鲜艳灿烂的样子。《诗经·周南·桃夭》：“桃之夭夭，灼灼其华。”华：同“花”。　⑧一时好：暂时的美好。　⑨不久当如何：即短暂

的美好之后将怎样。

【品评】

这首诗以比兴的手法,感叹欢娱夜短、韶华易逝的悲哀。前四句描写了夜空无云,春风和美的背景下佳人"达曙酣且歌"的欢愉场面,后经"歌竟长太息,持此感人多"一转,引出佳人终将衰老的感叹,不仅佳人,世间一切诸如皎皎明月、灼灼春花等的美好事物都将老去,虽然美好一时,但不久的将来都将惨然离去,从而表现诗人自伤迟暮的情绪。

其　八

少时壮且厉,[①] 抚剑独行游。
谁言行游近? 张掖至幽州。[②]
饥食首阳薇,[③] 渴饮易水流。[④]
不见相知人, 惟见古时丘。[⑤]
路边两高坟, 伯牙与庄周。[⑥]
此士难再得,[⑦] 吾行欲何求。

【注释】

①厉:性情刚烈。　②张掖(yè):地名,在今甘肃省,古代西部边陲之地。《汉书·地理志》:"张掖郡,故匈奴昆邪王地,武帝太初元年开。"幽州:地名,今河北省东北部,古九州之一。古代北方边陲之地。《周礼·职方》:"东北曰幽州。"《尔雅·释地》:"冀曰幽州。"郭璞注:"自易水到北狄。"　③饥食首阳薇:用伯夷、叔

齐事，详见《饮酒二十首》（其二）注①。 ④易水：水名，源出河北易县。《史记·刺客列传》："至易水之上，既祖，取道，高渐离击筑，荆轲和而歌，为变徵之声，士皆垂泪涕泣。又前而为歌曰：'风萧萧兮易水寒，壮士一去兮不复还。'" ⑤丘：坟墓。《方言》："冢大者谓之丘。" ⑥伯牙：详见《怨诗楚调示庞主簿邓治中》诗注⑫。庄周：即庄子，战国时的思想家。据《庄子·徐无鬼》，庄子送葬，过惠施之墓，说："自夫子之死也，吾无以为质（指论辩的对手）矣，吾无与言之矣。"《淮南子·修务训》："是故钟子期死，而伯牙绝弦破琴，知世莫赏焉；惠施死，而庄子寝说言，知世莫可为语者也。" ⑦此士：指伯夷、叔齐、荆轲、伯牙、庄周等人。

【品评】

透过本诗我们可以看到渊明少年时期的理想，壮年时期的情怀，"少时壮且厉，抚剑独行游。谁言行游近？张掖至幽州"四句，使一个渴望建功立业的热血青年形象跃然纸上。但是他的才能抱负并没有得到施展，遇到的只是知音难觅的孤独清冷，"此士难再得，吾行欲何求"正抒发了知音难觅的愤激之情。

其　九

种桑长江边，[①] 三年望当采。
枝条始欲茂， 忽值山河改。[②]
柯叶自摧折，[③] 根株浮沧海。[④]
春蚕既无食， 寒衣欲谁待？[⑤]
本不植高原， 今日复何悔！[⑥]

【注释】

①种桑长江边:喻恭帝为刘裕所立,终受其祸。桑,暗指晋。西晋初,人们曾以桑作为晋朝的祥瑞之物。傅咸《桑树赋》序文说:“世祖(晋武帝司马炎,西晋开国之君)昔为中垒将军,于直庐种桑一株,迄今三十余年,其茂盛不衰。”又赋中说:“惟皇晋之基命,爰于斯而发祥。”此外,陆机《桑赋》、潘尼《桑树赋》亦皆咏皇晋兴起之端。 ②值:遇到。山河改:喻晋宋易代。 ③柯叶:枝叶。义熙十一年春正月司马休之父子结雍州鲁宗之举兵讨伐刘裕,后被刘裕击败,晋室唯一握兵权者亦已被灭,枝叶摧折盖指此。 ④根株:盖言晋室。 ⑤欲谁待:即“欲待谁”,即指望谁。言“柯叶”既已摧折,晋室瘠弱,根植不牢,无所倚靠。 ⑥“本不”二句:谓桑根初既未植于高原之上,以至自取灭亡,又有何悔。本:植物的根,这里指桑根。

【品评】

渊明的诗歌作品很多都留有针砭时事的痕迹,无怪乎萧统说他“语时事则指而可想,论怀抱则旷而且真”。诗人以桑喻晋,晋恭帝为刘裕所立,犹如“种桑长江边”,而刘裕之立恭帝原本就怀一颗狼子野心,如何值得依靠。之前唯一握有兵权的司马休之被剿灭之时,晋室已经是柯叶无存,晋祚覆亡已是必然。恭帝之初立即已操控在刘裕掌中,根基不牢自取灭亡,“今日复何悔”,时至今日又有什么可后悔的！诗人痛惜之情可见。

杂诗十二首

其一

人生无根蒂，[1] 飘如陌上尘。[2]
分散逐风转， 此已非常身。[3]
落地为兄弟， 何必骨肉亲。[4]
得欢当作乐， 斗酒聚比邻。[5]
盛年不重来， 一日难再晨。[6]
及时当勉励， 岁月不待人。

【注释】

①根蒂(dì)：犹言根柢，树木的根。《三国志·蜀书·蒋琬传》："今魏跨带九州，根蒂滋蔓，平除未易。" ②陌上尘：《古诗十九首》："人生寄一世，奄忽若飙尘。" ③"分散"二句：人生如陌上之尘飘忽不定，一旦离散即随风飘转，此身已非昔日之身。④"落地"二句：人生如尘随风飘转，风消尘住，随遇而安，相逢相识何必一定骨肉情深。落地：承"陌上尘"而言。为兄弟：《论语·颜渊》："四海之内，皆兄弟也。" ⑤比邻：近邻。比，靠近。⑥"盛年"二句：吴质《答魏太子笺》："盛年已过，实不可追。"盛年：壮年。此惜时之谓。

【品评】

本组诗内容多叹息旅途行役之苦、咏家贫年衰及力图自勉之意，前八首约作于渊明 54 岁时，即为晋安帝义熙十四年戊午(418)，后四首约作于晋安帝隆安五年(401)，渊明时年 37 岁。

这首诗慨叹光阴易逝、人生无常，勉励人们在短暂的人生之中，应相亲相善、及时行乐。“人生无根蒂，飘如陌上尘”，化用《古诗十九首》之“人生寄一世，奄忽若飙尘”，感叹人生之无常，随风飘转，无所依傍。句以无根之木、无蒂之花、飘荡无依之尘状写命运的变幻莫测和不可预知，这是饱经沧桑坎坷之后对命运的理性认识，认识中又透出无尽苍凉。陶渊明有着与常人相同的青年壮年时期，他有着“抚剑独行游”的豪气，也有“骞翮思远翥”的猛志，但是他又生不逢时，晋宋行将易代，政治黑暗，战争频仍，他目睹了太多的杀戮，也目睹了太多的个人无法左右的人生变故，他几度出仕，又几度归隐，生活的痛苦使他感到了人生的渺茫，让他感受到每一个踏入这个社会的人早已不再是最初的自我，只能在政治的漩涡里、在迷茫的旅途中不断改变。尽管我们在诗中不止一次见到他平和地面对人生的旷达态度，但在他内心深处，永远无法抹去他对理想破灭、人生无常而产生的彻骨的失落与绝望。

“落地为兄弟，何必骨肉亲”是对现世人生的规划，既然每个漂泊于旅途之人都无法拒绝地失去最初的自我，又何必责求骨肉血缘的亲疏呢？落地生根，随遇而安，也许会有一个差可快意的人生，“落地为兄弟”，意取《论语》：子夏曰：“君子敬而无失，与人恭而有礼。四海之内，皆兄弟也。君子何患乎无兄弟也？”这是历经了人生分离之苦，目睹了政治杀戮的血腥之后，对人间真爱发自内心的渴望与呼唤。人生不满百，孜孜以求者，无非为求得体面的饱食而已，孰与“得欢当作乐，斗酒聚比邻”的及时行乐？人生之乐本少，何况到了历尽沧桑的晚年，这短暂的欢乐更值得珍惜。“斗酒聚比邻”是他“何必骨肉亲”的无界限的泛爱思想的欢快形式，是他希望那些无端遭受政治纷争而痛苦的人们相互亲近、友爱的崇高精神境界。

“盛年不重来”四句，现在多用来鼓励年轻一代应当在盛年就珍惜光阴，奋发有为。而这里要结合诗人的时代与经历作具体理解。这四句是诗人参透了人生无常、不可预知之后的勉励语，“一日难再晨”、“岁月不待人”固然是因为时光的一维性让人无法拥有已经失去的时光而产生的紧迫感，但这又何尝不是诗人倍尝生逢乱世之苦而产生的朝不保夕的忧虑呢？“昨暮同为人，今旦在鬼录”，人生的不可把握和生存的潜在忧患使得诗人不得不珍惜眼前的时光，在有限的时光里宜须纵情饮酒、及时行乐。这种不合今人时宜的思想，本质上正标志了这一时代人的觉醒，一种对自己人生、生命价值的再发现、再认识与再肯定。

其　二

白日沦西阿，① 素月出东岭。②
遥遥万里晖， 荡荡空中景。③
风来入房户， 夜中枕席冷。④
气变悟时易，⑤ 不眠知夕永。⑥
欲言无予和，⑦ 挥杯劝孤影。⑧
日月掷人去， 有志不获骋。⑨

念此怀悲凄，终晓不能静。⑩

【注释】

①沦：沉落。《尚书·微子》："今殷其沦丧，若涉大水，其无津涯。"西阿（ē）：西山。阿，大的丘陵。渊明《挽歌诗》："死去何所道，托体同山阿。" ②素月：素，一种白色的绢。《上山采蘼芜》："新人工织缣，故人工织素。"引申为白色。此谓月光皎洁。古人亦以"练"（洁白的熟绢）言月光。 ③荡荡：广大貌。《汉书·礼乐志》："大海荡荡水所归。"景：同"影"，指月光。 ④夜中：即夜半。 ⑤气变：气候的变化。悟：意识到。时易：时节改变。⑥不眠知夕永：古乐府有"愁多知夜长"句。 ⑦无予和：即"无和予"的倒装，无人同我唱和交谈。 ⑧挥杯：举杯。 ⑨掷：抛弃。不获骋：不得施展。 ⑩"念此"二句：谓想到日月匆匆弃人而去，空有抱负不得施展，便心情激荡，彻夜难眠。

【品评】

这首诗写在一个不眠的秋夜，诗人因感悟到"日月掷人去，有志不获骋"而产生的失意人生的孤独悲凉。

"白日沦西阿"四句，诗人用"沦"、"遥遥"、"荡荡"等雄浑的词语表现宇宙的周转不息，寄托岁月如逝的感怀，同时衬托出寥廓天幕下孤独的诗人形象。"风来入房户，夜中枕席冷"则又把视角从浩渺的宇宙空间拉回到诗人身边，风入席冷的切肤体验乃是"气变时易"的节令特征，而一个"永"字凸显出在日月轮回中诗人此"夕"对生命的体验与感受、以及主观情感的悲凉与焦躁。"欲言无予和，挥杯劝孤影”，“欲”、“劝”表现出想说而无人听，而只能与影同饮的失意落寞。“日月掷人去，有志不获骋”二句，是诗人挥杯独饮时的感想，“掷”字是对日月匆匆而逝、功业无成的不尽叹惋。温汝能《陶诗汇评》卷四曰：“‘欲言无予和，挥杯劝孤影’二语，妙在‘欲’字‘劝’字，于寂寞无聊之况，得此闲趣。……予谓渊明怀抱，独有千古，即此可见。‘日月掷人去’，‘掷’字亦新亦妙。”

结尾二句再次表现颇不宁静的心情。时光的无情处正在此，它不会为人而作片刻停留，对渊明来讲，曾经播种的希望尚未收获，时间的舞台就早早谢幕，不留下一丝机会。而人生的不可把握更加剧了这种悲剧结果，焉能不“念此怀悲凄，终晓不能静”？

本诗通篇用语质朴，以白描表现情景，空明澄澈而又气韵清高。

其　三

荣华难久居，① 盛衰不可量。
昔为三春蕖，② 今作秋莲房。
严霜结野草，③ 枯悴未遽央。④
日月有环周，⑤ 我去不再阳。⑥
眷眷往昔时，⑦ 忆此断人肠。⑧

【注释】

①荣华：植物的花。盖叹年华易逝。屈原《离骚》：“及荣华之未落兮，相下女之可诒。”居：停留。孔融《与曹公论盛孝章书》：“岁月不居，时节如流。”②三春：春天孟、仲、季三个月。蕖

(qú):芙蕖,即荷花。 ③严霜结野草:《古诗十九首》:“严霜结庭兰。”严霜,浓霜。结,凝结。 ④枯悴:枯萎憔悴。遽(jù):立刻,马上。央:尽。《诗经·小雅·庭燎》:“夜如何其?夜未央。”此指枯死。 ⑤环周:循环往复,周而复始。张华《励志诗》:“四气鳞次,寒暑环周。” ⑥不再阳:不再生。《庄子·齐物论》:“近死之心,莫使复阳也。”陆德明《经典释文》:“阳,谓生也。” ⑦眷眷:依恋不舍的样子。王粲《登楼赋》:“情眷眷而怀归兮,孰忧思之可任?” ⑧断人肠:曹操《蒿里行》:“生民百遗一,念之断人肠。”形容极度悲伤。

【品评】

这首诗写人生易逝的悲哀。“荣华难久居”六句是诗人对节序如流光阴易逝的感慨,虽然花开花谢光阴易逝让人伤感,但更令人痛心的是花儿谢了明年还会再开,太阳落了明天还会升起来,只有青春只有人生却一去不复回。在沉重的语调中表现出诗人眷念青春时光的感情。

其　四

丈夫志四海,① 我愿不知老。②
亲戚共一处,③ 子孙还相保。④
觞弦肆朝日,⑤ 樽中酒不燥。⑥
缓带尽欢娱,⑦ 起晚眠常早。
孰若当世士, 冰炭满怀抱。⑧
百年归丘垄,⑨ 用此空名道。⑩

【注释】

①丈夫志四海：曹植《赠白马王彪》："丈夫志四海，万里犹比邻。"丈夫，谓有抱负之人。志四海，志在四方，谓志向远大。②不知老：即言不知老之将至。《论语·述而》："其为人也，发愤忘食，乐以忘忧，不知老之将至云尔。" ③亲戚：古代指父母兄弟，也指内外亲属。《礼记·曲礼上》："兄弟亲戚称其慈也。"孔颖达疏："亲指族内，戚指族外。"此指前者。 ④相保：相互爱护依靠。保，安，爱抚。《孟子·梁惠王上》："保民而王，莫之能御。"⑤觞弦：宴饮歌唱，古代宴饮佐之以歌。肆：纵情，放纵。朝日：当作"朝夕"，指终日。 ⑥燥：干。 ⑦缓带：宽缓衣带。《古诗十九首》："相去日已远，衣带日已缓。"此谓无拘无束，悠闲自适。据《晋书·隐逸传》，陶渊明为彭泽令时"郡遣督邮至县，吏白应束带见之"，而渊明辞归，所以以缓带为愿。 ⑧冰炭：比喻两者不相容。后世韩愈《听颖师弹琴》："颖乎尔诚能，无以冰炭置我肠。"谓名利交战于胸中。《淮南子·齐俗训》："贪禄者见利不顾身，而好名者非义不苟得，此相为论，譬犹冰炭钩绳也，何时而合？" ⑨丘垄：指坟墓。 ⑩空名：虚名。《史记·黥布列传》："大王提空名以乡楚。"道：同"导"，引导。《楚辞·离骚》："乘骐骥以驰骋兮，来吾道夫先路。"

【品评】

本诗由人生的失意退而求其乐。"丈夫志四海，我愿不知老。亲戚共一处，子孙还相保。觞弦肆朝日，樽中酒不燥"所表现的美好生活正与《诗经》"妻子好合，如鼓瑟琴。兄弟既翕，和乐且耽。

宜尔室家，乐尔妻孥"的理想人生态度与和谐家庭生活如出一辙。而"缓带尽欢娱，起晚眠常早"的安逸闲适与那些"汲汲于富贵"的"当世士"的战战兢兢形成了鲜明的对比，表达了诗人对眼前闲居之乐的满足。

其　五

忆我少壮时，　无乐自欣豫。①
猛志逸四海，②　骞翮思远翥。③
荏苒岁月颓，　此心稍已去。④
值欢无复娱，　每每多忧虑。⑤
气力渐衰损，　转觉日不如。⑥
壑舟无须臾，　引我不得住。⑦
前途当几许，　未知止泊处。⑧
古人惜寸阴，⑨　念此使人惧。

【注释】

①欣豫：欣喜，愉快。豫，快乐，安适。《孟子·公孙丑下》："夫子若有不豫色然。"　②猛志：谓雄心壮志。逸：超越。　③骞翮(qiān hé)：展翅高高地飞起。骞，举首，引申为飞起。翮，指鸟的翅膀。远翥(zhù)：远飞。　④荏苒(rěn rǎn)：时光渐渐流逝。潘岳《悼亡诗》："荏苒冬春谢，寒暑忽流易。"李善注："荏苒，犹渐也。"岁月颓：时光消逝。意谓随时间的流逝，昔日的雄心壮志亦渐渐消失。　⑤值欢无复娱：与"无乐自欣豫"相对，少年时"无乐自欣豫"，无忧之状可感，中年则"值欢无复娱"，可见百忧郁结于

心之景,乃有“每每多忧虑”之句。 ⑥转:渐渐之意。日不如:一天不如一天。 ⑦壑(hè)舟:《庄子·大宗师》:“夫藏舟于壑,藏山于泽,谓之固矣;然而夜半有力者负之而走,昧者不知也。”郭象注:“言生死变化之不可逃也。”引:引导。住:华年停留。谓时间不做片刻停留,亦导引我身躯日渐老去。 ⑧止泊:停息,指人生归宿。后世梁简文帝《泛舟横大江》:“沙长无止泊,水脉屡萦分。” ⑨惜寸阴:珍惜短暂的时间。《淮南子·原道训》:“故圣人不贵尺之璧,而重寸之阴,时难得而易失也。”

【品评】

本诗将少年时期“猛志逸四海”的昂扬乐观、踌躇满志与随时光的流逝而出现的年老体衰、意气消颓相对比,表达诗人对光阴荏苒、一事无成的感慨,这种感慨让诗人每次想起“惜寸阴”的古训时更加惶恐不安。从这首诗中可以看出渊明曾经强烈的济世意识,以及历经官场风波、目睹了政治丑恶之后意志的消减。由此可见诗人的归隐思想并非与生俱来的,而是现实不如意导致的必然结果,龚自珍诗云:“陶潜酷似卧龙豪,万古浔阳松菊高。莫信诗人竟平淡,二分《梁甫》一分《骚》。”正言于此。

其　六

昔闻长老言,　掩耳每不喜。①
奈何五十年,　忽已亲此事。②
求我盛年欢,　一毫无复意。③
去去转欲远,　此生岂再值。④

倾家持作乐，　竟此岁月驶。⑤
有子不留金，⑥ 何用身后置。⑦

【注释】

①长老言：指老人忆往昔之事。语本陆机《叹逝赋》序："昔每闻长老追计平生，同时亲故，或凋落已尽，或仅有存者。余年方四十，而懿亲戚属亡多存寡，昵交密友亦不半在……以是思哀，哀可知矣。"长老，年事已高者。《管子·五辅》："养长老，慈幼孤。"意谓往昔不喜闻老者谈及人生易老亲故凋零之事。　②亲：亲身经历。谓无奈何五十年后自己却亲身经历"同时亲故，或凋落已尽，或仅有存者"之变故。　③言反求诸少年之欢娱，却杳然不可寻。④值：遇到。谓日月弃人而去，此生岂能有再逢盛年之时。⑤倾家：倾尽家中所有的财物。竟：终了，完结。意谓倾尽家中余财及时行乐，以便度此余年。　⑥有子不留金：无需为子孙留下金钱买田买屋。《汉书·疏广传》载：疏广官至太傅，后辞归乡里，以所受金每日设宴款待亲朋。人劝其留钱为子孙置田产，他说："吾岂老悖不念子孙哉！顾自有旧田庐，令子孙勤力其中，足以供衣食，与凡人齐。今复增益之以为赢余，但教子孙怠堕耳。贤而多财，则损其志；愚而多财，则益其过。且夫富者，众人之怨也；吾既亡以教化子孙，不欲益其过而生怨。"　⑦身后置：为身后之人置办。

【品评】

本诗以"昔闻长老言，掩耳每不喜"起句，道出了少年不识愁滋味、不喜听人生易老的无忧无虑，而五十岁倏尔而至时才真切地感到昔日长老频道人生易老亲故凋零时的无奈。而今当阅尽悲欢之后，再欲寻觅昔日的欢欣时，沧桑岁月的剥蚀使得欢娱的心只剩下了沉重，没有了欢娱的理由。“有子不留金，何用身后置”是诗人感到时光无多、此生难再而追求的及时行乐的生活方式。

其　七

日月不肯迟，　四时相催迫。①
寒风拂枯条，　落叶掩长陌。②
弱质与运颓，③ 玄鬓早已白。④
素标插人头，⑤ 前途渐就窄。
家为逆旅舍，　我如当去客。⑥
去去欲何之，　南山有旧宅。⑦

【注释】

①迟：徐行，缓慢行进。四时相催迫：陆机《日重光行》：“四时，固恒相催。”谓时光匆匆不肯停留，四时交替催人老去。　②掩：遮蔽，覆盖。　③弱质：体质虚弱。颓：衰减。　④玄：黑色。　⑤素标：白色的标记，指白发。白发满头，时日渐短，来日无多。　⑥逆旅：迎客。逆，迎；旅，客。古人以生为寄，以死为归，如《古诗十九首》：“人生天地间，忽如远行客。”此用其意。　⑦南山：指庐山。旧宅：指陶氏墓地。渊明《自祭文》：“陶子将辞逆旅之馆，永归于本宅。”

【品评】

诗人在诗中一方面感叹日月飞逝,不知不觉中就已经鬓发斑白,步入了"前途渐就窄"的晚年,另一方面又以平静的心态来对待衰老甚至死亡,渊明承继了《古诗十九首》"人生忽如寄"中以人生为寄于世上的信条,从而坚信来必有去,"南山有旧宅",诗人坦然的心态就好像把人生当作了一次旅行,对待死亡就如同回家般平静自然。

其　八

代耕本非望,[①] 所业在田桑。
躬亲未曾替,[②] 寒馁常糟糠。[③]
岂期过满腹,[④] 但愿饱粳粮。[⑤]
御冬足大布,[⑥] 粗𫄨以应阳。[⑦]
正尔不能得, 哀哉亦可伤。[⑧]
人皆尽获宜,[⑨] 拙生失其方。[⑩]
理也可奈何, 且为陶一觞。[⑪]

【注释】

①代耕:当官食俸禄。《孟子·万章》:"下士与庶人在官者同禄,禄足以代其耕也。" ②躬亲:亲自。《汉书·刘向传》:"陛下即位,躬亲节俭。"此指亲自参加农业劳动。替:废,停止。《楚辞·离骚》:"謇朝谇而夕替。"王逸注:"朝谏謇謇于君,夕暮而身废弃也。" ③馁:饥饿。糟糠:酒糟和糠皮,指穷人维持生活的粗劣食物。《韩非子·五蠹》:"故糟糠不饱者不务粱肉,短褐不完者

不待文绣。”糟糠后代指患难与共的妻子。此指前者。 ④过满腹：吃得过饱，指无过高的期望。《庄子·逍遥游》：“偃鼠饮河，不过满腹。” ⑤粳（jīng）粮：粗粮。 ⑥御冬：抵御冬寒。大布：粗布。《左传·闵公二年》：“卫文公大布之衣。”杜预注：“大布，粗布。” ⑦绨（chī）：葛布。《诗经·周南·葛覃》：“为绨为绤。”毛传：“精曰绨，粗曰绤。”应：遮挡。阳：指夏日骄阳。 ⑧“正尔”二句：谓即使这样的粗布粳粮亦不能得到，正堪忧伤。 ⑨尽获宜：谓以适当方法谋求生存。 ⑩拙生：拙于生计。方：方法。⑪有道者固贫，且尽杯中酒以自乐。陶：乐。

【品评】

诗人较为详细地描绘了自己躬耕不辍的过程，但却仍然不得温饱。他承认任何人可以以适当的方法来谋生，又深感自己拙于生计，甚至连最起码的生活需求都无法得到满足。“理也可奈何，且为陶一觞”可以看出诗人怨中有坦然，坦然中又有怨语。

其　九

遥遥从羁役，　一心处两端。①
掩泪泛东逝，　顺流追时迁。②
日没星与昴，　势翳西山巅。③
萧条隔天涯，　惆怅念常餐。④
慷慨思南归，　路遐无由缘。⑤
关梁难亏替，　绝音寄斯篇。⑥

【注释】

①羁役:羁旅行役,指出仕在外。羁,在外作客。一心处两端:在两者之间犹豫不决。《史记·魏公子列传》:"魏王恐,使人止晋鄙,留军壁邺,名为救赵,实持两端以观望。"句谓身在仕途心在家。②"掩泪"二句:谓泛舟东下,感伤不已,暂且顺流而下,任随时光变迁。 ③日没:太阳落山。星与昴(mǎo):二十八宿之二宿,星宿与昴宿。这里泛指星空。势:指星座。翳(yì):遮蔽,隐暗不明貌。谓日落西山,星宿与昴宿显现夜空,然其势又阴暗不明。 ④萧条:萧索寂寞。惆怅:失意貌。常餐:指平日家居的粗淡饮食。言身在任上倍感萧索寂寞,与抱朴的生活如隔天涯,惆怅嘘唏,常常念及平日居家时的粗淡饮食。 ⑤"慷慨"二句:谓意欲隐去,又道路遥远,苦无良由。 ⑥关梁:关隘与桥梁,指交通要道。亏替:废止,废除。指难以逾越。绝音:即音绝,指音信不通。既然行役无法去除,而亲人友朋又音书断绝,只得以此诗寄托怀抱。

【品评】

此诗言行役之苦,思乡之切。"一心处两端",最见出渊明的矛盾心情。其出仕本就勉强,奔波路上自然就更加怀念身心愉悦的故园生活。这种矛盾心情实际上是两种生活方式的冲突,当一种方式违背了自己的内心时,另一种就成了最具可能的诱惑。

其　十

闲居执荡志,[①] 时驶不可稽。[②]
驱役无停息, 轩裳逝东崖。[③]

泛舟拟董司，[4] 悲风激我怀。
岁月有常御，[5] 我来淹已弥。[6]
慷慨忆绸缪，[7] 此情久已离。
荏苒经十载，[8] 暂为人所羁。[9]
庭宇翳余木， 倏忽日月亏。[10]

【注释】

①荡志：放纵不羁的心志。 ②时驶：时光逝去。稽：留。《管子·君臣上》："是以令出而不稽。" ③轩裳：即车。轩，泛指车。《尚书大传·帝告》："未命为士者不得乘朱轩。"郑玄注："轩，车通称也。"裳，即裳帏，亦作帷裳，装于车边的帷幕。《诗经·卫风·氓》："淇水汤汤，渐车帷裳。"逝：往、去。东崖：东海边。 ④拟：向。董司：董督。此指刘裕。《晋书·陶侃传》："往年董督，径造湘城。" ⑤常御：常度，常规。御：行。 ⑥淹：淹留，留滞。弥：久长。 ⑦绸缪(chóu móu)：《诗经·唐风·绸缪》："绸缪束薪，三星在天。"朱熹注："绸缪，犹缠绵也。"此指妻室。丁福保《陶渊明诗笺注》："古诗皆以绸缪为婚姻之称。" ⑧荏苒(rěn rǎn)：时间渐逝。张华《励志》："日与月与，荏苒代谢。"十载：陶渊明自太元十八年(393)初仕江州祭酒，至义熙九年(413)历时恰好10年。 ⑨人：指人事，即仕宦。 ⑩庭院为树木所遮掩，岁月匆匆而逝。亏：损耗。

【品评】

这首诗仍表现"一心处两端"的痛苦心境。出仕深悲为人所羁，身不由己，而闲居又深感岁月流逝，真是身在仕途心已隐。

其十一

我行未云远，[①] 回顾惨风凉。[②]
春燕应节起， 高飞拂尘梁。[③]
边雁悲无所， 代谢归北乡。[④]
离鹍鸣清池， 涉暑经秋霜。[⑤]
愁人难为辞， 遥遥春夜长。[⑥]

【注释】

①行：指行役。云：语助词，无意义。 ②惨风：悲凉之风。③应节：即依时而至。尘梁：落满灰尘的屋梁。春燕依时而至，自落满灰尘的房梁上高高飞起。 ④边雁：边塞之雁。代谢：更迭，交替。句谓大雁依时而迁徙。 ⑤离鹍（kūn）：离群的鹍鸡。鹍，即鹍鸡，鸟名。《楚辞·九辩》："鹍鸡啁哳而悲鸣。"洪兴祖补注："鲲鸡，似鹤，黄白色。"前句实写，后句"涉暑"、"经秋霜"虚写。⑥此二句谓春燕、边雁、离鹍皆有归处，而念归的愁人却隐痛难言，故觉夜长难熬。

【品评】

这首诗通过写春景表达了一种犹豫徘徊、难以言说的感情。"春燕"应时而至，"边雁"代谢北归，"离鹍"涉暑经秋，它们都依时归来，而诗人虽"我行未云远"，但却迟迟不得归。诗中表现出"情人怨遥夜"般彻夜难眠的思念情怀。

其十二

袅袅松标崖,[1] 婉娈柔童子。[2]

年始三五间,[3] 乔柯何可倚。[4]

养色含精气, 粲然有心理。[5]

【注释】

①袅袅(niǎo):纤长柔美,此谓树美貌。标:直立。谓凌冬不凋的松树高高地直立于山崖之上。意同刘桢《赠从弟》"亭亭山上松"句。 ②婉娈(luán):《诗经·齐风·甫田》:"婉兮娈兮。"朱熹注:"婉娈,少好貌。"柔童子:柔美若童子。 ③三五:指15岁。④乔柯:高大的树枝。乔,高大。 ⑤色:神色,精神。精气:精灵细微之气,或谓人之元气。粲然:鲜明灿烂貌。心理:神理,谓有神气。谓松涵其神色,养其元气,其神气粲然可见。

【品评】

此诗咏幼松,童子也借以喻松,却有别于以往咏松之作,以往常常借咏松颂扬其坚贞不屈、凌冬不凋的品质,本首则以对幼松的培育为着眼点,指出幼松培育得当即可成材的道理,以此寄托对晚生后辈的期待。邱嘉穗《东山草堂陶诗笺》评此诗曰:"比也,通篇俱指嫩松说,而正意自可想见。'童子'句亦喻嫩松也,意公以松自居,望后生辈如嫩松之养柯植节也。"

咏贫士七首

其　一

万物各有托，　孤云独无依。①
暧暧空中灭，　何时见余晖。②
朝霞开宿雾，③　众鸟相与飞。④
迟迟出林翮，　未夕复来归。⑤
量力守故辙，⑥　岂不寒与饥。
知音苟不存，　已矣何所悲。⑦

【注释】

①孤云：喻贫士，诗人自喻。　②暧暧（ài）：昏暗不明貌。句谓孤云黯然自灭，不见任何痕迹。　③朝霞开宿雾：朝霞驱散了夜雾。喻晋宋易代，朝廷更新。　④众鸟相与飞：喻众多趋炎附势之人纷纷依附刘宋政权。　⑤"迟迟"二句：追忆昔日曾就辟镇军参军、建威参军及不久辞官彭泽之事。谓自己迟迟出仕又早早归隐。翮（hé）：鸟的翅膀，代指孤鸟。喻贫士，即诗人自指。⑥量力：量力而行。守故辙：持守旧路，即前人安贫乐道之路。⑦苟：如果。《古诗十九首》："不惜歌者苦，但伤知音稀。"

【品评】

这组诗大约作于晋宋易代之交，是陶渊明晚年的咏怀之作。

这些诗歌通过对古代贫士的歌咏，表现了诗人安贫守志、不慕名利的情怀。

这首诗以孤云、独鸟自况，象征着诗人孤独无依的处境和命运，表现出诗人守志不阿的高洁志趣。“万物各有托，孤云独无依”，以“万物”喻指节操不坚者，以“孤云”自况。在政局动荡，晋宋行将易代的时候，众多节操不坚之人纷纷屈节投靠刘裕政权，而志洁行廉的诗人却犹如天边的一朵孤云，无可依傍，随风飘荡。先前晴明的天空，也已经变得暗淡无光，何时再能见到残余的光彩呢？“暧暧空中灭”二句，或许是诗人慨叹孱弱的晋室在刘裕集团的攻击下渐渐黯淡下来，以趋消亡，孤独的诗人自感无法再次见到一个朝代昔日的光辉，出仕的念头也早已消失殆尽。“朝霞开宿雾，众鸟相与飞”，隔夜的雾气散去了，现出炫目的朝霞，众鸟也在朝霞中飞翔。诗人以朝霞喻指刘裕初掌政权，以众鸟喻指众多归附刘裕政权的人。在政权更迭的时代，众鸟如此，诗人是怎样的呢？“迟迟出林翮，未夕复来归”，“翮”指鸟翅膀，此与众鸟相对，指孤鸟，即诗人自指。诗人把孤鸟迟迟出林又匆匆飞回喻指自己就辟建威参军及不久辞官彭泽事。诗人此举只是“量力守故辙”而已，所谓“故辙”，即为旧路，也就是诗人始终坚持的归隐守志之路，既然选择了这条保真的旧路，岂能不遭受饥寒痛苦？然而这种执着假如连知音也不欣赏，还有什么可悲伤的呢？本诗通篇比喻，含意深沉，风格清高。

其　二

凄厉岁云暮，[①] 拥褐曝前轩。[②]

南圃无遗秀，[3] 枯条盈北园。
倾壶绝余沥，[4] 窥灶不见烟。
诗书塞座外， 日昃不遑研。[5]
闲居非陈厄， 窃有愠见言。[6]
何以慰吾怀？ 赖古多此贤。[7]

【注释】

①凄厉：凄凉惨淡。岁云暮：《诗经·小雅·小明》："曷云其还？岁聿云暮。" ②拥褐(hè)：穿着粗布衣服。曝(pù)：晒。轩：有窗槛的长廊或小室。意谓穿着破衣服在轩窗下晒太阳取暖。《列子·杨朱》："宋国有田夫，常衣缊黂，仅以过冬。暨春东作，自曝于日，不知天下之有广厦隩室。" ③秀：草木之花或果实。④沥：残存的酒滴。《史记·滑稽列传》："侍酒于前，时赐余沥。"⑤昃(zè)：太阳西斜。《易·丰》："日中则昃，月盈则食。"遑(huáng)：闲暇。《诗经·小雅·小弁》："心之忧矣，不遑假寐。"研：研读。此句言日西斜而无闲暇研读诗书，盖谓室内空多有诗书，因忙于生计而终年不得研读。 ⑥陈厄(è)：在陈国受困。《论语·卫灵公》："在陈绝粮，从者病，莫能兴。子路愠见曰：'君子亦有穷乎？'子曰：'君子固穷，小人穷斯滥矣。'"厄，困苦，危难。愠(yùn)：含怒，怨恨。谓自己避人而居虽不同于孔子困厄于陈的情形，但也有子路"愠见"之言(即君子亦有穷乎)。 ⑦句谓幸有诸多贤士(后文所咏之贫士)可以慰藉内心。

【品评】

这首诗与前一首大概都是这组诗的概括,前一首自叹孤独,世无知音;而这一首自咏贫居之状。"凄厉岁云暮"六句即是对隐居生活的概括,而且因为忙于生计,连诗书也"日昃不遑研",所幸的是在这样艰难的生活中,诗人还能觅到这些贫士聊以自慰。

其　三

荣叟老带索，　欣然方弹琴。①
原生纳决履，　清歌畅商音。②
重华去我久,③ 贫士世相寻。
弊襟不掩肘,④ 藜羹常乏斟。⑤
岂忘袭轻裘,⑥ 苟得非所钦。⑦
赐也徒能辨，　乃不见吾心。⑧

【注释】

①"荣叟"二句:详见《饮酒二十首》(其二)注③。　②原生:指原宪,字子思。孔子弟子。原宪清静守节,贫而乐道。《庄子·让王》:"原宪居鲁……子贡乘大马,中绀而表素,轩车不容巷,往见原宪。原宪华冠纵履,杖藜而应门。子贡曰:'嘻!先生何病?'原宪应之曰:'宪闻之:无财谓之贫,学而不能行谓之病。今宪贫也,非病也。'子贡逡巡而有愧色。原宪笑曰:'夫希世而行,比周而友,学以为人,教以为己,仁义之慝,舆马之饰,宪不忍为也。"《韩诗外传》:"宪乃徐步曳杖,歌《商颂》而返。声沦于天地,如出金石。"纳:穿。决履:裂开口的鞋子。　③重华:虞舜名。相传尧

舜时代，圣人治世，天下太平，无贫穷之人。去：离。　④弊襟不掩肘：衣不蔽体之谓。掩，遮盖。　⑤藜羹：野菜汤。斟(zhēn)："糁"(sǎn)的借字，以米和羹。《庄子·让王》："孔子穷于陈蔡之间，七日不火食，藜藿不糁，颜色甚惫，而弦歌于室。"　⑥袭：衣上加衣，即穿、披。轻裘：轻暖的毛皮衣。《论语·公冶长》："子路曰：'愿车马衣轻裘，与朋友共，敝之而无憾。'"　⑦苟得：不义而得。《礼记·曲礼上》："临财无苟得。"孔颖达疏："非义而取，谓之苟得。"《论语·述而》："不义而富且贵，于我如浮云。"钦：羡慕。⑧赐：即子贡。姓端木，名赐，字子贡。孔子弟子。徒：徒然，只会。能辨：善于巧辩。"辨"与"辩"古字通用。《史记·仲尼弟子列传》："子贡利口巧辞，孔子常黜其辩。"《论语·子罕》："子贡曰：'有美玉于斯，韫椟而藏诸？求善贾而沽诸？'子曰：'沽之哉！沽之哉！我待贾者也。"子贡曾劝孔子出仕，渊明以此隐指"田父"等劝其出仕之人，而这些均不合本心，即隐居之心不可动摇。

【品评】

　　这首诗歌咏古代贫士荣启期和原宪的安贫乐道，表现诗人固穷守节的高尚品质。诗人以行年九十尚以贫为乐的荣启期与不以非义谋富贵的原宪自喻，既表达了自己固贫的志向，也表现自己"苟得非所钦"的不慕荣华的品质。结尾虽以"赐也徒能辨"作结，但诗人"乃不见吾心"的慨叹表明自己的志向仍然得不到他人的理解与同情。邱嘉穗《东山草堂陶诗笺》云："'赐也徒能辨'，亦指当时劝之仕者。"王叔岷《陶渊明诗笺证稿》："慨贫居不见谅于妻室也。"二者所言极是。

其　四

安贫守贱者，　自古有黔娄。[①]
好爵吾不荣，　厚馈吾不酬。[②]
一旦寿命尽，　蔽覆乃不周。[③]
岂不知其极，[④] 非道故无忧。[⑤]
从来将千载，　未复见斯俦。[⑥]
朝与仁义生，　夕死复何求。[⑦]

【注释】

①黔娄:战国时齐国的隐士。皇甫谧《高士传》:“黔娄先生者,齐人也。修身清节,不求进于诸侯。鲁恭公闻其贤,遣使致礼,赐粟三千钟,欲以为相,辞不受。齐王又礼之,以黄金百斤聘为师,又不就。” ②好爵:指高官。不荣:不系恋于心。厚馈(kuì):丰厚的馈赠。酬:应对。此二句即《高士传》所载之事。③蔽覆乃不周:破衣被盖不住尸体。周,全,完备。据刘向《列女传·黔娄妻》:“黔娄死,曾子往吊,见以布被覆尸,覆头则足见,覆足则头见。曾子曰:‘斜引其被则敛矣。’黔妻曰:‘斜而有余,不如正而不足也。’” ④极:指穷困到了极点。 ⑤非道故无忧:贫与道无关,故无所忧虑。语本《论语·卫灵公》“君子忧道不忧贫”句意。 ⑥谓自黔娄以来已逾千年,而未见与黔娄安贫乐道相匹者。 ⑦末二句本《论语·里仁》“朝闻道,夕死可矣”之语,表达安贫守道、至死不渝的决心。

【品评】

这首诗咏赞古代贫士黔娄安贫守贱的节操，并作出“从来将千载，未复见斯俦”的评价，借以表现诗人重仁义而生、轻贫贱而死的不慕荣利的崇高品德。

其　五

袁安困积雪，　邈然不可干。①
阮公见钱入，　即日弃其官。②
刍藁有常温，③ 采莒足朝餐。
岂不实辛苦，　所惧非饥寒。④
贫富常交战，⑤ 道胜无戚颜。⑥
至德冠邦闾，⑦ 清节映西关。⑧

【注释】

①袁安，字邵公，东汉河南汝阳人，家甚贫。《汝南先贤传》载，时袁安客居洛阳，值大雪，“时大雪积地丈余，洛阳令身出案行，见人家皆除雪出，有乞食者。至袁安门，无有行路。谓安已死，令人除雪入户，见安僵卧。问何以不出。安曰：‘大雪人皆饿，不宜干人。’令以为贤，举为孝廉也”。邈然：本义是遥远貌。干：求取。此二句咏袁安雪日僵卧不出，盖与己之“江州刺史檀道济往候之，偃卧瘠馁有日矣”之实相合。　②阮公：其人其事不详。按诗意，阮公为官之日见非义之财，即日辞官以安贫守节。③刍藁(chú gǎo)：喂牲畜的干草。《后汉书·光武帝纪下》：“其令南阳勿输今年田租刍藁。”温：指取暖。贫而无居所者常眠卧刍

藁，取暖其中，故曰“有常温”。 ④所惧非饥寒：意谓所惧在改变节操。 ⑤贫富常交战：安贫与求富两种思想在内心产生斗争。《韩非子·喻老》：“子夏曰：‘吾入见先王之义，则荣之。出见富贵之乐，又荣之。二者交战于胸，故臞；今见先王之义胜，故肥。’” ⑥道：安贫乐道之义。戚颜：忧愁的脸色。戚，忧伤。 ⑦至德：至高无上的品德。冠邦闾：名冠家乡。邦，国。闾，古代二十五家为一闾，指乡里。此句评袁安。 ⑧清节：清风亮节。西关：地名，不详，或指阮公之所居。

【品评】

这首诗颂扬贫士袁安与阮公二人，阮公事迹虽不详，但二人都能不戚戚于贫贱，但恐修名之不立，这是渊明真正仰慕之所在。“‘道胜无戚颜’一语，是陶公真实本领，千古圣贤身处穷困而泰然自得者，皆以道胜也。”（温汝能《陶诗汇评》）

其　六

仲蔚爱穷居，　绕宅生蒿蓬。[①]
翳然绝交游，[②] 赋诗颇能工。
举世无知者，　止有一刘龚。[③]
此士胡独然？　实由罕所同。[④]
介焉安其业，[⑤] 所乐非穷通。[⑥]
人事固以拙，　聊得长相从。[⑦]

【注释】

①仲蔚:张仲蔚,东汉平陵(今陕西咸阳西北)人。《高士传》载,他“与同郡魏景卿,俱修道德,隐身不仕。明天官博物,善属文,好诗赋。常居穷素,所处蓬蒿没人,闭门养性,不治荣名。时人莫识,唯刘龚知之”。 ②翳然:隐蔽的样子。绝交游:断绝世俗交往。 ③刘龚:字孟公,长安人,善议论,与仲蔚友善。止:只,仅。 ④意谓张仲蔚何以穷居绝交,实由同世鲜有志趣相投之人。 ⑤介:耿介,耿直。业:从事,此指爱好志趣。 ⑥所乐非穷通:不以命运的穷通好坏而悲喜。《庄子·让王》:“古之得道者,穷亦乐,通亦乐,所乐非穷通也。” ⑦人事:世俗的人际交往。拙:笨,指不会逢迎取巧。谓我本来就拙于人事交往,暂且追随张仲蔚的安贫之道。

【品评】

这首诗咏赞东汉隐士张仲蔚。“仲蔚爱穷居,绕宅生蒿蓬。翳然绝交游,赋诗颇能工”,张仲蔚不趋时,不干人,甘守贫贱、寂寞的隐士品格,正是陶渊明所景仰的,因而渊明也“聊得长相从”,引以为知己。古人尝言:文人有福者可于五百年后得一知音。所幸的是张仲蔚在不足五百年的时间里就得到了一个知音陶渊明,其幸莫大焉。而渊明人生穷末处有此知音相激励,抱穷独之志以终老,其幸岂在仲蔚之下哉?

其 七

昔在黄子廉,① 弹冠佐名州。②

一朝辞吏归，清贫略难俦。[3]
年饥感仁妻，[4] 泣涕向我流。[5]
丈夫虽有志，固为儿女忧。[6]
惠孙一晤叹，腆赠竟莫酬。[7]
谁云固穷难，邈哉此前修。[8]

【注释】

①黄子廉：其人其事不详。《三国志·吴书·黄盖传》注引《吴书》曰："黄盖乃故南阳太守黄子廉之后也。"王应麟《困学纪闻》引《风俗通》云："颍川黄子廉，每饮马，辄投钱于水，其清可见矣。" ②弹冠：比喻即将出仕为官。《汉书·王吉传》："吉与贡禹为友，世称'王阳在位，贡公弹冠'，言其取舍同也。"佐名州：谓任州郡副职。佐，辅治。 ③略：几乎。俦：同类。一旦辞官归家，贫困之状几乎无人可比。 ④仁妻：贤慧之妻。 ⑤我：代指黄子廉。 ⑥"丈夫"二句：盖仁妻泣诉之言，丈夫虽然应该志向远大，但也应为儿女衣食担忧。 ⑦惠孙：人名，其事不详。晤：会面，相遇。腆(tiǎn)：丰厚。《左传·僖公三十三年》："不腆敝邑，为从者之淹。"莫酬：无报谢，即不曾接受。意谓惠孙尝与黄子廉会面而感叹其贫苦如此，且以丰厚之资相馈赠，而黄子廉不以己困而收受。 ⑧固穷之节并不难，很早之前即已有此固穷贤士。

【品评】

这首诗咏赞古代贫士黄子廉，称扬其不为儿女之忧而改变固穷守节的志向，以示自勉。陈祚明《采菽堂古诗选》卷十四评曰：

"儿女之忧，非不动念，然志固不可夺，前修可师。"邱嘉穗《东山草堂陶诗笺》卷四评价则更为具体："此借古人以自况其彭泽归来与妻孥安贫守道之意。本传称其妻翟氏亦能安勤苦，与公同志，'年饥感仁妻'数语，似为此而发。"

咏二疏①

大象转四时，功成者自去。②
借问衰周来，几人得其趣。③
游目汉廷中，④二疏复此举。
高啸返旧居，长揖储君傅。⑤
饯送倾皇朝，华轩盈道路。⑥
离别情所悲，余荣何足顾。⑦
事胜感行人，贤哉岂常誉。⑧
厌厌闾里欢，⑨所营非近务。⑩
促席延故老，⑪挥觞道平素。⑫
问金终寄心，⑬清言晓未悟。⑭
放意乐余年，遑恤身后虑。⑮
谁云其人亡，久而道弥著。

【注释】

①二疏：指西汉时疏广及其从子疏受，东海兰陵（今山东枣庄

东南)人。“地节三年……广为少傅。数月(丙)吉迁御史大夫,广徙为太傅。广兄子受字公子,亦以贤良举为太子家令……拜受为少傅。”二人“在位五年”,后“广谓受曰:‘吾闻知足不辱,知止不殆,功遂身退,天之道也。’今仕至二千石,宦成名立,如此不去,惧有后悔,岂如父子相随出关,归老故乡,以寿命终,不亦善乎?”二人遂上书乞骸骨,宣帝许之,“加赐黄金二十斤,皇太子赐以五十斤”。既归家,挥金与族人相与为乐,不为子孙增置田宅。(事见《汉书·疏广传》) ②大象:指天,大自然。《老子》中说“大方无隅……大音希声,大象无形。”王弼注:“大象,天象之母也。”转:运行。功成者自去:《老子》:“功遂身退,天之道。”此二句谓正如四时代谢、自然运转,功成者亦自当退去。 ③衰周:东周末期王室衰微,故曰衰周。趣:旨趣,道理。谓自周室衰落以来,很少有人懂得功成身退之理。 ④游目:此谓纵目观览。 ⑤长揖:古代汉族交际礼仪风俗,即拱手高举,处上而下,多数用于平辈之间。此指辞谢。储君傅:即太傅少傅之职。储君,太子。 ⑥“饯送”二句:指宣帝与皇太子赐赏及公卿大夫相送之事。华轩:指富贵者所乘的华美的车子。《汉书·疏广传》:“公卿大夫故人邑子设祖道,供张东都门外,送者车数百辆,辞决而去。” ⑦余荣:多余的荣华。盖言二疏视为官之荣乃身外之物、不足据,故曰“余荣”。顾:顾念,顾惜。 ⑧胜:盛大,佳妙。贤哉岂常誉:《汉书·疏广传》:“及道路观者皆曰:‘贤哉二大夫!’或叹息为之下泣。”此赞二疏功遂身退之举。 ⑨厌厌(yān):安逸貌。《诗经·小雅·湛露》:“厌厌夜饮。”毛传:“厌厌,安也。” ⑩近务:眼前之事,指凡俗杂事。 ⑪促席:详见《停云》注⑳。延:邀请。 ⑫挥觞:举杯饮酒。道:叙说。平素:即往日之事。 ⑬问金终寄心:指疏广子孙尝因人问广蓄金以置田宅事。详见《杂诗十二首》(其六)注⑥。寄心,内心的想法。 ⑭清言:通透明达之言,即指疏广"贤而多财,则损其志;愚而多财,则益其过"之语。晓未悟:晓谕未明其理之人。 ⑮放意:纵情。遑恤身后虑:《诗经·邶风·谷风》:"我躬不阅,遑恤我后。"郑玄笺:"遑,暇也。恤,忧也。"纵情欢笑以度余年,岂有时间忧及身后之事。

【品评】

这首诗约作于宋武帝永初二年(421)。二疏,指疏广与疏受,汉宣帝时兰陵人。据《汉书·疏广传》载:疏广任太子太傅,其侄疏受任太子少傅,二人"在位五年"。疏广认为已经功成名就,应当辞官归隐,不离去恐有后患。于是二人一道辞职还乡。当离去时,皇帝"加赐黄金二十斤,皇太子赐以五十斤"。公卿大夫等送行者车百辆,观者皆叹曰:"贤哉二大夫。"他们还乡后便以赐金日与亲友宾客宴饮共乐,而不留金为子孙置办房屋田产。细品全诗,渊明着一"趣"字贯穿始终,二疏以"功成者自去"之知足知止的通达之情,自得其趣,而归乡之后又以所受财物日与友朋挥用,不为子孙置产业,都体现出其"趣"意所在。渊明虽无挥金之事,但咏此以寄其真意。

咏三良[①]

弹冠乘通津,但惧时我遗。[②]

服勤尽岁月，[③] 常恐功愈微。
中情谬获露， 遂为君所私。[④]
出则陪文舆， 入必侍丹帷。[⑤]
箴规响已从， 计议初无亏。[⑥]
一朝长逝后， 愿言同此归。
厚恩固难忘， 君命安可违。[⑦]
临穴罔惟疑， 投义志攸希。[⑧]
荆棘笼高坟， 黄鸟声正悲。
良人不可赎， 泫然沾我衣。[⑨]

【注释】

①三良：指秦国子车氏之三子奄息、仲行和针虎。《左传·文公六年》："秦伯任好卒，以子车氏之三子奄息、仲行、针虎为殉，皆秦之良也。国人哀之，为之赋《黄鸟》。"《诗经·秦风·黄鸟》即为悼念三良及无辜牺牲者而作。 ②弹冠：详见《咏贫士七首》(其七)注②。乘：秉持，占有。通津：通途要冲，此指高官要职。津，渡口。《古诗十九首》："何不策高足，先据要路津。"时我遗：即"时遗我"的倒装句，时不我待之意。谓世人汲汲于出仕，占据高官要职，唯恐时不我待。 ③服勤：犹言服侍、效劳。《礼记·檀弓上》："服勤至死。"孔颖达疏："服勤者，谓服持勤苦劳辱之事。"尽岁月：即终年。 ④中情：即忠情。获露：得到表现。私：偏爱，宠爱。句谓忠君之情得以表现，遂为秦伯偏爱。 ⑤文舆：雕饰华美的车子。丹帷：红色帷幕，古代帝王所居之内庭。此指穆公寝居之所。谓三良陪侍左右。句如《史记·屈原贾生列传》："入则

与王图议国事，以出号令；出则接遇宾客，应对诸侯。” ⑥箴(zhēn)规：规谏劝戒。箴，劝告，规戒。响已从：发言出计皆应之如声响。言听计从之谓。初无：从来不。亏：枉为。谓穆公对三良言听计从。 ⑦“一朝”四句：《史记·秦本纪》之《正义》引应劭曰：“秦穆公与群臣饮，酒酣，公曰：‘生共此乐，死共此哀。’于是奄息、仲行、针虎许诺。及公薨，皆从死。” ⑧临穴罔惟疑：面对坟墓没有犹豫。罔，无。疑，犹疑，犹豫。《诗经·秦风·黄鸟》：“临其穴，惴惴其栗。”投义：即赴义。攸希：所愿。三良面对坟墓，毫不犹豫殒身赴义，为其志之所愿。 ⑨“荆棘”四句：《诗经·秦风·黄鸟》：“交交黄鸟，止于棘。谁从穆公？子车奄息。维此奄息，百夫之特。临其穴，惴惴其栗。彼苍者天，歼我良人！如可赎兮，人百其身。”不可赎：不能挽救赎回。泫(xuàn)然：伤心流泪貌。

【品评】

这首诗同《咏二疏》、《咏荆轲》是陶渊明三首著名的咏史诗，三篇体制大体相当，当为同一个时期的作品。从这首诗的内容来看，当作于宋武帝永初二年(421)。三良，指春秋时秦国子车氏的三个儿子：奄息、仲行、针虎。他们三人都是秦穆公的宠臣。穆公死，三人遵穆公遗嘱为之殉葬。陶诗从另一个角度强调了奄息兄弟三人重然诺、从容赴死的精神，把他们写成是“其言必信，其行必果，已诺必诚”的侠义之士，这里面自有诗人自己的特殊情感。王瑶以为诗人咏三良意在颂扬张祎不肯毒死零陵王而自饮酒先死的尽忠行为。其说可取。

咏荆轲[①]

燕丹善养士，[②] 志在报强嬴。[③]
招集百夫良，[④] 岁暮得荆卿。
君子死知己，[⑤] 提剑出燕京。
素骥鸣广陌， 慷慨送我行。
雄发指危冠， 猛气冲长缨。[⑥]
饮饯易水上， 四座列群英。
渐离击悲筑， 宋意唱高声。
萧萧哀风逝， 淡淡寒波生。
商音更流涕， 羽奏壮士惊。[⑦]
公知去不归， 且有后世名。
登车何时顾？[⑧] 飞盖入秦庭。[⑨]
凌厉越万里，[⑩] 逶迤过千城。[⑪]
图穷事自至，[⑫] 豪主正怔营。[⑬]
惜哉剑术疏， 奇功遂不成。[⑭]
其人虽已没， 千载有余情。[⑮]

【注释】

①荆轲：卫国人，其先为齐国人，后迁居卫国，到燕国之后，燕人谓之荆轲。燕太子丹曾经作人质于赵，秦王政出生在赵国，小

时候二人交好。而政归国为秦王,丹质于秦。秦王遇之不善,由是结怨,丹归而求报秦之策。欲求勇士以刺秦王,乃得荆轲。轲遂携督亢之图,以药淬之匕首藏于图中,于易水送别之后慷慨西入秦。秦王悦见之,荆轲指图献城,图穷而匕首见,持匕首揕秦王,无奈剑术不精而功亏一篑,而自己亦身死秦国。荆轲刺秦,事虽不功,英名乃存,遂为后世景仰。 ②燕丹:燕国太子,名丹,是战国时燕王喜之子。士:门客。此指荆轲。《史记·刺客列传》:"(丹)于是尊荆卿为上卿,舍上舍。太子日造门下,供太牢具,异物间进,车骑美女恣荆轲所欲,以顺适其意。"此盖诗中所言"善养士"之意。 ③报强嬴(yíng):《史记·刺客列传》:"秦王之遇燕太子丹不善,故丹怨而亡归。归而求为报秦者。"报,报复,报仇。强嬴,即强秦。秦王姓嬴氏。 ④百夫良:众多勇士中之杰出者。《诗经·秦风·黄鸟》:"维此奄息,百夫之特。"郑玄笺:"百夫之中最雄俊者。"朱熹注:"特,杰出之称。" ⑤死知己:为知己而死。《战国策·赵策一》:"豫让遁逃山中曰:'嗟乎!士为知己者死,女为悦己者容。吾其报智氏之仇矣。'" ⑥素骥:白马,丧事所用。《战国策·燕策三》:"太子及宾客知其事者,皆白衣冠以送之。"阮瑀《咏史》其二:"素车驾白马,相送易水津。"广陌:大路。慷慨:情绪激昂。与后二句"雄发指危冠,猛气冲长缨"皆见《史记·刺客列传》"复为羽声慷慨,士皆瞋目,发尽上指冠"之句。雄发:怒发。危:高耸貌。危冠,即高高的帽子。《庄子·盗跖》:"使子路去其危冠,解其长剑,而受教于子。"缨:系帽子的丝带。 ⑦"饮饯"八句:《史记·刺客列传》:"太子及宾客知其事者,皆白衣冠以送之,至易水之上,既祖,取道,高渐离击筑,荆轲和而歌,为变徵之音,士皆垂泪涕泣。又前而为歌曰:‘风萧萧兮易水寒,壮士一去兮不复还。’”饮饯:饮酒送别。易水:在今河北省西部,源出易县境内。渐离:高渐离,燕国人,与荆轲友善,擅长击筑。《史记·刺客列传》:“荆轲至燕,爱燕之狗屠及善击筑者高渐离。荆轲嗜酒,日与狗屠及高渐离饮于燕市,酒酣以往,高渐离击筑,荆轲和而歌于市中,相乐也,已而相泣,旁若无人者。”筑:古击弦乐器,形似筝,颈细而肩圆,有十三弦,弦下设柱。演奏时,左手按弦的一端,右手执竹尺击弦发音。宋意:其人其事不详,或为燕丹门客。《淮南子·泰族训》:“荆轲西刺秦王,高渐离、宋意为击筑而歌于易水之上。”萧萧:风声。淡淡:亦作“澹澹”,水波动荡貌。曹操《步出夏门行》其一:“水何澹澹,山岛竦峙。”商音:古代乐调分为宫、商、角、徵、羽五个音阶,商音调凄凉。羽奏:演奏羽调。羽调悲壮激越。 ⑧登车何时顾:《史记·刺客列传》:“于是荆轲就车而去,终已不顾。” ⑨飞盖:犹言飞车,车疾驰如飞。盖,车盖,代指车。⑩凌厉:意气昂扬、奋起直前的样子。 ⑪逶迤(wēi yí):路途弯曲、延续不绝的样子。 ⑫图穷:地图展开至尽头。《史记·刺客列传》:“轲既取图奏之,秦王发图,图穷而匕首见。”事自至:行刺之事自然发生。 ⑬豪主:指秦王。怔营:亦作“正营”、“征营”。惶恐不安的样子。《史记·刺客列传》:“秦王惊,自引而起,袖绝。拔剑,剑长,操其室。时惶急,剑坚,故不可立拔。”“秦王方环柱走,卒惶急,不知所为。” ⑭“惜哉”二句:《史记·刺客列传》:“荆轲废,乃引其匕首以擿秦王,不中,中铜柱。”“鲁勾践已闻荆轲之刺秦王,私曰:‘嗟乎,惜哉其不讲于刺剑之术也!’”剑术疏:剑术不精。 ⑮余情:不尽的豪情。后世骆宾王《于易水送别》“昔时人已没，今日水犹寒”盖自此出。

【品评】

这首诗约作于宋武帝永初二年(421)。诗人以极大的热情歌咏荆轲刺秦的侠义壮举，在“惜哉剑术疏，奇功遂不成”的惋惜中，将自己胸中的雄放之气倾泻而出。全诗以事件发展的经过为主线，描写了招募善士、提剑出京、易水饮饯、飞车登程、持匕搏击等几个动人场面，塑造了一个义无反顾、大义凛然的侠士形象。为了更好地塑造勇武的荆轲，诗人很注重遣词以表现荆轲英勇赴秦时的无畏，例如“提剑出燕京”，一个“提”字将荆轲“士为知己者死”的豪侠形象刻画得淋漓尽致；“雄发指危冠，猛气冲长缨”，更以夸张的笔法写出荆轲的刚猛与义愤；而“飞盖入秦庭”，一个“飞”字则形象地表现出荆轲那种驱车赴秦、义无反顾的勇猛果决。诗人还采用了侧面描写的方法，以渲染荆轲作为侠义之士的精神风貌，如“易水送别”一节，诗人用“萧萧”、“淡淡”、“哀”、“寒”等几个情感色彩较为浓烈的词，状写萧杀的秋风中送别友人的悲壮场面，而“商音”、“羽奏”这种悲壮乐声的出现也强烈地烘托出“壮士一去兮不复还”的无畏。结果正如诗人所言“惜哉剑术疏，奇功遂不成”，虽然行动最终以失败告终，“其人虽已没，千载有余情”，但刺秦的光辉义举，将不会随时间消失，而这种豪侠之情必将于千秋万载之余激励正义之士。本诗中诗人正是通过歌颂荆轲这样一个具有美好品质的人物来表现他对理想人格的崇敬和追求，荆轲不畏强暴的肝胆侠义，正是诗人心目中理想人格的标举和高扬。

对本诗的评价朱熹《朱子语类》曾言："渊明诗，人皆说平淡，余看他自豪放，但豪放得来不觉耳。其露出本相者，是《咏荆轲》一篇。平淡底人如何说得这样语言出来。"此语的确说出渊明豪放刚猛的一面。鲁迅曾评渊明诗"刑天舞干戚"如"金刚怒目"式的，于此诗也可见一斑。

读《山海经》十三首[①]

其　一

孟夏草木长，[②] 绕屋树扶疏。[③]
众鸟欣有托， 吾亦爱吾庐。
既耕亦已种， 时还读我书。
穷巷隔深辙，[④] 颇回故人车。[⑤]
欢然酌春酒，[⑥] 摘我园中蔬。
微雨从东来， 好风与之俱。
泛览周王传，[⑦] 流观山海图。[⑧]
俯仰终宇宙， 不乐复何如？[⑨]

【注释】

①《山海经》：我国先秦古籍。主要记述的是古代神话、地理、物产、巫术、宗教、古史、医药、民俗、民族等方面的内容。其中大部分是历代巫师、方士和祠官的踏勘记录，经长期传写编纂，多少

会有所夸饰,但仍具有较高的参考价值。古代典籍中最早提及此书的是《史记》:“故言九州山川,《尚书》近之矣;至《禹本纪》、《山海经》所有怪物,余不敢言之也。” ②孟:每季月份中居首者。孟夏,初夏,相当于农历四月。 ③扶疏:亦作“扶踈”,枝叶茂盛纷披貌。《吕氏春秋·任地》:“树肥无使扶疏,树垮不欲专生而族居。肥而扶疏则多粃,垮而专居则多死。” ④穷巷隔深辙:《文选》李善注:“张负随陈平至其家,乃负郭穷巷,以席为门,门外多长者车辙。” ⑤颇回故人车:经常使故人之车回转而去。回,使回转。 ⑥春酒:冬天所酿造的酒,至春天始熟。一说春天酿造的酒,至冬天始熟。《诗经·豳风·七月》:“为此春酒,以介眉寿。”毛传:“春酒,冻醪也。”张衡《东京赋》:“因休力以息勤,致欢忻于春酒。”李善注:“春酒,谓春时作,至冬始熟也。” ⑦周王传:指《穆天子传》。西晋太康二年汲郡人不准盗发魏襄王墓(或言安釐王墓)得竹书数十车,其中有《穆天子传》五篇,记周穆王驾八骏游行四海,多为神话传说。 ⑧山海图:指《山海经图》。《山海经》原有古图及汉代所传图。后原图均失,今所见图乃清人所补。⑨俯仰:俯仰之间,形容时间很短。终:穷,尽。俯仰之间便可神游于宇宙中,又如何让人不欣然自乐呢?

【品评】

逯钦立先生认为这组诗大约作于义熙四年(408 年)之前。其说良是,据其一所写“欢然酌春酒,摘我园中蔬”的和美之景与其晚期生活“值欢无复娱,每每多忧虑”之困顿境况迥异,故诗作于归园田居前期为是。

本诗为组诗的序诗,诗中既描写了隐居后悠然自得的生活,又体现出因读《山海经》而神游天地外的乐趣。诗中茂盛的草、绕宅的木、欣爱的庐、始熟的酒、自种的蔬菜以及好风与微雨,滋润着诗人的心田,字里行间透着欣喜之情,而更为重要的是诗人的生活没有案牍之劳形的繁复与为五斗米折腰的屈辱,相反却有“既耕亦已种”后能“时还读我书”的悠闲,让自己悠游于宇宙之中,体会俗世不能有的乐趣。

其　二

玉台凌霞秀，　王母怡妙颜。①
天地共俱生，　不知几何年。②
灵化无穷已，③ 馆宇非一山。④
高酣发新谣，　宁效俗中言。⑤

【注释】

①玉台:瑶台,乃西王母所居之处。凌霞:高出云霞之上。言玉台之高。秀:灵秀,秀美。怡:安闲和美。妙颜:容颜清妙。谓西王母端居玉台之上,仪态和美,容貌清妙。　②“天地”二句:意谓西王母与天地同生,今已不知有多少岁。　③灵化:奇异变化。无穷已:无穷尽。　④馆宇非一山:《山海经·西山经》:“玉山,王母所居。”《大荒西经》又说西王母“处昆仑之丘”,郭璞注:“王母亦自有离宫别馆,不专住一山也。”故言“馆宇非一山”。　⑤高酣:高会酣饮。发新谣:《穆天子传》:“天子觞西王母于瑶池之上,西王母为穆王谣曰:‘白云在天,山陵自出;道里悠远,山川间之;将

子无死，尚复能来。’”宁：哪。俗中言：世俗之言。谓西王母高会酣饮之余，欣然所赋之歌谣乃非世俗之言。

【品评】

本诗吟咏西王母安闲和美的容颜以及变化无穷的神通，而诗中并非仅限于此，诗人将组诗名为“读山海经”，必要翻出新意，故而咏王母并非真的学仙慕道，而是欲求出尘避世，实乃悲愤无聊至极所发之言。

其　三

迢递槐江岭，[①] 是谓玄圃丘。
西南望昆墟，[②] 光气难与俦。[③]
亭亭明玕照，[④] 洛洛清瑶流。[⑤]
恨不及周穆，[⑥] 托乘一来游。[⑦]

【注释】

①迢递：高远。左思《吴都赋》：“旷瞻迢递，迥眺冥蒙。”槐江岭：即槐江之山。《山海经·西山经》：“槐江之山，丘时之水出焉。而北流注于泑水。……多藏琅玕、黄金、玉。其阳多丹粟。其阴多采黄金银。实惟帝之平圃，神英招司之。……爰有淫瑶水，其清洛洛。”郭璞注：“平圃即玄圃。”　②昆墟：即昆仑山。《山海经·西山经》：“南望昆仑，其光熊熊，其气魂魂。”郭璞注：“皆光气炎盛相焜耀之貌。”　③俦：比并，匹敌。　④亭亭：高耸貌。明玕(gān)：即琅玕，珠树。《本草纲目·金石部》：“在山为琅玕，在水

为珊瑚。《山海经》云，开明山北有珠树。《淮南子》云，曾城九重，有珠树在其西。珠树，即琅玕也。” ⑤洛洛：《山海经·西山经》有“爰有淫水，其清洛洛”句。郭璞注：“水流下之貌也。淫，音遥也。” ⑥周穆：周穆王。《穆天子传》言其驾八骏游于玄圃。⑦托乘：搭乘。

【品评】

本诗咏赞帝乡玄圃并表达了愿托乘穆王之车以遨游其中之志，与屈原“吾与重华游兮瑶之圃”一致，寄托对世俗之情的厌弃、对美好世界的向往。

其　四

丹木生何许？[①] 乃在峚山阳。
黄花复朱实，[②] 食之寿命长。
白玉凝素液，　瑾瑜发奇光。[③]
岂伊君子宝，[④] 见重我轩黄。[⑤]

【注释】

①丹木：《山海经·西山经》：“峚(mì)山，其上多丹木，员叶而赤茎，黄华而赤实，其味如饴，食之不饥。丹水出焉，西流注于稷泽，其中多白玉，是有玉膏，其原沸沸汤汤，黄帝是食是飨。是生玄玉，玉膏所出，以灌丹木。丹木五岁，五色乃清，五味乃馨。黄帝乃取峚山之玉荣，而投之钟山之阳。瑾瑜之玉为良，坚栗精密，浊泽而有光。五色发作，以和柔刚。天地鬼神，是食是飨；君子服

之,以御不祥。” ②朱实:红色的果实。 ③瑾瑜:美玉。 ④岂伊:不止是。君子宝:即《山海经·西山经》中所说“君子服之,以御不祥”之意。 ⑤见重:被看重。轩黄:黄帝轩辕氏。《史记·五帝本纪》:“黄帝者,少典之子,姓公孙,名曰轩辕。”

【品评】

本诗表现出企慕长生之意。仙山丹木,黄花朱实,此物可以“食之寿命长”,瑾瑜之良又可“以御不祥”。语言幻妙,思绝天地外。

其 五

翩翩三青鸟,① 毛色奇可怜。②
朝为王母使, 暮归三危山。
我欲因此鸟,③ 具向王母言:④
在世无所须,⑤ 惟酒与长年。⑥

【注释】

①三青鸟:神话传说中的神鸟,专为西王母取送食物。《山海经·西山经》:“又西二百二十里,曰三危之山,三青鸟居之。”郭璞注:”三青鸟主为西王母取食者,别自栖息于此山也。”又《山海经·海内北经》:“西王母梯几而戴胜杖。其南有三青鸟,为西王母取食。在昆仑墟北。”后因称传信的使者为青鸟。后世李商隐《无题》:“蓬山此去无多路,青鸟殷勤为探看。” ②可怜:可爱。③因:经由,凭借。《史记·廉颇蔺相如列传》:“因宾客至蔺相如

门谢罪。” ④具:通“俱”,完全,详细。 ⑤须:通“需”,需要。⑥长年:长寿。

【品评】

诗借吟咏三青鸟表达对酒的嗜好,并借三青鸟寄语西王母表达对长生的期盼。

其 六

逍遥芜皋上,[1] 杳然望扶木。[2]
洪柯百万寻,[3] 森散覆旸谷。[4]
灵人侍丹池,[5] 朝朝为日浴。
神景一登天, 何幽不见烛。[6]

【注释】

①芜皋:即“无皋”。《山海经·东山经》:“又南水行五百里,流沙三百里,至于无皋之山,南望幼海,东望榑(fú)木,无草木,多风。” ②杳然:遥远的样子。扶木:即“榑木”,亦作“扶桑”或“榑桑”。《山海经·大荒东经》:“汤谷上有扶木,一日方至,一日方出,皆载于乌。” ③洪柯:大枝。寻:古代长度单位,八尺为一寻。《国语·晋语》:“无寻尺之禄。” ④森散:枝叶延展四布貌。旸(yáng)谷:同“汤谷”,相传为日出处。《淮南子·天文训》:“日出于旸谷,浴于咸池,拂于扶桑,是谓晨明。”《说文解字》:“旸,日出也。” ⑤灵人:指羲和,神话传说中太阳的母亲。《山海经·大荒南经》:“东南海之外,甘水之间,有羲和之国,有女子名曰羲和,方

日浴于甘渊。羲和者,帝俊之妻,生十日。”丹池:即甘渊,太阳沐浴处。④神景:指太阳。景,通“影”,日光。何幽不见烛:什么阴暗的地方不被照亮。幽,幽暗。烛,名词作动词用,照亮。《晋书·元帝纪》:“陛下明并日月,无幽不烛。”意谓太阳一出,神光普照,无处不被其光。

【品评】

本诗吟咏日出之处和太阳的光辉,借“神景一登天,何幽不见烛”寄托对光明的向往,盖叹晋宋易代,盛世君臣不复存在。邱嘉穗《东山草堂陶诗笺》卷四:“日者,君象也。天子当阳,群阴自息,亦由时有忠臣硕辅浴日之功耳,此诗殆借日以思盛世之君臣,而怨晋室之遂亡于宋也。岂非以君弱臣强而然耶?”

其　七

粲粲三珠树,[1] 寄生赤水阴。
亭亭凌风桂, 八干共成林。[2]
灵凤抚云舞, 神鸾调玉音。[3]
虽非世上宝, 爰得王母心。

【注释】

①粲粲:《诗经·小雅·大东》:“西人之子,粲粲衣服。”朱熹注:“粲粲,鲜盛貌。”此谓三珠树光彩明艳。三珠树:古代神话中的树名。《山海经·海外南经》:“三珠树在厌火北,生赤水上。其为树如柏,叶皆为珠。”②八干共成林:《山海经·海内南经》:

"桂林八树，在番隅东。"郭璞注："八树而成林，信其大也。"③"灵凤"二句：《山海经·大荒南经》："爰有歌舞之鸟，鸾鸟自歌，凤鸟自舞。"灵凤：神灵的凤鸟。抚云舞：谓云中起舞。玉音：美玉般清脆的声音。

【品评】

本诗前六句分别以"其为树如柏，叶皆为珠"的神奇仙树，凌风而立、荫庇山野、八干成林的亭亭芳桂，及灵凤、神鸾为我们勾画了一个神奇瑰丽的神仙世界。结尾"虽非世上宝，爰得王母心"似乎依然言神仙中事，但又隐约中见到现实的影子，景蜀慧《读〈山海经〉十三首政治主题疏释》中认为："此诗不仅表现了诗人对他理想中的王朝政治的赞美歌颂，其中还包含了诗人对于一个合于天道的，顺乎天意的美好社会的理解和向往，而这样的一种和谐公正的政治社会秩序，才是诗人心中的最高理想所在。然而诗中'虽非世上宝，爰得王母心'的诗句也表明，这一理想的境界，实为昏暗污浊的人间社会所不容。"并以此指出"三珠树"、"灵凤"、"神鸾"等的政治寓意："粲粲三珠树，寄生赤水阴"，着重写朝廷中英才济济，群贤毕臻，其才华干略，光耀于朝的景象。"亭亭凌风桂，八干共成林"，寓晋室群臣匡扶朝政，共济时艰，大略与"三珠树"同意。"灵凤"二句，其"灵凤"、"神鸾"所隐含的，是他对理想社会的理解和向往。此论或可作为一说。

其　八

自古皆有没，　何人得灵长？①

不死复不老，　万岁如平常。[②]
赤泉给我饮，　员丘足我粮。[③]
方与三辰游，　寿考岂渠央。[④]

【注释】

①灵长:延绵久长。《晋书·王敦沈充传》:“赖嗣君英略,晋祚灵长,诸侯释位,股肱戮力。”此谓长生不老。　②平常:寻常。③赤泉、员丘:《山海经·海外南经》:交胫国,“不死民在其东,其为人黑色,寿不死”。郭璞注:“有员丘山,上有不死树,食之乃寿;亦有赤泉,饮之不老。”　④三辰:指日、月、星。考:老。《诗经·大雅·棫朴》:“周王寿考,遐不作人。”渠:同“遽”,马上。央:尽,指死亡。意谓与日月星三辰同游,生命不得速亡。

【品评】

本诗通过对《山海经·海外南经》“交胫国不死之民”以食不死树、饮赤泉水而超越死亡的吟咏,表达了对长生不老的艳羡。渊明并不惧怕死亡,“天地赋命,生必有死”的思想几乎可以说是根深蒂固,但他又不否认对长生不老,尤其是对他们那种自由快乐生活的羡慕。而渊明思想中“惜春长怕花开早”的伤感意识,也使他常常睹万物始荣而念及秋衰,以致心伤不已。诗中神仙世界的瑰丽不衰,或许正是他目睹了人世间的美好事物无法长存而感到深刻失落的折射。

其　九

夸父诞宏志，　乃与日竞走。①
俱至虞渊下，②　似若无胜负。
神力既殊妙，　倾河焉足有？③
余迹寄邓林，④　功竟在身后。

【注释】

①夸父：古代神话中的巨人。《山海经·海外北经》："夸父与日逐走，入日。渴，欲得饮，饮于河、渭；河、渭不足，北饮大泽。未至，道渴而死。弃其杖，化为邓林。"诞：放纵，放荡。乃：竟然。意谓夸父放纵宏志，与日竞走。　②虞渊：即"禺渊"、"禺谷"，日落处。《山海经·大荒北经》："夸父不量力，欲追日景，逮之于禺谷。将饮河而不足也，将走大泽，未至，死于此。"郭璞注："禺渊，日所入也，今作虞。"　③"神力"二句：谓夸父神力非凡奇妙，饮尽黄河之水亦有不足。　④余迹：遗迹，即夸父"弃其杖，化为邓林"。寄：留存。邓林：地名，即"桃林"。

【品评】

这首诗咏赞夸父"与日竞走"的雄心壮志和非凡毅力，尽管他壮志未酬，但诗人还是赞扬了他"余迹寄邓林，功竟在身后"这一永垂后世的功绩。关于本诗，前人有很多都从夸父的形象中探求其政治寄托，黄文焕《陶诗析义》卷四谓："寓意甚远大。天下忠臣义士，及身之时，事或有所不能济，而其志其功足留万古者，皆夸父之类，非俗人目论所能知也。胸中饶有幽愤。"邱嘉穗《东山草堂陶诗笺》卷四则称渊明借夸父自况："欲诛讨刘裕，恢复晋室，而不可得也。"古直《陶靖节诗笺》则曰："此托夸父以悼司马休之之死也。《晋书》：休之败，奔后秦。后秦为裕所灭，乃奔魏，未至，道卒。此绝似夸父之状。抗表讨裕，是与日竞走；败奔于秦，是饮于河渭；秦亡奔魏，是北饮大泽；未至，道卒，则未至，道渴而死也。"今人袁行霈《陶渊明集笺注》："此篇乃耕种之余，流观之间，随手记录，敷衍成诗，未必有政治寄托。"凡此种种，众说纷纭，莫衷一是。

其　十

精卫衔微木，[①] 将以填沧海。
刑天舞干戚，[②] 猛志固常在。
同物既无虑，[③] 化去不复悔。[④]
徒设在昔心，　良晨讵可待！[⑤]

【注释】

①精卫：神话中的鸟名。《山海经·北山经》："又北二百里，曰发鸠之山，其上多柘木，有鸟焉，其状如乌，文首、白喙、赤足，名曰精卫……是炎帝之少女，名曰女娃。女娃游于东海，溺而不返，故为精卫。常衔西山之木石，以堙于东海。"微木：细木。　②刑天：神话中的人名。干：盾。戚：斧。《山海经·海外西经》："形天与帝至此争神，帝断其首，葬之常羊之山。乃以乳为目，以脐为口，操干戚以舞。"　③同物：等同于万物。意谓万物一样，并无差别。　④化去：指从一物化为另一物。　⑤徒设：空设。在昔心：

犹上文之猛志。良晨:即“良辰”。意谓精卫、刑天空有昔日勇猛之志,无奈良机已经不在。

【品评】

这首诗咏赞精卫和刑天至死不屈的顽强意志和斗争精神,同时为它们的徒劳无功而悲悯。“精卫衔微木,将以填沧海”,句中“微木”与“沧海”形成强烈对比,一枝微木投入浩瀚的大海,其改变大海能有多少?精卫的所为或许根本无法成功,但是在诗人看来这并不重要,重要的是它敢于挑战的勇气,还有锲而不舍的精神。“刑天舞干戚,猛志固常在”,讲的是被天帝断首、仍然操斧执盾的刑天英勇战斗、永不言败的故事。同样,诗人还是赞扬刑天那种毫不畏惧、矢志不移的精神。“同物既无虑,化去不复悔”二句是对精卫、刑天壮举的分析与评价,“同物”、“化去”都是针对死亡而言的,无论是女娃变成精卫,还是刑天变成乳目脐口的怪神,都是由此物化为彼物,死去的是他们的肉体,不死的是他们的精神,他们以昂扬的斗志勇敢地面对根本无法战胜的对手,这的确需要几分勇气和毅力,这正是渊明在诗中赞扬的。正因为诗中洋溢的奋不顾身的斗志,使得鲁迅在《且介亭杂文二集·〈题未定〉草(六)》中评到:“就是诗,除论客所佩服的‘悠然见南山’之外,也还有‘精卫衔微木,将以填沧海,形天舞干戚,猛志固常在’之类的‘金刚怒目’式,在证明着他并非整天整夜的飘飘然。”

此诗亦有探求其政治旨意的,但未必可信。

其十一

臣危肆威暴，[1] 钦䲹违帝旨。[2]
窫窳强能变，[3] 祖江遂独死。[4]
明明上天鉴， 为恶不可履。[5]
长枯固已剧，[6] 鵕鹗岂足恃！[7]

【注释】

①臣危肆威暴：《山海经·海内西经》："贰负之臣曰危，危与贰负杀窫窳（yà yǔ）。帝乃梏之疏属之山，桎其右足，反缚两手与发，系之山上木。" ②钦䲹（pī）：神话中的人物名。《山海经·西山经》："又西北四百二十里曰钟山，其子曰鼓，其状如人面而龙身，是与钦䲹杀葆江于昆仑之阳，帝乃戮之钟山之东曰嶢（yáo）崖，钦䲹化为大鹗，其状如雕而黑文，白首赤喙而虎爪，其音如晨鹄，见则有大兵；鼓亦化为鵕鸟，其状如鸱，赤足而直喙，黄文而白首，其音如鹄，见即其邑大旱。" ③窫窳：怪物名。《山海经·海内南经》："窫窳，龙首，居弱水中。"郭璞注："窫窳，本蛇身人面，为贰负臣所杀，复化而成此物也。"强能变：谓变化多端。 ④祖江：即"葆江"。 ⑤"明明"二句：谓湛湛青天可以审察善恶，为恶之举不可行。 ⑥长枯：指鼓、钦䲹因作恶终被帝刑。枯，《荀子·正论》："斩断枯磔。"杨倞注："枯，弃市暴尸也。" ⑦鵕、鹗：指钦䲹被天帝杀后变为大鹗，鼓则变为鵕鸟。恃：凭仗。

【品评】

这首诗吟咏《山海经》臣危和钦䲹违背上帝的旨意逞凶，结果遭到惩罚，以此来说明“明明上天鉴，为恶不可履”，恶人终有恶报。关于本诗，不乏探求政治寄托者，以为诗意或暗寓对刘裕篡弑行为的诅咒。不过，就渊明思想来讲，也许并非如此，陶渊明多次提及“积善云有报”的思想，如《饮酒二十首》（其二）“积善云有报，叔夷在西山”，《感士不遇赋》“疑报德之若兹，惧斯言之虚陈”，《祭程氏妹文》“我闻为善，庆自己蹈。彼苍何偏，而不斯报”等。尽管他常常对它提出质疑，但内心中还是向善的，这在他与不同层面的朋友交往中可以看出，因此说此诗乃言上天明鉴，为恶必有恶报，或许更契合渊明的思想。

其十二

鸱鴸见城邑，① 其国有放士。②
念彼怀王世，③ 当时数来止。④
青丘有奇鸟，⑤ 自言独见尔。⑥
本为迷者生， 不以喻君子。⑦

【注释】

①鸱鴸（chī zhū）：《山海经·南山经》：“南次二经之首曰柜山……有鸟焉，其状如鸱而人手，其音如痹，其名曰鴸，其鸣自号也，见则其县多放士。”见（xiàn）：出现。 ②放士：有才智之士被放逐。 ③怀王：楚怀王，战国末期楚国君主。屈原曾数谏怀王而终被放逐。 ④数来止：多次来止息。指鸱鴸数见。 ⑤青丘有奇鸟：《山海经·南山经》：“又东三百里，曰青丘之山……有鸟焉，其状如鸠，其音若呵，名曰灌灌，佩之不惑。” ⑥自言独见尔：

是说灌灌鸟独自出现，无人看见。 ⑦“本为”二句：灌灌鸟本就为迷惑者所生，使佩者不惑；而君子明达之人本就不惑，无须佩灌灌鸟。喻：晓喻。

【品评】

这首诗由鸱鸺和青丘鸟而联想到屈原的不幸，或寄有诗人对现实的不满情绪。

其十三

岩岩显朝市，[①] 帝者慎用才。
何以废共鲧， 重华为之来。[②]
仲父献诚言， 姜公乃见猜。[③]
临没告饥渴，[④] 当复何及哉！[⑤]

【注释】

①岩岩：山高峻貌。《诗经·小雅·节南山》：“节彼南山，维石岩岩。”此指显赫的大臣。显朝市：显赫于朝廷之中。朝市，朝廷官府。 ②废共鲧（gǔn）：指舜臣共工与鲧，因不贤而遭废弃。《山海经·海内经》：“洪水滔天，鲧窃帝之息壤以湮洪水，不待帝命。帝令祝融杀鲧于羽郊。”《尚书·舜典》：“流共工于幽州，放驩兜于崇山，窜三苗于三危，殛鲧于羽山。四罪而天下咸服。”重华：虞舜名。谓：重华何以要流放共工、诛杀鲧？ ③仲父：指管仲。姜公：指齐桓公，桓公姓姜氏。见猜：被猜疑。《史记·齐太公世家》：“管仲病，桓公问曰：‘群臣谁可相者？’管仲曰：‘知臣莫如

君。’公曰:‘易牙如何?’对曰:‘杀子以适君,非人情,不可。’公曰:‘开方如何?’对曰:‘倍亲以适君,非人情,难近。’公曰:‘竖刀如何?’对曰:‘自宫以适君,非人情,难亲。’管仲死,而桓公不用管仲言,卒近用三子,三子专权。” ④临没告饥渴:《吕氏春秋·知接》:“公有病,易牙、竖刀、常之巫,相与作乱,塞公门。有一妇人,逾垣入,至公所。公曰:‘我饥欲食。’妇人曰:‘我无所得。’公又曰:‘我渴欲饮。’妇人曰:‘我无所得。’公曰:‘何故?’对曰:‘易牙、竖刀、常之巫相与作乱,塞公门,筑高墙,不通入,故无所得。’公慨焉叹曰:‘死者有知,我何面目见仲父乎!’蒙衣袂而绝于寿宫。” ⑤当复何及哉:意谓追悔莫及。

【品评】

这首诗是本组诗的最后一首,带有总结的性质。但本诗又似乎并非全然论史,仅由读《山海经》帝废共工、杀鲧之事联想所及,引出齐桓公不听管仲之言而自食其果的历史教训。“帝者慎用才”既是对前人之事的感慨,也是对历史兴亡之道的总结。

挽歌诗三首

其　一

有生必有死，　早终非命促。①
昨暮同为人，　今旦在鬼录。②
魂气散何之，③ 枯形寄空木。④

娇儿索父啼，[⑤] 良友抚我哭。
得失不复知， 是非安能觉。[⑥]
千秋万岁后， 谁知荣与辱。[⑦]
但恨在世时， 饮酒不得足。

【注释】

①促：短促。语本潘安《西征赋》："命有始而必终。"李善注："《孔子家语》：孔子曰：'命者性之始也，死者生之终也，有始必有终矣。'" ②鬼录：迷信中冥间记录死人的名册，指死去。意谓昨日尚为世间一人，今日已为阴间一鬼。叹生死无常。 ③魂气：灵魂。《庄子·知北游》："人之生，气之聚也。聚则为生，散则为死。"何之：何往。 ④枯形：枯槁的尸体。空木：传说尧死后用中空之木作棺，后因以空木称棺。刘向《说苑·反质》："昔尧之藏者，空木为椟，葛藟为缄。" ⑤索：寻找。 ⑥觉：辨别。 ⑦"千秋"二句：阮籍《咏怀诗》："千秋万岁后，荣名安所之？"

【品评】

陶渊明卒于宋文帝元嘉四年(427)十一月，这组自挽的《挽歌诗》便作于逝世前的两个月，即九月，渊明将逝之夕。

本诗不免受当时喜写挽歌习尚(晋桓尹善挽歌；庾晞亦喜为挽歌，每自摇铃为唱，使左右齐和；袁山松遇出游，则好令左右作挽歌，于此可见一斑)的影响，但渊明挽歌又不同于其他文人在挽歌诗中流露出的对死亡的恐惧和哀伤，而是表现对死亡的冷静而理性的思考与认识，展示了一个具有高度主体意识的人的自觉和豁达的胸怀。起句“人生必有死,早终非命促”,即表现出对生命的深刻认识,人活一世,终有一死,但在诗人眼里死去并非短命,而是一种必然,在这里似乎看不到诗人对生命的丝毫留恋,但恰是诗人对待生命的冷静豁达之所在,因此也就无须在临终之际为生命行将大去而悲痛。“昨暮同为人,今旦在鬼录”,“昨暮”、“今旦”两个极为短促的时间词体现出诗人所感受到的生命的瞬间变化,这些都在诗人的笔下自然道出,毫无惧意,而且还明确说出自己最终所往,“魂气散何之,枯形寄空木”。眼前所能见到所能听到的仅仅是娇儿与良友的啼哭。或许诗人不明白他们为什么哭泣,是为自己的死去,还是另有原因?而诗人此时则显得平静坦然,他所想到的是对人生最后的感悟,“得失不复知”六句,可以看作是诗人对人生的总结,也可以看作是对后来人的告诫,的确如此,人终有一死,何必要为了种种浮世虚名而劳碌奔波呢?甚至有人为了一时的荣华富贵而放弃了生命中最可宝贵的东西,试想他们穷毕生之力孜孜以求的,在千百年之后会留下什么呢?还不是是非荣辱依旧转头成空。这是对生命价值何等的大彻大悟。渊明一生正是以这样一种现实的态度来面对一切,即便是在临终也是如此,“但恨在世时,饮酒不得足”,反言之,也就对自己安贫乐道、固穷守节的一生做了充分肯定,平生无憾事,所憾者惟有酒没有饮足,诗人乐天知命的洒脱胸襟,直到生命的最后一刻都没有改变。渊明以一种极为冷静的眼光去看待人生、面对死亡,展现了一种人性自觉的理性美,散发着永恒的魅力。

其 二

在昔无酒饮，　今但湛空觞。[①]
春醪生浮蚁，[②] 何时更能尝。
肴案盈我前，[③] 亲旧哭我傍。
欲语口无音，　欲视眼无光。
昔在高堂寝，[④] 今宿荒草乡。[⑤]
荒草无人眠，　极视正茫茫。[⑥]
一朝出门去，[⑦] 归来夜未央。[⑧]

【注释】

①湛：澄清。空觞：空酒杯。意谓昔日酒杯空空，无酒可饮，今日杯中斟满清清的祭酒。 ②春醪（láo）：春酒。浮蚁：酒面上漂浮的泡沫。张衡《南都赋》："醪敷径寸，浮蚁若萍。"刘良注："酒膏径寸，布于酒上，亦有浮蚁如水萍也。" ③肴（yáo）案：指摆在供桌上的盛满肉食的木盘。肴，荤菜。《楚辞·招魂》："肴羞未通。"王逸注："鱼肉为肴。"案，古代进食用的一种短脚木盘。盈：指摆满。谓供桌上摆满了祭品。 ④高堂：高大的厅堂。左思《蜀都赋》："置酒高堂，以御嘉宾。" ⑤荒草乡：指荒草丛生的坟地。 ⑥极视：放眼望。茫茫：辽阔深远貌。 ⑦出门去：指出殡。 ⑧夜未央：夜未尽。言幽界冥冥，无晨晓之期。

【品评】

这首诗写亲友祭奠和出殡的情景。诗中以生前无酒饮同死后有酒不能饮相对比，包含了无限的酸楚。

开头“在昔无酒饮，今但湛空觞”，承上一首尾句“但恨在人世，饮酒不得足”，渊明生前尤其是晚年常常“尘爵耻虚罍”，酒杯空空，欲饮不得，何谈饮足？“湛”字，清冽的美酒中浸透着诗人多少最后的神往！将死之际，“春醪生浮蚁”，酒杯斟满，斟满的是一杯人生的诱惑，如今酒在眼前供自己尽情喝却又无法喝到。生前无法品尝的菜肴在死后也“肴案盈我前”，诗人似乎在做一种嘲讽，生前所有无法得到的，却都在死后得到，然而死后纵然有酒盈杯又有何益？不如生时有酒且倾杯，莫待死时杯满盈。此时亲朋故旧在哭泣，而自己却“欲语口无音，欲视眼无光”，想安慰亲人无法做到，想看东西眼前也一片迷蒙。第二层写死后将葬于荒草萋萋无人之处，“荒草无人眠，极视正茫茫”，虽是设想，但将自己死后长眠荒野的寂寞、孤独，对朋友的不舍演绎得细致入微，痛彻骨髓。最后，他又回到现实，一笔“一朝出门去，归来夜未央”将全诗收束，宛如一声满怀沧桑的哀叹，不舍的愁绪萦绕心间，也令闻之者黯然神伤。诗人虽然面对着死亡，但却依然从容视之，令人叹服。

其　三

荒草何茫茫，　白杨亦萧萧。①
严霜九月中，　送我出远郊。②
四面无人居，　高坟正嶕峣。③
马为仰天鸣，　风为自萧条。④
幽室一已闭，　千年不复朝。⑤
千年不复朝，　贤达无奈何。⑥

向来相送人，[7] 各自还其家。

亲戚或余悲，他人亦已歌。[8]

死去何所道，托体同山阿。[9]

【注释】

①“荒草”二句：《古诗十九首》（其十一）：“四顾何茫茫，东风摇百草。”又其十三：“白杨何萧萧，松柏夹广路。下有陈死人，杳杳即长暮。”萧萧：风吹木叶声。 ②送我出远郊：出殡之谓。③嶕峣（jiāo yáo）：山高耸貌。 ④萧条：风声。吴淇《六朝选诗定论》卷十一：“‘马为’二句，写此幽室未闭之一刻。古人殉葬多用平生所乘马，马有觉，故为仰天而鸣，若有思主之意。风无知，与人无情，亦为萧条。” ⑤幽室：指墓穴。朝（zhāo）：天亮。谓墓穴一闭将永不复出。 ⑥贤达：古时指有道德学问的人。无奈何：没办法。指皆不免此运。 ⑦向：先时，刚才。 ⑧“亲戚”二句：《列子·仲尼》：“隶人之生，隶人之死，众人且歌，众人且哭。”已歌：已经欢快地歌唱了。意谓人死之后亲戚或许还在悲痛中，而他人早已忘了死者，不再悲哀，欢声歌唱了。 ⑨道：说，谈。托体：寄身。山阿（ē）：山陵。谓人死乃常事，寄身山陵皈依自然又何须多虑！

【品评】

这首挽歌是渊明晚年作品，以实写虚，虚构了自己死后的葬礼。本诗既不同于第一首的“将终”，也不同于第二首的“亡祭”，本诗要表现的则是诗人被送往墓地途中的所见所想。诗中的景物描写有力地渲染了送葬时的气氛,“荒草何茫茫,白杨亦萧萧”,以草木起兴,为出殡的场面抹上了悲凉肃杀的一笔,三四句点出送葬的行动之后,复以无人居住的荒郊、高高突起的坟墓、白马哀鸣、凄风萧萧尽情渲染,描写的角度也由低及高、由近到远,有声的悲号也有色的荒寒,竭尽所能地表现“草木为之含悲,风云因而变色”的悲苦。这是本诗的第一层,也就是诗人着力营造的送殡路上的凄凉气氛。第二层是诗人在行将就“墓”时的所想,此一去将永远不会再醒来,而且没有任何人能够改变的了,“贤达无奈何”,哪怕是贤达之人亦是如此。“亲戚或余悲”以下四句是诗人的设想,但也正表现出诗人对人生命运的深刻彻悟。亲戚的悲歌或许只是因为亲情的失去,而对于毫不相干的人来说,他们的欢歌却是他们正常生活的一部分,诗人或者另一个人的死对他们的生活并没有影响。在“幽室一已闭”之时,在“各自还其家”的那一刻,死只是意味着一种人际关系的脱落,尘缘的结束。这只是一种极其正常的生命代谢,是托身大山魂归自然的皈依。至此,渊明完成了一次理性的超越,一种生命智慧的超越,他以理智达观的态度来看待“魂兮归来”,这种自然的死亡观也让他本来贫病交加的命运化而为诗化的人生。尽管是诗人在虚构一种送葬场面,有时不免觉得有些滑稽,但字里行间又体现出诗人面对死亡时哀而不伤的坦然与旷达,体现了诗人委运任化的人生态度。

联　句[1]

鸣雁乘风飞，　去去当何极。[2]

念彼穷居士，[3] 如何不叹息。（渊明）
虽欲腾九万， 扶摇竟何力。[4]
远招王子乔，[5] 云驾庶可饬。[6]（愔之）
顾侣正徘徊，[7] 离离翔天侧。[8]
霜露岂不切，[9] 务从忘爱翼。[10]（循之）
高柯擢条干， 远眺同天色。[11]
思绝庆未看， 徒使生迷惑。[12]（渊明）

【注释】

①此诗真伪与作年皆不可考。何孟春注："愔之、循之，集内不再见，莫知其姓。考《晋》、《宋书》及《南史》亦无此人。意必《晋书》潜本传所谓其乡亲张野及周旋人羊松龄、宠尊等辈中人也。" ②去去：飞不停貌。当何极：谓将终至何处。 ③穷居士：隐居之士。 ④扶摇：旋风。《尔雅·释天》："扶摇谓之飙。"郭璞注："暴风从下上也。"《庄子·逍遥游》："鹏之徙于南冥也，水击三千里，抟扶摇而上者九万里。" ⑤王子乔：详见《连雨独饮》注②。 ⑥云驾：云车，仙人所乘。饬（chì）：整治。指整治云车。 ⑦侣：同伴，指雁。 ⑧离离：罗列整齐而有序貌。 ⑨切：痛切。指霜露寒气侵袭。 ⑩务从忘爱翼：务从，务必相随，即毋失侣。忘爱翼，忘掉心爱的羽翼。意谓毫不顾惜自己的羽翼，奋力前飞。 ⑪擢：挺出。句谓高高的大树枝干挺出，远远看去与天同色。 ⑫谓幸亏未看高天，看则或使自己徒然生出许多迷惑。

【品评】

联句，旧时作诗方式之一。两人或多人共作一诗，相联成篇。相传此体始于汉武帝时《柏梁台诗》，全诗七言，26句，分别由26人出句，一句一意，相联而成，每句用韵，后人又称其为“柏梁体”。南朝时已不少人作诗用“联句”，今存陶渊明、鲍照、谢朓等人诗作中均有此种形式。大抵为一人作四句，并有较完整的意思，所以有些学者曾以此为后来“五言绝句”所从出。此诗为渊明与愔之、循之同作，内容为咏雁。因为是联结成篇，所以整诗未必能做到连贯如一。此篇大意盖谓鸣雁不如鹏鸟自由高翔，但又不必一定如其所为，志各不同，知足常乐，“思绝庆未看，徒使生迷惑”，肯定了对自己现状的满足。

卷之五　赋辞

感士不遇赋并序

昔董仲舒作《士不遇赋》,[1] 司马子长又为之。[2] 余尝以三余之日,[3] 讲习之暇,[4] 读其文,慨然惆怅。[5] 夫履信思顺,[6] 生人之善行;[7] 抱朴守静,君子之笃素。[8] 自真风告逝,大伪斯兴,[9] 闾阎懈廉退之节,[10] 市朝驱易进之心。[11] 怀正志道之士,[12] 或潜玉于当年;[13] 洁己清操之人,或没世以徒勤。[14] 故夷皓有安归之叹,[15] 三闾发已矣之哀。[16] 悲夫! 寓形百年,[17] 而瞬息已尽,[18] 立行之难,而一城莫赏。[19] 此古人所以染翰慷慨,[20] 屡伸而不能已者也。[21] 夫导达意气,[22] 其惟文乎? 抚卷踌躇,[23] 遂感而赋之。

咨大块之受气,[24] 何斯人之独灵。[25] 禀神智以藏照,秉三五而垂名。[26] 或击壤以自欢,[27] 或大济于苍生。[28] 靡潜跃之非分,常傲然以称情。[29] 世流浪而遂徂,物群分以相形。[30] 密网裁而鱼骇,宏罗制而鸟惊。[31] 彼达人之善觉,乃逃禄而归耕。[32] 山嶷嶷而怀影,川汪汪而藏声。[33] 望轩唐而永叹,甘贫贱以辞荣。[34] 淳源汩以长分,美恶纷其异途。[35] 原百行之攸贵，莫为善之可娱。[36]奉上天之成命，师圣人之遗书。发忠孝于君亲，生信义于乡闾。推诚心而获显，不矫然而祈誉。[37]嗟乎！雷同毁异，物恶其上；[38]妙算者谓迷，直道者云妄。[39]坦至公而无猜，卒蒙耻以受谤。[40]虽怀琼而握兰，徒芳洁而谁亮。[41]哀哉！士之不遇，已不在炎帝帝魁之世。[42]独祗修以自勤，岂三省之或废；[43]庶进德以及时，时既至而不惠。[44]无爰生之晤言，念张季之终蔽；[45]愍冯叟于郎署，赖魏守以纳计。[46]虽仅然于必知，亦苦心而旷岁。[47]审夫市之无虎，眩三夫之献说。[48]悼贾傅之秀朗，纡远辔于促界。[49]悲董相之渊致，屡乘危而幸济。[50]感哲人之无偶，泪淋浪以洒袂。[51]承前王之清诲，曰天道之无亲；[52]澄得一以作鉴，恒辅善而佑仁。[53]夷投老以长饥，回早夭而又贫；[54]伤请车以备椁，悲茹薇而殒身；[55]虽好学与行义，何死生之苦辛。[56]疑报德之若兹，惧斯言之虚陈。[57]何旷世之无才，罕无路之不澀。[58]伊古人之慷慨，病奇名之不立。[59]广结发以从政，不愧赏于万邑；[60]屈雄志于戚竖，竟尺土之莫及；[61]留诚信于身后，动众人之悲泣。[62]商尽规以拯弊，言始顺而患入。[63]奚良辰之易倾，胡害胜其乃急！[64]苍旻遐缅，人事无已；[65]有感有昧，畴测其理！[66]宁固穷以济意，不委曲而累己。[67]既轩冕之非荣，岂缊袍之为耻。[68]诚谬会以取拙，且欣然而归止。[69]拥孤襟以毕岁，谢良价于朝市。[70]

【注释】

①董仲舒:西汉哲学家,今文经学大师,曾提出“罢黜百家,独尊儒术”的主张,成为西汉武帝实行封建思想统治的政策,也是儒学在中国文化中居于统治地位的标志。著有《春秋繁露》等书。②司马子长:司马迁,字子长,左冯翊夏阳人。西汉史学家、文学家、思想家。著有《史记》,鲁迅曾誉之为“史家之绝唱,无韵之离骚”。又作过一篇《悲士不遇赋》,其残文见《艺文类聚》卷三十。③以:在。三余之日:指闲暇之时。《三国志·魏书·王肃传》裴松之注:“初,(董)遇善治《老子》,为《老子》作训注。又善《左氏传》,更为作朱墨别异。人有从学者,遇不肯教,而云‘必当先读百遍’。言‘读书百遍而义自见’。从学者云:‘苦渴无日。’遇言‘当以三余’。或问三余之意,遇言‘冬者岁之余,夜者日之余,阴雨者时之余也’。由是诸生少从遇学,无传其朱墨者。” ④讲习:相互讨论学习。暇:闲暇,余闲。 ⑤慨然:感慨貌。《晋书·桓温传》:“(温)见少为琅琊时所种柳,皆已十围,慨然曰:‘木犹如此,人何以堪!’”惆怅:失意貌。 ⑥履信思顺:笃守信义,思想和顺。《易·系辞上》:“天之所助者,顺也;人之所助者,信也。履信思乎顺,又以尚贤也。是以自天佑之,吉无不利也。” ⑦生人:生民。善行:美好品德。 ⑧抱朴守静,君子之笃素:持守朴质不失本真,保持内心安静,方可认清事物真相,不蒙于外物,是为君子质朴情志。《老子》十九章:“见素抱朴,少私寡欲。”又十六章:“致虚极,守静笃。”笃素,质朴的情志。 ⑨真风:自然真淳的风尚。真,任真不矫饰。告逝:消失。大伪斯兴:伪饰之风盛行,谓世俗纷纷慕虚名而弃任真。斯,乃。《老子》十八章:“大道废,有仁义;

智慧出，有大伪。” ⑩间阎：指平民。《史记·苏秦列传》：“夫苏秦起间阎，连六国从亲，此其智有过人者。”懈：懈怠。廉退之节：廉洁谦让的节操。廉，品行方正。《史记·屈原贾生列传》：“其志洁，其行廉。”退，犹退让。《礼记·曲礼上》：“是以君子恭敬撙节退让以明礼。”孔颖达疏：“应进而迁曰退，应受而推曰让。”谓民间亦疏而不讲廉洁退让之节。 ⑪市朝：朝市，指朝廷官府。驱：与上句“懈”字相对，盖有盛行之意。易：简易。进：仕进。易进，谓不以常径而巧取功名。 ⑫怀正志道：盖渊明以怀有隐逸志向与思想为正。与“洁己清操”相对。 ⑬潜玉：藏玉，以喻隐居。《论语·子罕》：“有美玉于斯，韫椟而藏诸，求善贾而沽诸？”当年：丁年，壮年。 ⑭没世：终生，一世。徒勤：徒劳。勤，劳苦。《论语·微子》：“四体不勤，五谷不分，孰为夫子？” ⑮夷皓：指伯夷、叔齐和商山四皓。伯夷、叔齐，详见《饮酒二十首》（其二）注①；商山四皓，详见《赠羊长史》注⑩。安归之叹：《史记·伯夷列传》：“（伯夷、叔齐）隐于首阳山，采薇而食之。及饿且死，作歌。其辞曰：‘……神农、虞、夏忽焉没兮，我将安适归矣……’”《高士传》：“四皓逃入蓝田山，曰：‘唐虞世远，吾将安归？’”安归，即归安，归往何处。言无处可归。 ⑯三间：指屈原。屈原曾任楚国三间大夫之职。《史记·屈原贾生列传》：“渔父见而问之曰：‘子非三间大夫欤？何故而至此？’”已矣之哀：屈原《离骚》：“乱曰：‘已矣哉！国人莫我知兮，又何怀乎故都……’”已矣，算了吧。渊明《归去来兮辞》：“已矣乎！寓形宇内复几时，曷不委心任去留？” ⑰寓形：寄身。即人生不满百之意。 ⑱瞬息已尽：谓生命短促，瞬间即逝。瞬息，时间短暂。 ⑲立行之难，而一城莫赏：谓建立功业艰难之至，却无一城之封赏。 ⑳染翰：犹言染毫，以笔蘸墨，即写作。翰，毛笔。左思《咏史》："弱冠弄柔翰，卓荦观群书。"盖谓古人为文以寄慷慨不平之气。 ㉑伸：同"申"，表白。 ㉒导达意气：抒发性情意志。导，泄导。达，表达。 ㉓卷：所读之卷。当指前文所言董仲舒和司马迁之文。踌躇：原指犹豫不定，此有感叹意。 ㉔咨：咨嗟，叹息声。大块：自然。《庄子·齐物论》："夫大块噫气，其名为风。"成玄英疏："大块者，造物之名，亦自然之称也。"受气：承天地之气而化生万物。古人以为天地阴阳之气相交而形成新生体，《老子》四十二章："道生一，一生二，二生三，三生万物。万物负阴而抱阳，冲气以为和。"王充《论衡·自然》："天地合气，万物自生。" ㉕独灵：惟人灵异杰出。《尚书·泰誓上》："惟天地，万物父母；惟人，万物之灵。"承天地自然之气而万物生，为什么唯独人最为灵智呢？ ㉖禀：承受。藏照：隐藏其智。照，明。秉：持，具有。三五：谓三正五行。三正：指天、地、人。五行：即五常，仁、义、礼、智、信。垂名：名声远播。谓人或秉受天地神智藏其明睿而隐居不仕，或持守三正五行建功立业而名垂千古。㉗击壤：即《击壤歌》，古歌名。相传唐尧时有老人击壤而唱此歌。王充《论衡·艺增》："传曰：有年五十击壤于路者，观者曰：'大哉，尧德乎！'击壤者曰：'吾日出而作，日入而息，凿井而饮，耕田而食，尧何等力！'"《艺文类聚》卷十一引晋皇甫谧《帝王世纪》所引歌辞略异，末句作"帝何力于我哉"。 ㉘济：救助。苍生：本指草木生长之处，借指百姓。意谓禀神智者隐而不仕，凿井自饮，耕田自食，自乐如此；秉三正五行者建功立业，普济苍生。盖谓其志有不同，其乐各异。 ㉙靡：无。潜：潜藏，即隐居，当指"击壤以自欢者”。跃：显达，即出仕，当指“大济于苍生”者。非分：不合本分。傲然：自足貌。称情：符合心意。无有仕隐合否本分之说，但有傲然自足合于本性之乐。意谓仕隐随己，各适其情。 ㉚流浪：流转不定，此指世事运行变化。徂(cú)：消逝，过去。韦孟《讽谏》：“岁月其徂。”物：这里指人。群分：区分不同群体。《战国策·齐策三》：“物以类聚，人以群分。”相形：区分。谓世事流转不定，上古之风渐趋消亡，人亦以驱驰之不同而分为诸多各不相同的群体。 ㉛裁：织。宏罗制：捕鸟的网罗张得很大。此两句有时政之叹。 ㉜达人：通达之人。善觉：明于审察。逃禄：辞官归隐。意谓智慧明达善于观察之人能弃官不做，归隐山林，躬耕自乐。 ㉝嶷嶷(yí)：高峻貌。“影”与下文“声”，皆指隐士之音貌。汪汪：水广大貌。《水经注·淯水》：“陂汪汪，下田良。”此谓达人隐居于山水之侧。 ㉞轩唐：指轩辕氏与陶唐氏，即黄帝与帝尧，相传皆为上古治世之贤君。永叹：长叹。 ㉟淳源：清澈的水源。比喻上古淳朴的道德风俗。汩(gǔ)：沦丧，扰乱貌。长分：长，指长流；分，分流而出。盖言淳朴风尚之源丧失，一如水之分流，始乱而不复浑整为一。美恶纷其异途：盖上古道德淳朴，物事不以善恶区分，逮善恶分而各骋其途，故言。 ㊱原：推究，探究。百行：各种品行。攸：所。莫为善：莫若行善。《后汉书·东平宪王苍列传》：“日者问东平王处家何等最乐，王言为善最乐。”谓诸品行中莫若为善可以娱情怡性。 ㊲“发忠孝于君亲”四句：乃前两句奉成命、师遗书之具体所为。谓于君亲之侧尽忠孝之节，于乡里之间持诚实守信之义。奉：奉行。成命：天命，既定的命令。此指命运的安排。矫然：虚伪做作。祈誉：求取荣誉。 ㊳雷同：《礼记·曲礼上》:“毋剿说,毋雷同。”郑玄注:“雷之发生,物无不同时应者,人之言当各由己,不当然也。”毁异:诋毁异己。谓同于己者得存,异于己者遭毁。物恶(wù)其上:世人憎恨那些才智超过自己的人。物,指人。《晋书·袁宏传》:“物恶其上,世不容哲。”嫉贤妒能之谓。 ㊴妙算:神奇的计谋。迷:糊涂。直道:品行正直。《史记·屈原贾生列传》:“屈平正道直行,竭忠尽智以事其君,谗人间之,可谓穷矣。”妄:狂妄不实。 ㊵坦:坦然无隐瞒。至公:至为公正。无猜:没有猜忌。以:因。意谓虽公正无私竭诚为之,然终以谗谤而蒙受耻辱。 ㊶“虽怀琼而握兰”二句:谓虽品行高洁而无人能知。亮:明白,了解。《楚辞·九章·怀沙》:“怀瑾握瑜兮,穷不知所示。” ㊷炎帝帝魁之世:指传说中上古太平的时代。张衡《东京赋》:“仰不睹炎帝帝魁之美。”薛综注:“炎帝,神农后也。帝魁,神农名,并古之君号也。” ㊸祇(zhī):恭敬。《尚书·大禹谟》:“文命敷于四海,祇承于帝。”祇修,敬修。三省(xǐng):多次自我反省。《论语·学而》:“曾子曰:‘吾日三省吾身:为人谋而不忠乎?与朋友交而不信乎?传不习乎?’” ㊹进德以及时:谓进德修业以待时骋志。《易·乾·文言》:“君子进德修业,欲及时也。”惠:顺利,顺遂。 ㊺爰生:指爰盎,《史记》作袁盎,《汉书》作爰盎。汉文帝时任中郎将。晤言:当面交谈。王羲之《兰亭集序》:“或取诸怀抱,晤言一室之内。”此指爰盎向汉文帝当面推荐张释之。张季:名释之,字季。《史记·张释之冯唐列传》:“张廷尉释之者,堵阳人也,字季。有兄仲同居。以訾为骑郎,事孝文帝,十岁不得调,无所知名。释之曰:‘久宦减仲之产,不遂。’欲自免归。中郎将知其贤,惜其去,乃请徙释之补谒者。

释之既朝毕，因前言便宜事。……文帝称善，乃拜释之为谒者仆射。”蔽：遮蔽，遮挡。此指埋没，即指释之“十年不得调”。 ㊻愍（mǐn）：哀怜。冯叟：指冯唐。魏守：指魏尚。据《史记·张释之冯唐列传》：“唐以孝著，为中郎署长，事文帝。……‘今臣窃闻魏尚为云中守，其军市租尽以飨士卒，出私养钱，五日一椎牛，飨宾客军吏舍人，是以匈奴远避，不近于云中之塞。……终日力战，斩首捕虏，上功莫府，一言不相应，文吏以法绳之。其赏不行而吏奉法必用。臣愚，以为陛下法太明，赏太轻，罚太重。且云中守魏尚坐上功首虏差六级，陛下下之吏，削其爵，罚作之。……’文帝说。是日令冯唐持节赦魏尚，复以为云中守，而拜唐为车骑都尉，主中尉及郡国车士。”赖魏守以纳计：言冯唐赖文帝采纳他的建议复魏尚为云中守而得以升迁。 ㊼仅然：勉强之意。知：知遇。旷岁：耽搁诸多时日。旷，荒废。《吕氏春秋·无义》：“以义动，则无旷事矣。”意谓张释之、冯唐虽最终遇知己而得迁，但也耽误了许多时日。 ㊽“审夫”二句：《韩非子·内储说上》：“庞恭与太子质于邯郸，谓魏王曰：‘今一人言市有虎，王信之乎？’曰：‘不信。’‘二人言市有虎，王信之乎？’曰：‘不信。’‘三人言市有虎，王信之乎？’王曰：‘寡人信之。’恭曰：‘夫市之无虎也明矣，然而三人言而成虎。’”审：信，确实。眩：迷惑。三夫之献说：即三人皆言市有虎之说。意谓人们常被谣言迷惑，不加辨识便信以为真。 ㊾贾傅：指西汉贾谊。曾作梁怀王太傅，故言。秀朗：才华出众。纡：曲。远辔：代指千里马，骏马。辔，马缰绳。促界：狭窄的范围。促，狭小。贾谊年少而才华出众，帝尝欲任为公卿之位，而遭老臣妒忌，终以贾谊为长沙王太傅。 ㊿董相：指董仲舒。曾先后任江都王相、胶西王相。渊致：学识渊博。屡乘危而幸济：多次遇险而幸免于难。《汉书·董仲舒传》载：董仲舒著《灾异之记》，主父偃妒忌之，取其书奏之天子。书中因有讥刺，下董仲舒吏，当死，幸诏赦之。后为公孙弘妒忌，作胶西王相。董仲舒恐久获罪，疾免居家，以修学著述为事。二句所言即指此。 ⑤①哲人：才智出众之士。《礼记·檀弓上》："哲人其萎乎！"无偶：无双。淋浪：流滴不止，此指泪流不断。袂(mèi)：衣袖。 ⑤②前王：古代圣哲。清诲：明教。天道之无亲：《老子》七十九章："天道无亲，常与善人。"言天道无偏爱，常以好运赐与行善之人。 ⑤③澄：清。一：指天道。《老子》三十九章："天得一以清，地得一以宁。"鉴：镜，明察。恒：常常。辅、佑：辅助。《尚书·仲虺之诰》："佑贤辅德。"善、仁：善道、仁道。 ⑤④夷：伯夷。投老：到老。回：颜回，字子渊，简称渊。早夭：未成年而亡。 ⑤⑤请车以备椁(guǒ)：《论语·先进》："颜渊死，颜路请子之车以为椁。"颜渊家贫，死后无钱置棺材，其父颜路欲请孔子卖车以办椁。意谓虽于师不恭，却逼不得已。伤、悲：同情。椁：外棺，泛指棺。茹薇而殒(yǔn)身：《史记·伯夷列传》："采薇而食之，及饿且死。"茹，吃。殒，死亡。 ⑤⑥好学：指颜回好学。《论语·雍也》："哀公问：'弟子孰为好学？'孔子对曰：'有颜回者好学，不迁怒，不贰过。'"行义：指伯夷、叔齐行义。 ⑤⑦若兹：像这样。指颜回家贫早夭，伯夷叔齐饿死。斯言：指"天道无亲，常与善人"之语。虚陈：空言，徒说。《饮酒二十首》(其二)："积善云有报，夷叔在西山。善恶苟不应，何事立空言？"与此意同。怀疑"天道无亲，常与善人"的说教。 ⑤⑧旷世：旷代。世所未有。涩：滞涩难行。谓世无英才且世路阻塞难行。 ⑤⑨伊：语助词,无义。病:忧虑。 ⑥⓪广:指李广。西汉名将。结发:束发,指年轻的时候。从政:指从军征伐匈奴。《史记·李将军列传》:"且臣结发而与匈奴战。""广结发与匈奴大小七十余战。"不愧赏于万邑:谓李广功绩卓著,虽封万户侯亦当之无愧。 ⑥①戚竖:外戚小人,指卫青(汉武帝卫皇后之弟)。元狩四年,广从卫青出击匈奴,青以为广老,令广并于右将军,"出东道",后因军亡导,或失道,而误期,卫青乘机责罚他,李广自承责任,引刀自刭。竟尺土之莫及:谓李广未得寸土之封。 ⑥②"留诚信"二句:《史记·李将军列传》:"广遂引刀自刭。广军士大夫一军皆哭。百姓闻之,知与不知,无老壮皆为垂涕。""太史公曰:传曰'其身正,不令而行;其身不正,虽令不从'。其李将军之谓也?余睹李将军,悛悛如鄙人,口不能道辞。及死之日,天下知与不知,皆为尽哀。彼其忠实心诚信于士大夫也。" ⑥③商:指王商,字子威,西汉时人。尽规:竭力进谏。拯弊:拯救弊端。《汉书·王商传》载:成帝建始三年秋,京师盛传将有大水至,百姓慌乱。大将军王凤以为帝与太后及后宫可以御船,遂令吏民上长安城避水。王商则以为此为讹传。其后城中稍定。问之,果为谣传。帝誉商之固守,数称其义。然商与元帝舅大将军王凤不和。后商为丞相封千户。而凤阴求其短,使人进商闺门内事。遂下其事司隶。左将军丹等亦奏商不忠不道。商终被免相。商发病,呕血而亡。 ⑥④易倾:时光易逝。胡:为什么。害胜:谗害才智超过自己的人。 ⑥⑤苍昊(hào)遐缅:苍天遥远。昊,天。人事:盖谓人世忠奸正邪相残之事。已:止。⑥⑥有感有昧,畴测其理:天道变化无常,有敏于感知者,亦有蒙昧不觉者,谁能测见其规律呢?昧:暗昧不明。畴:谁。《尔雅·释诂》:“畴,谁也。” ⑰济意:实现自己的意愿。累己:损害自己。⑱轩冕:指高官厚禄。《晋书·董京传》:“轩冕不能令荣。”缊(yùn)袍:败絮之衣。贫者所服,故常用来表现生活困苦。《论语·子罕》:“子曰:‘衣敝缊袍,与衣狐貉者立而不耻者,其由也与?’” ⑲谬会:错误的领会。谬,谦词。取拙:守拙归田,隐而不仕。归止:解职归隐。 ⑳孤襟:孤介不群的情怀。毕岁:终生。谢良价于朝市:《论语·子罕》:“子贡曰:‘有美玉于斯,韫椟而藏诸?求善贾而沽诸?’子曰:‘沽之哉!沽之哉!我待贾者也。’”这里反用其意,谓不愿再应诏出仕。谢,辞,拒绝。

【品评】

这篇赋约作于晋义熙十一二年间。士,这里指有才华、有抱负而不被重用的善良正直之人。赋,是一种半文半诗的文学体裁,讲究文采与韵节。

本篇赋表达了一个中国古已有之的社会问题,就是由于国家社会黑暗,君王昏庸,臣子奸佞,使得国君亲小人而远贤臣,许多正道直行之士虽欲济苍生安社稷,却日渐被远弃朝堂,不为重用。同时,诗人又从另外一个角度肯定了正确的人生道路,即固穷守节、归隐自适。开篇“咨大块之受气,何斯人之独灵。禀神智以藏照,秉三五而垂名”,诗人以人禀受天地之气而生且独秀于万物起句,表现出人生并无二致的思想,但是由于人们的志趣不同,处世追求也各异,他们“或击壤以自欢,或大济于苍生”,但不管采取何种方式,生活都以“常傲然以称情”为准则,称情适性的生活才是自己最好的生活方式。这也是诗人一生所坚持的法则。但是时代的发展又总是超乎人的想象,上古“抱朴守静”的真淳廉洁退让的节操渐逝,代之而来的是大伪斯兴、世俗趋进的风气。上古的淳朴之风就此不复。人们也因驱驰不同而区分为各不相同的群体。那些热衷功名之士,甚至不惜一切代价博得君王欢心,由此奸邪谗佞之徒辈出,“密网裁而鱼骇,宏罗制而鸟惊”所呈现出的顺我者昌、逆我者亡的社会现实,使得社会人人自危,才智之士避政治而远之,纷纷“逃禄而归耕”。诗人所言既是历史的真实,又是自己的现实。或许诗人看惯了现世的虚伪狡诈之风,更或是自己内心的向往,慨然独倡“原百行之攸贵,莫为善之可娱”的生存准则,而且要做一个“发忠孝于君亲,生信义于乡闾。推诚心而获显,不矫然而祈誉”的真实的人。而历史上那些“怀琼而握兰”的孤独前行者,抱穷守节、矢志不渝者,他们的不遇局面完全是由于“雷同毁异,物恶其上;妙算者谓迷,直道者云妄。坦至公而无猜,卒蒙耻以受谤”的混浊世风,还有“审夫市之无虎,眩三夫之献说”的昏聩圣上造成的,文章对这种不正常的风气给予最严厉的批评和谴责。在这种混浊的环境中,诗人提出自己“莫为善之可娱”的处世原则,也表达了自己面对虚伪狡诈的社会而不屑“逐其流而扬其波”,甘愿做一个孤独向善的真隐者的意愿。这是第一层。从“哀哉！士之不遇”进入第二层,在这一层中,诗人历数了圣贤不遇于时的事实,同时也说出了自己的人生观点。张释之、冯唐虽然赖知己而终得升迁,颜回、伯夷好学行义而全其节,但却付出了“苦心而旷岁”、“何死生之苦辛”的惨重代价,他们在人生不同追求的道路上荒弃了太多美好的时光,而没有给短促的生命找到快乐的注脚。这也就间接地肯定了诗人自己一贯坚持的人生短促、称性而活、及时行乐的生存价值观，表现出生命是第一位的，一切的功名利禄只是外在的点缀而已的强烈的主体觉醒意识。结尾自然是基于上述认识的自我心志的陈说，“宁固穷以济意，不委曲而累己”，指出了自己宁肯固穷，也不会为了虚幻的名利而委屈自己的主张，同时也表达了“谢良价于朝市”的归隐志向。孙人龙纂辑《陶公诗评注初学读本》卷二：“公一生贞志不休，安道苦节，其本领见于此数语。虽感士不遇，而归于固穷笃志。读其文，真可使驰竟情遣，鄙吝意祛，所谓有助于风教，岂不信哉！”正道出渊明本文叹士之不遇且又自叹的事实。

闲情赋并序

初，张衡作《定情赋》，[①]蔡邕作《静情赋》，[②]检逸辞而宗澹泊，[③]始则荡以思虑，[④]而终归闲正。[⑤]将以抑流宕之邪心，谅有助于讽谏。[⑥]缀文之士，奕代继作，并因触类，广其辞义。[⑦]余园闾多暇，复染翰为之。[⑧]虽文妙不足，庶不谬作者之意乎？[⑨]

夫何瑰逸之令姿，独旷世以秀群；[⑩]表倾城之艳色，期有德于传闻。[⑪]佩鸣玉以比洁，齐幽兰以争芬；[⑫]淡柔情于俗内，负雅志于高云。[⑬]悲晨曦之易夕，感人生之长勤。[⑭]同一尽于百年，何欢寡而愁殷。[⑮]褰朱帏而正坐，泛清瑟以自欣。⑯送纤指之余好，攘皓袖之缤纷。⑰瞬美目以流盼，含言笑而不分。⑱曲调将半，景落西轩。⑲悲商叩林，⑳白云依山。仰睇天路，俯促鸣弦。㉑神仪妩媚，举止详妍。㉒激清音以感余，愿接膝以交言。㉓欲自往以结誓，惧冒礼之为愆。㉔待凤鸟以致辞，恐他人之我先。㉕意惶惑而靡宁，魂须臾而九迁。㉖愿在衣而为领，承华首之余芳；㉗悲罗襟之宵离，怨秋夜之未央。㉘愿在裳而为带，束窈窕之纤身；㉙嗟温凉之异气，或脱故而服新。㉚愿在发而为泽，刷玄鬓于颓肩；㉛悲佳人之屡沐，从白水以枯煎。㉜愿在眉而为黛，随瞻视以闲扬；㉝悲脂粉之尚鲜，或取毁于华妆。㉞愿在莞而为席，安弱体于三秋；㉟悲文茵之代御，方经年而见求。㊱愿在丝而为履，附素足以周旋；㊲悲行止之有节，空委弃于床前。愿在昼而为影，常依形而西东；悲高树之多荫，慨有时而不同。㊳愿在夜而为烛，照玉容于两楹；㊴悲扶桑之舒光，奄灭景而藏明。㊵愿在竹而为扇，含凄飙于柔握；㊶悲白露之晨零，顾襟袖以缅邈。㊷愿在木而为桐，作膝上之鸣琴；悲乐极以哀来，终推我而辍音。㊸考所愿而必违，徒契契以苦心。㊹拥劳情而罔诉，步容与于南林。㊺栖木兰之遗露，翳青松之余阴。㊻傥行行之有觌，交欣惧于中襟。㊼竟寂寞而无见，独悁想以空寻。㊽敛轻裾以复路，瞻夕阳而流叹。㊾步徙倚以忘趣，色惨凄而矜颜。㊿叶燮燮以去条，气凄凄而就寒。[51]日负影以偕没，月媚景于云端。[52]鸟凄声以孤归，兽索偶而不还。[53]悼当年之晚暮，恨兹岁之欲殚。[54]思宵梦以从之，神飘飖而不安。[55]若凭舟之失棹，譬缘崖而无攀。[56]于时毕昴盈轩，[57]北风凄凄。炯炯不寐，众念徘徊。[58]起摄带以伺晨，繁霜粲于素阶。[59]鸡敛翅而未鸣，笛流远以清哀。[60]始妙密以闲和，终寥亮而藏摧。[61]意夫人之在兹，托行云以送怀。[62]行云逝而无语，时奄冉而就过。[63]徒勤思以自悲，终阻山而带河。[64]迎清风以祛累，寄弱志于归波。[65]尤《蔓草》之为会，诵《邵南》之余歌。[66]坦万虑以存诚，憩遥情于八遐。[67]

【注释】

①张衡：字平子，汉章帝建初三年(78)，诞生于南阳郡西鄂县石桥镇(今河南南阳城北五十里石桥镇)一个破落的官僚家庭。祖父张堪是地方官吏，曾任蜀郡太守和渔阳太守。张衡幼年时候，家境已经衰落，有时还要靠亲友的接济。正是这种贫困的生活使他能够接触到社会下层的劳动群众和一些生产、生活实际，从而给他后来的科学创造事业带来了积极的影响。张衡对中国古代的天文学、地震学和机械力学作出了杰出的贡献，传说他还制造过指南车、记里鼓车等，因其机械制造水平很高，被尊称为“木圣”。所作《定情赋》残文见于《艺文类聚》卷十八。　②蔡邕(yōng)(133～192)：字伯喈。东汉辞赋家、书法家。开封杞县人。少时博学，师事太傅胡广。汉献帝时曾拜左中郎将，故后人也称他“蔡中郎”。喜爱辞章、数术、天文，妙操音律。书法精妙，尤工隶书，影响甚大。　③检：检束，收敛。《尚书·伊训》：“检身若不及。”孔颖达疏：“检，谓自摄敛也。”逸辞：放荡的文辞。逸，放纵，放荡。宗：宗尚，崇尚。　④荡：放纵，恣肆。思虑：此指构思、想

象。后世章学诚《文史通义·诗话》:“《文心》体大而虑周,《诗品》思深而意远。” ⑤闲正:雅正,即赋体文结尾应归于讽谏。《汉书·艺文志》:“大儒孙卿及楚臣屈原,离谗忧国,皆作赋以风,咸有恻隐古诗之义。”又魏晋皇甫谧《三都赋序》:“至于战国,王道陵迟,风雅寖顿,于是贤人失志,辞赋作焉。”可知辞赋的起源即同讽谏述志联系在一起。汉代的大赋虽极尽铺张摹写之能事且“劝百而讽一”,但结尾仍归于讽谏之义。 ⑥抑:抑制,遏止。流宕:放荡。谅:确实。 ⑦缀(zhuì)文:属文,作文。《晋书·文苑传·张翰》:“翰有清才,善属文,而纵任不拘,时人号为‘江东步兵’。”奕代:屡代,一代接一代。奕,重,累。继作:何孟春注:“赋情始楚宋玉、汉司马相如,平子、伯喈继之为《定》、《静》之辞。而魏则陈琳、阮瑀作《止欲赋》,王粲作《闲邪赋》,应玚作《正情赋》,曹植作《静思赋》,晋张华作《永怀赋》,此靖节所谓‘奕世继作,并因触类,广其辞义’者也。”(《陶靖节集》卷五)触类:同类事情相触发。广其辞义:在文辞与内容上加以扩展和发挥。 ⑧园闾:指田舍。闾,里巷的大门。染翰:即写作,详见《感士不遇赋》注⑳。言居园田而多闲暇时光,故而写下这篇赋。 ⑨文妙:文采,才华。庶:庶几,即大概、希望之意。谬:违背。 ⑩瑰(guī)逸:奇丽特异。瑰,奇伟,超逸。令姿:姿态美好。秀群:即秀于群,拔萃超众。⑪表:外表,外貌。倾城之艳色:《汉书·外戚传》:“北方有佳人,绝世而独立。一顾倾人城,再顾倾人国。”谓貌美。传闻:流传。⑫佩:佩戴。鸣玉:古人在腰间佩带玉饰,行走时使之相击发声。故曰“鸣玉”。《新书·容经》:“古者圣居有法则,动有文章,位执戒辅,鸣玉以行。”齐:并列,等量。《楚辞·九章·涉江》:“与天地兮比寿，与日月兮齐光。” ⑬淡柔情：谓情愫淡泊，不媚流俗。负：怀抱，负有。雅志：高雅脱俗之志。谓处世俗之中而情愫淡泊、不媚流俗，胸怀高雅脱俗、出于云表之志。 ⑭易夕：容易迟暮。谓时光易逝。长勤：长期辛劳。《楚辞·远游》：“惟天地之无穷兮，哀人生之长勤。” ⑮人生本不过区区百年，何苦令欢少而愁多呢？ ⑯褰(qiān)：揭起，拉开。《诗经·郑风·褰裳》：“子惠思我，褰裳涉溱。”朱帷：红色的幔帐。泛：弹奏意。清瑟：清越的瑟声。瑟，拨弦乐器。春秋时已流行。形似古琴，但无徵位，通常有二十五弦，每弦一柱。一说原五十弦，后为二十五弦。钱普《史记钩玄·封禅书》：“帝使素女鼓五十弦瑟。悲，帝禁不止，故破其瑟为二十五弦。” ⑰送：传送。纤指：柔细的手指。余好：琴音不绝貌。谓手抚琴上，柔指轻弹，琴音袅袅，不绝于耳。攘(rǎng)：捋。曹植《美女篇》：“攘袖见素手，皓腕约金环。”缤纷：指洁白的衣袖随风飘动。此谓清逸高雅的姿态纷呈。 ⑱瞬：眨眼。流盼：转动眼睛。谓美目顾盼生辉。含言笑而不分：含笑而不可分辨。意谓总是面带微笑，似笑非笑。宋玉《神女赋》：“含然若其不分兮。” ⑲景：日光。张载《七哀》诗：“朱光驰北陆，浮景忽西沈。”轩：窗。盖“悲晨曦之易夕”之叹。 ⑳悲商：秋风之声。商，为五音（宫、商、角、徵、羽）之一。古人以五行配说五音，以商音属西方，时当秋天。叩林：吹动林木。 ㉑睇(dì)：流盼，看。后世王勃《滕王阁序》：“穷睇眄于中天，极娱游于暇日。”天路：天空。《三国志·魏书·陈思王植传》注：“植常为瑟调歌辞曰：‘自谓终天路，忽焉下沈渊。’”俯促：低头急弹。促，迫。后世白居易《琵琶行》：“却坐促弦弦转急，凄凄不似向前声。” ㉒神仪：神情仪态。详妍:安详美好。 ㉓激:指弹奏。接膝:促膝,膝与膝相接,形容坐得很近,即对面而坐。交言:交谈。 ㉔结誓:订立相爱的誓约。冒礼:冒犯礼法。愆:过错。 ㉕致辞:为媒之辞。我先:先于我。传说帝喾高辛氏用凤凰为媒,传送礼物,娶得简狄。屈原《离骚》:“凤凰既受诒兮,恐高辛之先我。” ㉖惶惑:疑惧。九迁:屡变。九,表示多。《楚辞·离骚》:“亦余心之所善兮,虽九死其犹未悔。” ㉗承:接。华首:华美的头发。 ㉘罗襟:罗裳。宵离:夜间脱衣而暂离。怨:恨。未央:未尽。 ㉙裳(cháng):下身的衣服,即裙。《诗经·邶风·绿衣》:“绿衣黄裳。”毛传:“上曰衣,下曰裳。”带:裙带。 ㉚嗟:感叹,有怨意。温凉之异气:谓气候冷暖变化。“罗襟宵离”是为一悲,而脱掉旧衣穿新服又是一悲。 ㉛泽:膏泽,指发膏,用以润发。刷:梳理。玄鬓:黑发。颓肩:柔肩。曹植《洛神赋》:“肩若削成,腰如约素。” ㉜屡沐:经常洗发。从:随。枯煎:枯干。 ㉝黛(dài):青黑色的颜料。古代女子用以画眉。闲扬:殆谓黛随眉瞻视而呈现雅静之态。 ㉞尚鲜:依旧新鲜。取毁:被毁。华妆:华美的新妆。旧妆脂粉依旧新鲜,而佳人重新梳妆。旧妆尽弃,不得不离。 ㉟莞:植物名,此指莞草编的席。《诗经·小雅·斯干》:“下莞上簟,乃安斯寝。”弱:柔美。 ㊱文茵:原指车里的虎皮坐垫。《诗经·秦风·小戎》:“文茵畅毂。”泛指华丽的褥子。代御:取代,代替使用。御,用。经年:经过一年。见求:即被用。 ㊲附:依附。周旋:谓举止进退。 ㊳不同:不同在,不在一起,即分开。虽影随形任意西东,然无奈高树阻隔,形影有时不得同在。 ㊴玉容:容貌姣好。陆机《拟古诗》:“玉容谁能顾,倾城在一弹。”楹:厅堂前部的柱子。

此指置烛处。㊵扶桑：神树名，古人认为是日出处，此指太阳。舒光：日出放出光芒。奄：忽然。景、明：烛光。藏明，日光现而烛光熄。㊶凄飙（biāo）：凉风。柔握：犹言纤手。㊷顾：顾念。缅邈：遥远。㊸辍：停止。㊹考：考虑，思量。契契：《诗经·小雅·大东》："契契寤叹，哀我惮人。"毛传："契契，忧苦也。"㊺拥：怀抱。劳：忧愁。《诗经·邶风·燕燕》："实劳我心。"罔诉：无处诉说。罔，无。谓怀抱忧苦之情而无处可诉。容与：徘徊的样子。曹植《蝉赋》："有翩翩之狡童兮，步容与于园圃。"㊻栖木兰之遗露：《楚辞·离骚》："朝饮木兰之坠露兮，夕餐秋菊之落英。"栖，息止。遗露，垂露，残露。翳（yì）：荫蔽，遮盖。㊼傥（tǎng）：同"倘"，倘若，假如。觌（dí）：见，相见。交：交织。欣惧：欣喜和惧怕。中襟：内心。假如前去，可能得美人会见，欣喜疑惧交织心中。㊽悁（yuān）：忧愁。江淹《杂体诗》（其二十五）："无陈心悁劳，旅人岂游遨。"㊾敛裾（jū）：提起衣襟。谓走路。复路：依前路返回。流叹：叹息不止。流，不停貌。后世虞世南《蝉》："流响出疏桐。"㊿徙倚：徘徊，流连不去。《楚辞·哀时命》："然隐悯而不达兮，独徙倚而彷徉。"趣：同"趋"，前行。惨凄：暗淡无光的样子。表示心中忧虑。矜颜：容颜严肃。(51)燮燮（xiè）：落叶声。去条：离开枝条。凄凄：寒凉貌。《诗经·郑风·风雨》："风雨凄凄。"(52)日负影：太阳带着它的光影。偕：一同。没：隐没、消失。媚景：明媚可爱的光影。夕阳偕影一同隐去，月光弄影于云端。(53)凄声：犹言哀鸣。索：求。(54)悼：哀伤。当年：正当年，指壮年。之：步入。晚暮：迟暮，晚年。《楚辞·离骚》："惟草木之零落兮，恐美人之迟暮。"兹岁：今年。殚（dān）：尽。(55)宵梦：夜梦。

之:指美女。盖有“寤寐思服”之意。飘飖(yáo):飘荡恍惚。曹植《杂诗》:“转蓬离本根,飘飖随长风。” ㊺凭舟:乘船。棹:船桨。缘:攀缘。无攀:无可攀爬处。句谓“求之不得”而神思恍惚、不知所措貌。 ㊼毕、昴(mǎo):二星宿名。代指群星。盈:满。轩:窗户。 ㊽炯炯(jiǒng):心中不安宁。众念徘徊:谓各种念头萦绕心中。 ㊾摄带:束带,指穿衣。伺晨:等待天亮。繁霜:浓霜。素阶:白色的台阶。 ㊿鸡敛翅而未鸣:雄鸡司晨,未鸣言天未亮。笛流远以清哀:清扬哀婉的笛声不断传来。 ㉛妙密:美妙而细密。闲和:闲雅平和。寥亮:嘹亮,声音清越高远。向秀《思旧赋序》:“邻人有吹笛者,发声寥亮。”藏摧:摧藏,极度悲伤。《玉台新咏·古诗为焦仲卿妻作》:“未至二三里,摧藏马悲哀。”此四句乃炯炯不寐而穿衣早起之所见所闻。 ㉜意:料想,估计。测度词。夫人:所思慕之佳人。在兹:在此。托行云以送怀:托行云以寄送思慕情怀。《楚辞·思美人》:“愿寄言于浮云兮,遇丰隆而不将。”此二句乃由笛声而所想,思之深进而幻觉生,以为“托云”“送怀”。 ㉝奄冉:犹“荏苒”。形容时光逐渐推移。就过:即将逝去。 ㉞勤思:苦思。勤,愁苦。阻山:为山阻隔。带河:河如长带,一河相隔而不得相见。谓思佳人而徒然伤悲,且有山河阻隔,终不得期。 ㉟袪(qū)累:祛除负累。寄弱志于归波:将杂念付之东流。弱志,渊明盖以思佳人之念为弱志,即谓杂念。归波,归于东海之水。 ㊱尤:责怪,埋怨。《蔓草》:指《诗经·郑风》中的《野有蔓草》篇。《毛诗序》称“男女失时,思不期而会”。因私会于其时也不合礼。会:私会。渊明以思佳人为非,故曰“尤”。《邵南》:指《诗经》中《召南》一组诗。《诗大序》说:“《周南》、《召南》,

正始之道，王化之基。”皆有助教化之篇。余歌：即遗诗。 ㊲坦万虑：坦露各种情思。存诚：保持真诚之心。遥情：指恣肆不羁的思绪。八遐：八荒。八方极远处。后世钟嵘《诗品》：“言在耳目之内，情寄八荒之外。”

【品评】

这篇赋是抒写爱情之作。赋中抒写对一位品貌出众的美人的爱慕之情，表明作者对爱情的渴望与对美好生活的无限向往。对本文的旨意历来说法不一，有如苏轼以为其“正所谓‘国风好色而不淫’”，也有如钱钟书认为有助讽谏，也有人以香草美人的传统说法来求其政治理想，但现代学者大都持爱情说这一观点。观渊明诗集知其对政治的热情与执着远没有屈原强烈，所以也就无法以香草美人的传统政治寄托来推测渊明本文的政治理想。在渊明集中除了仅有的几篇中流露出自己曾经的济世之志外，更多的还是表现他强烈的享受人生、及时行乐的人生态度，即便是面对死亡也没有流露出他对死亡所谓的恐惧，相反他还不止一次的表达诸如“在世无所须，惟酒与长年”等自己对生活、对人生的留恋，因此若将此文解作对爱情甚或是对美好生活的向往是完全有理由的，毕竟诗人是在倡导真性情的时代大背景下生活的，他必然有着毫不掩饰的对爱情、对美好事物的追求。鲁迅对此文的评价就显得较为允当，他在《且介亭杂文二集·题未定草（六）》中说：“被论客赞赏着‘采菊东篱下，悠然见南山’的陶潜先生，在后人的心目中实在飘逸太久了，但在全集里，他却有时很摩登，‘愿在丝而为履，附素足以周旋，悲行止之有节，空委弃于床前’，竟想变身一摇，化为‘阿呀呀，我的爱人呀’的鞋子，虽然后来自说‘止于礼义’，未能进行到底，但那些胡思乱想的自白究竟是大胆的。”

诗人为了表达他强烈的感情，以丰富的想象把自己比作不同物象来表达自己的亲近、不愿有片刻分离的心情。赋中充分运用了赋所有的铺排、夸张、骈偶、辞藻华丽的特点，细致入微地刻画出诗人的心理。

归去来兮辞并序

余家贫，耕植不足以自给。幼稚盈室，[1]瓶无储粟，[2]生生所资，[3]未见其术。[4]亲故多劝余为长吏，[5]脱然有怀，[6]求之靡途。[7]会有四方之事，[8]诸侯以惠爱为德，[9]家叔以余贫苦，[10]遂见用于小邑，[11]于时风波未静，[12]心惮远役，[13]彭泽去家百里，[14]公田之利，[15]足以为酒，[16]故便求之。及少日，[17]眷然有归与之情。[18]何则？质性自然，非矫厉所得。[19]饥冻虽切，违己交病。[20]尝从人事，皆口腹自役。[21]于是怅然慷慨，深愧平生之志。犹望一稔，[22]当敛裳宵逝。[23]寻程氏妹丧于武昌，[24]情在骏奔，[25]自免去职。仲秋至冬，在官八十余日。因事顺心，命篇曰《归去来兮》。序乙巳岁十一月也。

归去来兮，田园将芜胡不归？[26]既自以心为形役，奚惆怅而独悲![27]悟已往之不谏,知来者之可追。[28]实迷途其未远,觉今是而昨非。[29]舟遥遥以轻飏,风飘飘而吹衣。[30]问征夫以前路,恨晨光之熹微。[31]乃瞻衡宇,[32]载欣载奔。僮仆欢迎,稚子候门。[33]三径就荒,松菊犹存。[34]携幼入室,有酒盈樽。引壶觞以自酌,眄庭柯以怡颜。[35]倚南窗以寄傲,审容膝之易安。[36]园日涉以成趣,门虽设而常关。[37]策扶老以流憩,时矫首而遐观。[38]云无心以出岫,鸟倦飞而知还。[39]景翳翳以将入,抚孤松而盘桓。[40]归去来兮,请息交以绝游。[41]世与我而相违,复驾言兮焉求?[42]悦亲戚之情话,[43]乐琴书以消忧。农人告余以春及,将有事于西畴。[44]或命巾车,或棹孤舟。[45]既窈窕以寻壑,亦崎岖而经丘。[46]木欣欣以向荣,泉涓涓而始流。[47]善万物之得时,感吾生之行休。[48]已矣乎!寓形宇内复几时,[49]曷不委心任去留?胡为乎遑遑欲何之?[50]富贵非我愿,帝乡不可期。[51]怀良辰以孤往,或植杖而耘耔。[52]登东皋以舒啸,临清流而赋诗。[53]聊乘化以归尽,乐夫天命复奚疑![54]

【注释】

①幼稚:幼儿。 ②瓶:瓦瓮,盛米的陶器。句本《东门行》:"盎中无斗米储。" ③生生所资:维持生计所需。前一个"生"为动词,使……生,后一个"生"为名词,生命。资,供给,帮助。④术:方法。此谓谋生之术。 ⑤长(zhǎng)吏:《汉书·百官公卿表》:"秩四百石至二百石,是为长吏;百石以下有斗食佐史之

秩，是为少吏。”此泛指做官。 ⑥脱然：详见《饮酒》（其十七）注②。有怀：起念做官。 ⑦求之靡途：求官无门。 ⑧会：适逢，正赶上。四方之事：奉命行役。 ⑨诸侯：西周、春秋时分封的各国国君。此盖具体指建威将军、江州刺史刘敬宣。惠爱：施爱于人。 ⑩家叔：指陶夔。 ⑪见：被。用：任用。邑：县。由下文知为彭泽县。 ⑫风波未静：战事未已，时局不定。 ⑬惮：惧怕。远役：指到远处做官。 ⑭彭泽：县名，在今江西彭泽西南。 ⑮公田：封建官府控制的土地，亦称官田。此指供俸禄的官地。利：收益。 ⑯足以为酒：足够酿酒之用。萧统《陶渊明传》：“公田悉令吏种秫，曰：‘吾尝得醉于酒足矣。’妻子固请种粳，乃使二顷五十亩种秫，五十亩种粳。”此举既消贫困，亦得酒资。 ⑰及：到，指到任。少日：不久。 ⑱眷然：顾念，依恋貌。曹植《离友》诗序：“王归振旅，送予于魏邦，心有眷然，为之陨涕。”归与之情：回家的念头。与，语助词，无义。 ⑲质性自然：禀性真率不矫饰。矫厉：造作勉强。谓自己本性真率自然，官场迎合之事不是自己勉强所能为的。 ⑳违己：违背意愿。交病：指身、心遭受痛楚。病，痛苦。 ㉑人事：指出仕为官。口腹自役：谓为口腹之需而驱使崇尚自然之心。役，役使，驱使。 ㉒一稔（rěn）：收获一次，即一年。稔，谷物成熟。 ㉓敛裳：指收拾行装。宵逝：指乘夜离去。 ㉔寻：不久。程氏妹：渊明同父异母的妹妹，嫁于程氏。详见《祭程氏妹文》。武昌：地名，在今湖北鄂州。 ㉕情在骏奔：喻心情急切。 ㉖芜：荒芜。胡不归：为何不归去。《诗经·邶风·式微》：“式微式微，胡不归？”胡，何。 ㉗心为形役：心志为形体驱使。即序文所言“尝从人事，皆口腹自役”。《吕氏春秋·本生》高诱注:“夫无为者不以身役物,有为者则以物役身。”奚:为何。 ㉘谏:挽回。追:补救。《论语·微子》:“楚狂接舆歌而过孔子曰:‘凤兮,凤兮,何德之衰!往者不可谏,来者犹可追。’” ㉙迷途其未远:《楚辞·离骚》:“回朕车以复路兮,及行迷之未远。”迷途,指出仕。今是而昨非:《庄子·寓言》:“庄子谓惠子曰:‘孔子行年六十而六十化,始时所是,卒而非之。未知今之所谓是之非五十九非也。’”以今日退隐为是,昨日出仕为非。㉚遥遥:同“摇摇”,轻舟摇动貌。轻飏(yáng):轻疾,谓船行轻快。飏,飞扬,飘扬。谓归田之情舒畅。 ㉛征夫:行人。熹微:天色微明,光未盛貌。问征夫、恨晨光皆言归去之情迫。 ㉜瞻:望见。衡宇:此指家中陋室。衡,同“横”。 ㉝稚子:幼子。 ㉞三径:小路。汉代赵岐《三辅决录》卷一:“蒋诩归乡里,荆棘塞门,舍中有三径,不出,唯求仲、羊仲从之游。”后因以“三径”指归隐后所住的田园。就荒:近于荒废。陋室虽简,居之诚可乐。 ㉟引:拿,取。眄(miǎn):斜眼看,此悠闲意。庭柯:院中树。怡颜:面容和悦。 ㊱寄傲:寄托傲世之情。陆云《逸民赋》:“眄清霄以寄傲兮,溯凌风而颓叹。”审:明白,深知。容膝:室仅容双膝。极言居室狭小。《文选》李善注引《韩诗外传》曰:“北郭先生妻曰:‘今结驷列骑,所安不过容膝;食方丈于前,所甘不过一肉。’”易安:安适,舒服。 ㊲涉:散步。谓日日散步园中,门虽设而常关,悠游其中不与外人接,心自远离俗事矣。 ㊳策:拄着。扶老:竹名,即扶竹,因其可为杖,故称杖为扶老。《山海经·中山经》:“龟山多扶竹。”郭象注:“邛竹也,高节实中,中杖也,名之扶老竹。”流憩:漫步休息。矫:举,抬起。遐观:远望。 ㊴“云无心”二句:写眼前所见之景,寓仕隐之感,昨日之仕犹无心出岫之云,今日之隐似倦飞知还之鸟。岫(xiù):山穴。 ㊵景:通“影”,指日光。翳翳:光线暗弱貌。盘桓:徘徊,逗留。曹植《洛神赋》:“怅盘桓而不能去。”此谓漫步园中,不知日落西山,依旧留恋其中,不忍离去。㊶息交、绝游:断绝世俗交往。息,止。 ㊷相违:与本愿相背逆。复:再,还。驾言:驾车外出,指交游。《诗经·邶风·泉水》:“驾言出游。” ㊸情话:知心话。 ㊹事:农事。西畴:西边的田地,泛指田地。 ㊺巾车:有帷的车。棹:船桨,划船之用。此为动词,驾,划。 ㊻窈窕:山道深远曲折貌。壑:山沟。崎岖:高低不平的样子。丘:丘陵,小山。 ㊼欣欣:草木茂盛。荣:茂盛。涓涓:细水慢流。《荀子·法行》:“涓涓源水,不壅不塞。” ㊽善:欣喜,羡慕。行休:年寿将终。 ㊾寓形:寄身,托身。意如“人生忽如寄”。宇内:人世间。 ㊿曷:何。委心:把心放下,即顺遂心意。遑遑:惊惶不安的样子。之:到,往。 51帝乡:指仙界。《庄子·天地》:“千岁厌世,去而上仙,乘彼白云,至于帝乡。” 52植杖而耘耔(zǐ):指隐居耕种。耘,除草。耔,培土护苗。《诗经·小雅·甫田》:“今适南亩,或耘或耔。” 53东皋:皋,水边高地。东,盖取春意。舒啸:放声长啸以抒情志。临:面对。清流:清澈的流水。 54聊:姑且。乘化:顺应自然变化。归尽:指死亡。乐夫天命:即安于天命安排。《易·系辞上》:“乐天知命,故不忧。”奚:何。

【品评】

辞序已署明作于“乙巳岁十一月”,即晋安帝义熙元年(405),

陶渊明41岁辞彭泽令归田之初所作。渊明自29岁初仕到这一年归隐，十三年的仕途坎坷，使他不仅饱尝了仕途的痛苦，而且也看透了官场的腐朽，所以在出仕与归隐的思想长期斗争之后，他最终还是选择了归隐的道路，并从此不再出仕。因此这篇辞无异于渊明终生归隐不仕的宣言。诗人开篇便点出其归去的原因，诗人质性自然，不受心为形役之苦，并深刻地认识到“今是而昨非”，从而决心归隐。文中诗人表现了归来时的舒畅心情，“舟遥遥以轻飏，风飘飘而吹衣”，可以想见诗人辞官归来路上的轻松愉快，任意飘荡的小船、随风飘飘的衣袂，都给他无比的欢欣，两个迭词的点缀，让我们觉得诗人恍如陶醉于仙境之中，心情的愉悦自不待言。而后两句中“问”与“恨”字，则又恰当地表现出诗人迫不及待的心情。之后作者设想了回家以后的生活，这里有“僮仆欢迎，稚子候门”的真情，也有“松菊犹存”的淡雅，“倚南窗以寄傲”的自足，还有“门虽设而常关”的安逸。诗人在本段描写中由居室到庭园及高处、远处，有情有景，情景交融，流露出在温馨宁谧中独得的一份悠然自得。而“云无心以出岫，鸟倦飞而知还”，正说明了自己出仕本是无心，既然厌倦官场亦当如鸟倦飞而还的心愿。此节作者着力写景，实则抒怀，营造出一个与官场截然相反的、悠然旷达、美妙和谐的境界。种种污浊的官场所没有的真情与自由在这里都一一得到满足，这也是诗人“请息交以绝游”的真正原因之一。另外诗人还在文中表现了躬耕之乐，是虚写，农人的真诚，忙于农事的充实，都让诗人由衷地感到满足。而“木欣欣以向荣，泉涓涓而始流”的感慨，由物及人，天地万物春来复苏，得时而繁荣，而诗人弃官归来，重新开始一种全新的任真适性的生活，亦如万物得时而荣，焕发出生命的光彩。诗人在最后抒发人生如寄的感想。人生短促，何不放下心来听凭生死，为什么要一心去苦苦追寻，令自己不得自由呢？作者一心向往的只是“怀良辰以孤往，或植杖而耘耔。登东皋以舒啸，临清流而赋诗”清新自然的生活，在良辰美景中独自出游，或躬耕劳作，在高岗上高声放歌，在清流旁纵情赋诗，尽情感受自然的清新惬意，直至生命的尽头，最后以“聊乘化以归尽，乐夫天命复奚疑”收束，表达了不慕富贵、委运自然的情怀。文中诗人没有自命清高，孤芳自赏，有的只是对归耕的热情与向往，还有对自我生存价值的充分肯定。文中多用比兴手法，借景物描写来寄托自己高远的情怀，语言朴素平淡，充满诗意。

卷之六　记传赞述

桃花源记并诗

晋太元中,[1]武陵人捕鱼为业,[2]缘溪行,[3]忘路之远近。忽逢桃花林,夹岸数百步,中无杂树,芳草鲜美,落英缤纷。[4]渔人甚异之。[5]复前行,欲穷其林。林尽水源,便得一山。山有小口,仿佛若有光,便舍船从口入。初极狭,才通人。[6]复行数十步,豁然开朗,[7]土地平旷,屋舍俨然。[8]有良田、美池、桑竹之属。[9]阡陌交通,[10]鸡犬相闻。[11]其中往来种作,男女衣着,悉如外人。[12]黄发垂髫,[13]并怡然自乐。见渔人,乃大惊,问所从来,具答之。[14]便要还家,[15]设酒杀鸡作食。[16]村中闻有此人,咸来问讯。[17]自云先世避秦时乱,[18]率妻子邑人,来此绝境,[19]不复出焉,遂与外人间隔。问今是何世,乃不知有汉,无论魏晋。[20]此人一一为具言所闻,皆叹惋。[21]余人各复延至其家,[22]皆出酒食。停数日,辞去。此中人语云:"不足为外人道也。"[23]既出,得其船,便扶向路,[24]处处志之。[25]及郡下,诣太守,[26]说如此。太守即遣人随其往,寻向所志,[27]遂迷,不复得路。南阳刘子骥,高尚士也,[28]闻之,欣然规往。[29]未果,寻病终。[30]后遂无问津者。[31]

嬴氏乱天纪,[32]贤者避其世。

黄绮之商山，伊人亦云逝。[33]
往迹浸复湮，[34]来径遂芜废。
相命肆农耕，日入从所憩。[35]
桑竹垂余荫，菽稷随时艺。[36]
春蚕收长丝，秋熟靡王税。
荒路暧交通，鸡犬互鸣吠。[37]
俎豆犹古法，[38]衣裳无新制。
童孺纵行歌，斑白欢游诣。[39]
草荣识节和，[40]木衰知风厉。[41]
虽无纪历志，[42]四时自成岁。[43]
怡然有余乐，于何劳智慧。[44]
奇踪隐五百，[45]一朝敞神界。[46]
淳薄既异源，[47]旋复还幽蔽。[48]
借问游方士，焉测尘嚣外。[49]
愿言蹑轻风，[50]高举寻吾契。[51]

【注释】

①太元：东晋孝武帝年号(376～396)，计21年。 ②武陵：郡名，郡治在今湖南常德。 ③缘：沿着。 ④落英：落花。缤纷：繁多貌。屈原《离骚》："佩缤纷其繁饰兮。" ⑤异：以之为异，惊奇。 ⑥才通人：仅容一个人通过。 ⑦豁然开朗：此谓由山入口处极狭隘幽暗而变为开阔明亮。 ⑧俨(yǎn)然：整齐貌。⑨属：类。贾谊《过秦论》："于是六国之士，有宁越、徐尚、苏秦、杜

赫之属为之谋。” ⑩阡陌：田间小路，南北为阡，东西为陌。曹操《短歌行》：“越陌度阡，枉用相存。”交通：互相通连。《玉台新咏·古诗为焦仲卿妻作》：“枝枝相覆盖，叶叶相交通。” ⑪鸡犬相闻：《老子》八十章：“邻国相望，鸡犬之声相闻，民至老死不相往来。” ⑫悉：都，全。外人：桃花源外之人。 ⑬黄发：指老人，老人头发白，白久则尽黄。《诗经·鲁颂·闷宫》：“黄发台背，寿胥与试。”郑玄笺：“黄发台背，皆寿征也。”垂髫（tiáo）：古时童子未冠而不束发，头发下垂，故以垂髫指儿童。潘岳《籍田赋》：“被褐振裾，垂髫总发。” ⑭具：同“俱”，全，都。 ⑮要（yāo）：通“邀”，邀请。 ⑯设酒：陈酒，置酒。 ⑰咸：都。问讯：询问，打听。 ⑱先世：先辈，祖先。 ⑲妻子：妻子和子女。邑人：同乡人。绝境：与世隔绝之境。 ⑳乃：竟然。无论：更不用说。 ㉑叹惋：嗟叹惋惜。盖源中人叹世事更迭。 ㉒延：邀请。 ㉓不足：不值得。为：向。道：说，讲。 ㉔扶：沿着。向路：前路，即来时之路。 ㉕志：名词动用，作标记。 ㉖郡：即武陵郡。诣（yì）：往见，拜见。 ㉗寻：寻找。向：先前。 ㉘南阳：郡名，秦置，在今河南省南阳市。刘子骥：名驎之，喜游山泽，志在存道，常采药名山中。桓冲请为长史，辞谢不就，隐居于阳岐。高尚士：志向高洁之人。 ㉙规：计划，打算。 ㉚寻：顷刻，不久。《玉台新咏·古诗为焦仲卿妻作》：“媒人去数日，寻遣丞请还。” ㉛问津：本为打听渡口，后指探问或尝试。《论语·微子》：“使子路问津焉。” ㉜嬴氏：指秦始皇。始皇姓嬴氏。天纪：上天的纲纪，借指国家法纪，此谓正常的社会政治秩序。 ㉝黄绮：夏黄公与绮里季。这里指商山四皓。详见《赠羊长史》注⑩。之：到，往。伊人：谓来桃花源之人。

逝：逃隐。谓此二者皆避秦时之乱而隐。 ㉞往迹：为避秦乱而前往桃花源的踪迹。浸：渐渐。湮：埋没，灭没。 ㉟"相命"二句：语本《击壤歌》："日出而作，日入而息。"相命：互相招呼。肆：致力。从：相随，结伴归来意。憩：休息。 ㊱菽：豆类的总称。稷：高粱。此以菽、稷代五谷。艺：种植。随时艺，谓按季节播种。 ㊲"荒路"二句：谓荒草掩路，难于辨认，鸡犬之声相闻。盖言路虽为荒草淹没，然境静而鸡犬之声愈显，此无乱世喧嚣，乃静心之地。 ㊳俎（zǔ）豆：祭祀的礼器。《论语·卫灵公》："俎豆之事尝闻之矣。"此指祭祀仪式。犹古法：仍然沿用古代的礼法。 ㊴斑白：亦作"颁白"。《孟子·梁惠王上》："颁白者不负戴于道路矣。"谓头发花白的老人。黑白相间曰斑。游诣：游玩。诣，往。 ㊵节和：节气和暖，指春天。 ㊶木衰：指草木凋零。厉：大，烈。此谓寒风凄紧，秋天至矣。 ㊷纪历志：即历书，以记四时节序变化。 ㊸四时自成岁：《庄子·则阳》："四时殊气，天不赐，故岁成。" ㊹余乐：不尽的欢乐。于何：在哪里。劳：劳苦。智慧：指心机，机巧。《老子》十八章："智慧出，有大伪。"此谓桃花源中，草荣识节和，木衰知风厉，虽无历书，四时天成，一切皆如上古任真自然、恬淡无为之风。 ㊺奇踪：即隐逸之踪，指桃花源。五百：自秦末至东晋五百多年。此其大概年数。 ㊻神界：神奇的世界。此叹桃花源中世界迥异于源外俗世，且近上古自然真纯之风，故叹此境曰"神"。 ㊼淳：桃花源中真纯之风。薄：俗世浮薄之尚。源：根源。 ㊽旋：旋即，立刻。幽蔽：深深地隐蔽。 ㊾游方士：游于方内之士，即世俗中人。《庄子·大宗师》："孔子曰：'彼，游方之外者也；而丘，游方之内者也。'"尘嚣：尘世。尘嚣外，喧嚣的尘世之外，指桃花源。此二句谓世俗中的人哪能窥知世外桃源之真情。 ⑩愿言：愿意。言，助词，无义。蹑轻风：乘轻风。蹑，蹈。 ⑪高举：高飞，此谓追慕先贤。契：契合。寻吾契，觅求与己同调之人。即指如桃花源中及“商山四皓”般的隐士。

【品评】

本文以虚构的方式，描绘了一个没有君主、没有剥削，自耕自食、自由平等的理想世界，这是渊明在现实痛苦之余探求人类美好未来的结晶，寄托了诗人对美好生活的追求。《桃花源记》一文是现实的，它不仅有着事件发生的具体的时间地点，还有“渔人”明确的职业身份，更甚至有名实可稽的刘子骥，这无一不是真实的现实社会的迹象，而“先世避秦时乱”，“乃不知有汉，无论魏晋”，言语交谈中更折射出现实社会纷争不断的影子；《桃花源记》又是浪漫的，它以唯美的方式尽情描写了这个与世隔绝的仙境，这里有淳朴自由的风俗，农人热情真诚的交往，也有阡陌交通、鸡犬相闻的宁谧，这个蒙着一层神秘虚幻色彩的仙境，激励人们追求自由幸福的美好生活。而这个虚幻的桃源仙境更成为中国人心中理想社会的代名词，成为历代文人真实的精神避难所，当他们遭受现实的打击时，总能从中寻到灵魂的抚慰与寄托，在芳草鲜美的桃花源里得到片刻的安宁。当他们厌倦官场时，同样喜欢高唱“怕有渔郎来问津”以绝意仕进，也总能在对摇曳多姿、充实美好的桃源生活的遥遥期盼中得到心灵的慰藉与满足。

序文大体从如下几方面来写，首先发现桃花源。“忽逢桃花林”,“忽逢”二字既点出桃花源的虚幻迷离,神秘飘忽,又形象地写出渔人意外遇见桃花源的惊喜。而“夹岸数百步,中无杂树,芳草鲜美,落英缤纷”四句,虽然只是在桃花源外围所见,但其境界自不凡,短短数语即给桃花源披上了迷人而又神秘的外衣。其次,写进入桃花源后的所见,桃花源中平旷的土地,俨然的房舍,良田、美池、桑竹,四处可闻的鸡鸣之声,一派“小国寡民”的田园气象。而尤为可贵的是“设酒杀鸡作食”,而且还“余人各复延至其家”的盛情款待,让渔人感受到人间久违了的古朴民风。而当谈起“先世避秦时乱,率妻子邑人,来此绝境,不复出焉”之后,我们才从诗人描绘的清美的仙境中醒悟过来,去进一步探求诗人的真实意想。原来,他们这些曾经厌倦了秦朝压榨剥削而逃至此处的源中人,在这里得到的是一方如此芳美的净土,而诗人自己此刻也同样厌倦着战乱频仍、纷争不休的生活,可自己又到哪里去寻求这样一方净土呢?正是这样一种留恋与不舍,使得渔人在离去时,虽然“此中人”一再叮嘱“不足为外人道也”,但还是背约而“处处志之”,这一背约的举止透露出渔人内心对此有多少迷恋,又有多少不得不离去时的失望伤感!结尾处,向以访名山而有名的刘子骥欣然规往,竟然“未果”。桃花源中人复又与世隔绝,给本就神秘的桃花源再次披上神秘的面纱。

渊明在序文中并没有明确表达出自己的向往之情,但在诗中,诗人在充分肯定了“俎豆犹古法”的古风犹存,以及“虽无纪历志,四时自成岁”的委运自然的生活之后,以“愿言蹑轻风,高举寻吾契”结束全诗,我们从中可以看出渊明对这种淳朴至真的生活的向往之情。

序文笔调流畅，描写优美逼真，使人读后如临其境，如闻其声，具有很强的艺术感染力。

晋故征西大将军长史孟府君传[1]

君讳嘉，字万年，江夏鄂人也。[2]曾祖父宗，以孝行称，仕吴司空。[3]祖父揖，元康中为庐陵太守。[4]宗葬武昌新阳县，[5]子孙家焉，[6]遂为县人也。君少失父，奉母二弟居。娶大司马长沙桓公陶侃第十女，[7]闺门孝友，[8]人无能间，[9]乡闾称之。冲默有远量。[10]弱冠，[11]俦类咸敬之。[12]同郡郭逊，以清操知命，时在君右，[13]常叹君温雅平旷，[14]自以为不及。逊从弟立，亦有才志，与君同时齐誉，每推服焉。由是名冠州里，声流京邑。太尉颍川庾亮，[15]以帝舅民望，[16]受分陕之重，[17]镇武昌，并领江州。辟君部庐陵从事。[18]下郡还，亮引见，[19]问风俗得失。对曰："嘉不知，还传当问从吏。[20]"亮以麈尾掩口而笑。[21]诸从事既去，唤弟翼语之曰：[22]"孟嘉故是盛德人也。"君既辞出外，自除吏名，便步归家；母在堂，兄弟共相欢乐，怡怡如也。[23]旬有余日，更版为劝学从事。[24]时亮崇修学校，高选儒官，以君望实，[25]故应尚德之举。[26]太傅河南褚裒，[27]简穆有器识，[28]时为豫章太守，出朝宗亮，[29]正旦大会，[30]州府人士，率多时彦，[31]君在坐次甚远。裒问亮："江州有孟嘉，其人何在？"亮云："在坐，卿但自觅。”裒历观，遂指君谓亮曰：“将无是耶？”[32]亮欣然而笑，喜裒之得君，奇君为裒之所得，乃益器焉。[33]举秀才，又为安西将军庾翼府功曹，[34]再为江州别驾、[35]巴丘令、[36]征西大将军谯国桓温参军。君色和而正，温甚重之。九月九日，温游龙山，[37]参佐毕集，四弟二甥咸在坐。时佐吏并著戎服，[38]有风吹君帽堕落，温目左右及宾客勿言，以观其举止。君初不自觉，良久如厕，[39]温命取以还之。廷尉太原孙盛，[40]为谘议参军，时在坐，温命纸笔令嘲之。文成示温，温以著坐处。君归，见嘲笑而请笔作答，了不容思。[41]文辞超卓，四座叹之。奉使京师，除尚书删定郎，[42]不拜。[43]孝宗穆皇帝闻其名，[44]赐见东堂，[45]君辞以脚疾，不任拜起，[46]诏使人扶入。君尝为刺史谢永别驾。永，会稽人，丧亡，君求赴义，[47]路由永兴。[48]高阳许询有隽才，[49]辞荣不仕，每纵心独往，客居县界。[50]尝乘船近行，适逢君过，叹曰：“都邑美士，吾尽识之，独不识此人。唯闻中州有孟嘉者，将非是乎？然亦何由来此？”使问君之从者。君谓其使曰：“本心相过，[51]今先赴义，寻还就君。[52]”及归，遂止信宿，[53]雅相知得，[54]有若旧交。还至，转从事中郎，俄迁长史。在朝隤然，[55]仗正顺而已。门无杂宾，尝会神情独得，[56]便超然命驾，径之龙山，[57]顾景酣宴，造夕乃归。[58]温从容谓君曰：“人不可无势，我乃能驾御卿。”后以疾终于家，年五十一。始自总发，[59]至于知命，行不苟合，言无夸矜，[60]未尝有喜愠之容。好酣饮，逾多不乱。至于任怀得意，融然远寄，[61]傍若无人。温尝问君：

"酒有何好,而卿嗜之?"君笑而答曰:"明公但不得酒中趣尔。"[62]又问听妓,[63]丝不如竹,竹不如肉,[64]答曰:"渐近自然。"[65]中散大夫桂阳罗含赋之曰:[66]"孟生善酣,不愆其意。"[67]光禄大夫南阳刘耽,[68]昔与君同在温府,渊明从父太常夔尝问耽:"君若在,当已作公不?"[69]答云:"此本是三司人。[70]"为时所重如此。渊明先亲,君之第四女也。《凯风》寒泉之思,[71]实钟厥心。[72]谨按采行事,[73]撰为此传。惧或乖谬,[74]有亏大雅君子之德,所以战战兢兢,若履深薄云尔。[75]赞曰:

孔子称:"进德修业,以及时也。"[76]君清蹈衡门,[77]则令闻孔昭,[78]振缨公朝,[79]则德音允集。[80]道悠运促,[81]不终远业,[82]惜哉!仁者必寿,[83]岂斯言之谬乎!

【注释】

①征西大将军:指桓温。桓温,字元子,谯国(今安徽怀远)人,晋明帝时为征西大将军。长史:官职名,总理幕府。孟府君:指孟嘉。汉魏时尊称太守为府君。 ②江夏:郡名,郡治在今湖北安陆。鄂:江夏郡下属的县,在今湖北武昌。 ③吴:三国时吴国。司空:古代官职名,西周始设,掌管工程。后世用作工部尚书的别称。 ④元康:晋惠帝司马衷年号(291～299)。庐陵:郡名,治所在今江西吉水东北。 ⑤武昌:晋时郡名。新阳县:据《世说新语》注当作"阳新县",三国时吴所置。《晋书·地理志》武昌郡下有阳新县,在今湖北省东南部。 ⑥家焉:安家于此。焉,代指

阳新。 ⑦陶侃:字士行,渊明曾祖父,东晋明帝时以功封长沙郡公。死后追赠大司马,谥曰桓,《晋书》有传。 ⑧闺(guī)门:古代指内室的门,因以谓家中。《礼记·乐记》:“在闺门之内,父子兄弟同听之,则莫不和亲。”孝友:孝敬长辈,友于兄弟。《诗经·小雅·六月》:“侯谁在矣,张仲孝友。”毛传:“善父母为孝,善兄弟为友。” ⑨间:离间,使关系疏远。 ⑩冲默:襟怀淡泊,语言简默。远量:气量宏阔。 ⑪弱冠:指20岁。古人20岁行冠礼,以示成年,但体犹未壮,故称“弱冠”。《礼记·曲礼上》:“二十曰弱,冠。”又孔颖达正义:“二十成人,初加冠,体犹未壮,故曰弱也。” ⑫俦类:同辈之人。 ⑬命:同“名”。右:上。古人以右为上。《史记·廉颇蔺相如列传》:“位在廉颇之右。” ⑭温雅:温文尔雅。平旷:平易旷达。 ⑮太尉:全国的最高军事长官。颍川:郡名,晋颍川治许昌,今河南许昌。庾亮:东晋外戚,大臣。字元规,颍川鄢陵(今河南鄢陵北)人。晋元帝为镇东大将军时任西曹掾,颇受器重。后以亮妹为皇太子(晋明帝)妃,庾亮侍讲东宫,与太子交好。明帝即位,任中书监。太宁三年(325)明帝卒,庾亮为中书令,与王导共辅6岁太子司马衍(晋成帝)继位,庾太后临朝,政事决断于亮。死后谥号文康,追赠太尉。 ⑯帝舅:庾亮为晋明帝皇后之兄,成帝即位,他便是皇帝的舅父。民望:指在国内的声望。 ⑰分陕之重:指辅佐皇室重任。相传周成王时,周公召公分陕而治,周公主治陕之东,召公主治陕之西。后称为朝廷承担重任为分陕之重。陕,地名,今陕西陕县。 ⑱辟:征召。部:分管。从事:官名,汉代以后三公及州郡长官皆自辟僚属,多以从事为称,如从事史、下曹从事等。即分管庐陵郡之从事史。

⑲引见：召见。 ⑳传(chuán)：传舍，客舍。从吏：跟随官僚办事的小吏。 ㉑麈(zhǔ)尾：拂尘，以麈的尾毛制成，魏晋人清谈时常持之。麈：兽名，《埤雅·释兽》："似鹿而大，其尾辟尘。" ㉒翼：庾翼，字稚恭，庾亮之弟。《晋书》有传。 ㉓怡怡(yí)：和悦貌。《论语·子路》："朋友切切偲偲，兄弟怡怡。"后指兄弟间的友爱情谊。曹植《求存问亲戚疏》："叙骨肉之欢恩，全怡怡之笃义。"如：然。 ㉔更：更换，改。版：笏版，引申称授官为版。 ㉕望实：名望与实才。 ㉖应：适合。尚德：重视道德修养。举：荐举。谓孟嘉以名望与才学称教育之职。 ㉗太傅：官名，辅佐君主或辅导太子的官。褚裒(póu)：字季野，河南人。女为晋康帝皇后。历任豫章太守、建威将军、江州刺史等职。 ㉘简穆：简淡静默。穆，通"默"，沉默，静默。东方朔《非有先生论》："于是吴王穆然。"李善注："穆犹默，静思貌也。"器识：才能识见，指品评赏鉴人物的才能，此乃魏晋时期品评人物之语。 ㉙出朝宗亮：指朝见庾亮。朝宗：诸侯或地方官吏朝见天子。《周礼·大宗伯》："春见曰朝，夏见曰宗。"此为拜见意。 ㉚正旦：正月初一。大会：盛会。 ㉛率多：大多。时彦：当时的杰出之士。彦：俊彦，才能出众之士。《尚书·太甲上》："旁求俊彦。"孔安国传："美士曰彦。" ㉜将无：莫不是。 ㉝益器：更加器重。 ㉞功曹：官名，汉代郡守以下设功曹吏，简称功曹。职务相当于郡守的总务长，除掌管人事外，并得与闻一郡的政务。 ㉟别驾：州刺史的佐吏。魏晋诸州置别驾，总理众务，职权甚重，有"居刺史之半"之称。 ㊱巴丘：在今江西峡江北。 ㊲龙山：在今湖北江陵西北。 ㊳著：穿着。戎服：军装。 ㊴如：往，去。 ㊵廷尉：官名，掌刑狱。孙

盛:字安国,太原人,著有《魏氏春秋》、《晋阳秋》等。《隋书·经籍志》著录有晋秘书监孙盛集五卷。 ㊶了不容思:不假思考,信手写来。 ㊷除:授职。《史记·武安侯列传》:“上乃曰:君除吏已尽未?吾亦欲除吏。”注:“凡言除者,除去故官就新官。”尚书删定郎:官名。 ㊸不拜:不接受任命,不受官职。 ㊹孝宗穆皇帝:晋穆帝司马聃,庙号孝宗,谥为穆。 ㊺东堂:晋宫的正殿。㊻不任拜起:不胜任拜见之礼节。 ㊼赴义:指前往吊丧。凶事曰赴。杜预《春秋左氏传序》:“赴告策书。”释文:“崩薨曰赴。”㊽由:经由,经过。永兴:县名,在今浙江萧山,东晋时隶属会稽。㊾高阳:今河北蠡县一带。许询:《世说新语·言语》刘孝标注引《续晋阳秋》:“许询字玄度,高阳人,魏中领军允玄孙。总角秀惠,众称神童,长而风情简素,司徒掾辟,不就,蚤卒。”隽:通“俊”,才俊。 ㊿客居县界:旅居永兴县境内。许嵩《建康实录》卷八:“询幼冲灵,好泉石,清风朗月,举酒永怀。中宗闻而征为议郎,辞不受职,遂托迹居永兴。” (51)本心:本想,本打算。过:拜访,探问。(52)寻:不久。就:接近,此指拜访。 (53)止:止息,逗留。信宿:连宿两夜。《诗经·豳风·九罭》:“公归不复,于女信宿。”毛传:“再宿曰信;宿,犹处也。” (54)雅:很,甚。相知得:谓彼此情意相投。(55)朝:指州府。隤(tuí)然:柔和貌。 (56)会:遇,适逢。神情独得:指内心独特体悟。 (57)之:到,前往。《史记·陈涉世家》:“辍耕之垄上。” (58)谓孟嘉每有神会处,辄驾车之龙山,顾影酣饮,兴尽而归。景:同“影”,指自己的身影。酣宴:酣饮。宴,宴饮。造夕:到晚上。造,往,到。《周礼·地官·司门》:“凡四方之宾客造焉。” (59)总发:亦作“总角”,指儿童时代。《诗经·卫风·氓》:

"总角之宴,言笑晏晏。"下句"知命",指五十岁。《论语·为政》:"五十而知天命。" ⑥0夸矜:矜夸,夸耀,炫耀。《汉书·地理志下》:"太原上党又多晋公族子孙,以诈力相倾,矜夸功名。"矜,自以为贤能。 ⑥1融然:和乐,恬适貌。《晋书·陶潜传》:"每一醉则大适融然。"远寄:情寄世外,不与世俗。 ⑥2明公:对有名位者的尊称。 ⑥3听妓:听歌妓演唱。妓,古代歌女或舞女。 ⑥4丝:指弦乐器。竹:指管乐器。肉:指从口发出的歌声,与乐器相对而言。 ⑥5渐近自然:因丝、竹乐器皆有人为之迹,未若歌喉天然之音,故曰"渐近自然"。 ⑥6中散大夫:官职名。罗含:字君章,桂阳耒阳(今属湖南)人。尝任州主簿、桓温征西参军等职。 ⑥7不愆(qiān)其意:谓酒虽多,然内心不乱而无过失。愆,过失,罪过。 ⑥8光禄大夫:官职名。南阳:今河南南阳。刘耽:字敬道,南阳人。为桓玄之岳父,尝官尚书令。 ⑥9公:指三公(司空、司马、司徒),又称三司,《韩诗外传》:"三公者何?曰司空、司马、司徒也。司马主天,司空主土,司徒主人。"作公,指做三公一类的高官。 ⑦0本是:本来应当是。三司人:三司中人。三司即三公。 ⑦1《凯风》寒泉之思:指对母亲的思念之情。凯风:谓母恩。《诗经·邶风·凯风》:"凯风自南,吹彼棘心。棘心夭夭,母氏劬劳。""爰有寒泉,在浚之下。有子七人,母氏劳苦。" ⑦2钟:汇聚,集中。厥:其。 ⑦3按:审察,查究。采:搜集。行事:事迹。谓考查搜罗孟嘉之事迹,进而撰成此传。 ⑦4乖谬:违逆,不合常理。 ⑦5若履深薄:《诗经·小雅·小旻》:"战战兢兢,如临深渊,如履薄冰。" ⑦6进德修业,以及时也:《易·乾卦·文言》:"君子进德修业,欲及时也。"及时,以待时用。 ⑦7清蹈衡门:谓隐居横门之下。横门,陋室。⑱令闻:美名。孔昭:很显著。孔,很,甚。谓虽隐居不出却美名远扬。⑲振缨公朝:指出仕为官。振缨,振拂冠缨,即戴官帽出仕。⑳德音:《诗经·豳风·狼跋》:"德音不暇。"朱熹注:"德音,犹令闻也。"允:诚信。㉑道悠运促:天道悠远,人命短促。㉒远业:大业。㉓仁者必寿:《论语·雍也》:"知者乐,仁者寿。"

【品评】

此文是陶渊明为其已故外祖父孟嘉写的一篇传记。虽为传记,但又不同于一般传记按照传主生平事迹来写、着重表现他人生功绩的传统写法,而是从孟嘉生平的几个阶段着墨,着重表现其冲默有远量、温雅平旷、文辞超卓、未尝有喜愠之容、任怀适意的气质个性,以及他身在官场能坚守"行不苟合,言无夸矜"的清操美德。本篇传记对传主的清操美德给予高度评价,"至于任怀得意,融然远寄"的情怀实是渊明所仰慕的,桓温问孟嘉听妓,嘉答曰"渐近自然"的性情同样也是诗人所追求的,从这些不经意的笔墨中不难看出渊明在表现孟嘉操守品行时所流露出的爱好趣向。

五柳先生传

先生不知何许人也,亦不详其姓字。宅边有五柳树,因以为号焉。闲靖少言,[1]不慕荣利。好读书,不求甚解。[②]每有会意，[③]便欣然忘食。性嗜酒，家贫不能常得，亲旧知其如此，或置酒而招之。[④]造饮辄尽，[⑤]期在必醉。既醉而退，曾不吝情去留。[⑥]环堵萧然，[⑦]不蔽风日。短褐穿结，[⑧]箪瓢屡空，[⑨]晏如也。[⑩]常著文章自娱，颇示己志。忘怀得失，以此自终。赞曰：

黔娄之妻有言："不戚戚于贫贱，不汲汲于富贵。"[⑪]极其言，兹若人之俦乎？[⑫]酣觞赋诗，以乐其志。无怀氏之民欤？葛天氏之民欤？[⑬]

【注释】

①闲靖：即闲静，安闲宁静。《淮南子·本经训》："质真而素朴，闲静而不躁。" ②不求甚解：指读书只领会要旨，不拘执于字句之义。 ③会意：会心，领会含义。 ④亲旧：亲朋故旧。置：备。之：指五柳先生。 ⑤造：往，到。辄：就，总是。尽：指尽兴。⑥曾：乃。不吝情去留：谓不以去留为意。不吝情，不在意。⑦环堵萧然：室内空无所有。环堵，四周环着土墙。谓狭小、简陋的居室。《庄子·庚桑楚》："吾闻至人，尸居环堵之室。"成玄英疏："四面环各一堵，谓之环堵也，所谓方丈室也。"萧然，空荡无物。 ⑧褐：粗布衣。穿结：衣服上的破洞与补缀连结。 ⑨箪瓢屡空：谓贫穷。《论语·雍也》："一箪食，一瓢饮，在陋巷，人不堪其忧，回也不改其乐。贤哉，回也。"又《论语·先进》："子曰：回也其庶乎，屡空。" ⑩晏如：详见《始作镇军参军经曲阿作》注③。⑪戚戚：忧惧貌。汲汲：急切追求貌。《列女传》："鲁黔娄先生死，曾子与门人往吊焉。曰何以为谥？其妻曰：以康为谥。昔先王尝

赐之粟三十钟，先生辞而不受，是其余富也；君尝欲授之以国相，先生辞而弗为，是其余贵也。彼先生者，甘天下之淡味，安天下之卑位；不戚戚于贫贱，不忻忻于富贵；求仁而得仁，求义而得义，其谥为康不亦宜乎？”又《汉书·扬雄传》：“不汲汲于富贵，不戚戚于贫贱。” ⑫极：穷、尽。兹：指五柳先生。若人：指黔娄。俦：类，辈。 ⑬无怀氏、葛天氏：传说中上古盛世的帝王。言五柳先生淳真质朴的品行，似乎是上古无怀氏、葛天氏时代的人。

【品评】

本文是作者托言为五柳先生写的传记，实为自传，沈约《宋书·隐逸传》和萧统的《陶渊明传》都认为是“实录”。文章从居住环境、思想性格、爱好、生活状况等方面塑造了一位傲然不群的隐士形象，赞美了他固贫乐道的精神。

文章以“先生不知何许人也”，而因“宅边有五柳”得名开篇之后，用寥寥数语点出了他“闲靖少言，不慕荣利”的隐者形象，在“好读书，不求甚解”中的胸襟开阔、意存高远；在“性嗜酒”、“期在必醉”中的率真放达；“环堵萧然”、“晏如也”的安贫乐道；“常著文章自娱”、“忘怀得失”的淡泊名利、任真自适。凡此种种，简淡的笔墨中为我们描绘出“先生”的闲适自得。而文中最显著的特点是九个“不”字的使用，正如钱钟书所说：“‘不’字为一篇眼目。”“岂作自传而并不晓己之姓名籍贯哉？正激于世之卖声名、夸门第者而破除之尔。”（《钱钟书论〈五柳先生传〉》）而王夫之在《思问录》中评论“不慕荣利”、“不求甚解”、“家贫不能常得”、“曾不吝情去留”、“不蔽风日”、“不戚戚于贫贱，不汲汲于富贵”等数句时说：

“言无者，激于言有者而破除之也。”“不”字以一种坚定的语气突出自己与世俗的格格不入，突出了他对高洁志趣和人格的坚持，也是对种种追名逐利、矫揉造作之风的坚决否定。

读史述九章

余读《史记》，有所感而述之。

夷　齐

二子让国，① 相将海隅。②

天人革命，③ 绝景穷居。④

采薇高歌，⑤ 慨想黄虞。⑥

贞风凌俗，⑦ 爰感懦夫。⑧

【注释】

①二子：指伯夷，叔齐。让国：互让君位。详见《饮酒二十首》(其二)注①。　②相将：相偕，一起。海隅：北海之滨。《孟子·万章下》伯夷“当纣之时，居北海之滨，以待天下清也”。又《孟子·离娄上》：“伯夷辟纣，居北海之滨，闻文王作，兴曰：‘盍归乎来！吾闻西伯善养老者。’”　③天人革命：指武王伐纣。《易·革卦·象辞》：“汤武革命，顺乎天而应乎人。”　④绝景：隐匿行迹，指隐居。景，通“影”。穷居：居于僻远之处。　⑤采薇高歌：指伯夷、叔齐事。薇，即大巢菜，嫩苗称巢芽，可作蔬菜。　⑥黄虞：黄

帝和虞舜。 ⑦凌:逾越,超越。 ⑧爰感懦夫:《孟子·万章下》:“故闻伯夷之风者,顽夫廉,懦夫有立志。”

【品评】

本文各章都是用四言韵语写成,是渊明读《史记》时有感而作的,此文大约作于宋永初元年(420)。既是有感而作,自然要写出自己的感想,组诗正是通过对历史人物的叙述与评论,来表达自己的思想,抒发自己的怀抱。

本章评述伯夷、叔齐“义不食周粟”,隐于首阳山采薇而食之,最终饿死西山的故事,颂扬他们坚贞超俗的品格。

箕 子①

去乡之感,② 犹有迟迟。③
矧伊代谢, 触物皆非。④
哀哀箕子, 云胡能夷!⑤
狡童之歌,⑥ 凄矣其悲。

【注释】

①箕子:《史记·殷本纪》:纣王“剖比干,观其心。箕子惧,乃佯狂为奴,纣又囚之”。后周武王灭纣,乃释“箕子之囚”。 ②去乡:去国离乡。 ③迟迟:因依恋不舍而行进迟缓貌。 ④矧(shěn):况且,何况。伊:语助词,无意义。代谢:朝代更迭。触物皆非:犹物是人非。谓因朝代更迭而物事皆异于往昔。 ⑤胡:如何。夷:平。谓箕子之哀,何以能平。 ⑥狡童之歌:指箕子所

作《麦秀》之诗。《史记·宋微子世家》:“其后箕子朝周,过故殷墟,感宫室毁坏,生禾黍,箕子伤之。欲哭则不可,欲泣为其近妇人,乃作《麦秀》之诗以歌咏之。其诗曰:‘麦秀渐渐兮,禾黍油油。彼狡童兮,不与我好兮!’所谓狡童者,纣也。殷民闻之,皆为流涕。”

【品评】

这一章评述箕子遭商纣之囚,后武王释之而事周,过殷墟而伤之的故事,表现他的改朝换代之哀。而诗人此时亦处在晋宋易代之际,于此盖有戚戚之感,故而为文以志之。

管　鲍①

知人未易,　相知实难。
淡美初交,②　利乖岁寒。③
管生称心,　鲍叔必安。④
奇情双亮,⑤　令名俱完。⑥

【注释】

①管鲍:指管仲、鲍叔牙。《史记·管晏列传》:管仲“少时常与鲍叔牙游,鲍叔知其贤。管仲贫困,常欺鲍叔,鲍叔终善遇之,不以为言”。管仲曾言,起初我与鲍叔牙做生意,常给自己多分利。鲍叔知道我有老母,因而贫困,不认为我贪婪。我曾为鲍叔谋事而不成功,他不认为我愚蠢,知时不利。我曾三仕三退,他不以我为不肖,知我不遇时。三战三走,不以我为怯,知我有老母。

生我者父母，知我者鲍子。后鲍叔力荐管仲而以身下之，“天下不多管仲之贤而多鲍叔能知人也”。②淡美初交：君子结交，以淡泊为美。《礼记·表记》：“故君子之接如水，小人之接如醴。君子淡以成，小人甘以坏。”③利乖岁寒：在困难之际因利益冲突而交情断绝。乖，违逆冲突。岁寒，喻指艰难时节。《论语·子罕》：“岁寒，然后知松柏之后凋也。”④“管生”二句：《史记·管晏列传》：“鲍叔既进管仲，以身下之。子孙世禄于齐，有封邑者十余世，常为名大夫。”称心，成就功名之意。⑤奇情：不同寻常的友情。双亮：交相辉映。⑥令名：美名。完：至美。

【品评】

这一章述评管仲与鲍叔牙，赞美二人相互知心、亲密无间的友情，以此慨叹人情淡薄。

程　杵[1]

遗生良难，[2]　士为知己。[3]
望义如归，　允伊二子。[4]
程生挥剑，[5]　惧兹余耻。[6]
令德永闻，[7]　百代见纪。[8]

【注释】

①程杵：即程婴与公孙杵臼，二人皆春秋时晋国人。据《史记·赵世家》：程杵二人为赵朔之友。赵朔为屠岸贾所杀，并被灭族。赵朔妻遗腹生一儿，屠岸贾仍准备加害。程与公孙设计，由

公孙抱别人的婴儿隐藏于山中，而由程去屠岸贾处告发。由此救出赵氏孤儿。公孙杵臼被杀。后程婴抚养赵朔遗孤成人，即赵武。后，武攻屠岸贾，卒灭之。程婴亦自刭，以谢公孙之大义。②遗生：舍弃生命。遗，弃。良：的确。 ③士为知己：《战国策·赵策一》："士为知己者死，女为悦己者容。"谓以死报知遇之恩。④望义如归：为义而视死如归。允：诚然，的确。意谓为知己而死视死如归者，的确如此二人。 ⑤程生挥剑：指程婴挥剑自刭以谢公孙之事。 ⑥惧兹余耻：谓程婴若不自刭则将辜负公孙大义，自己亦将备受耻辱。 ⑦令德：美德。 ⑧百代：虚指。谓数百年之后人们依旧会记得二人的大义。

【品评】

本章述评程婴与公孙杵臼，颂扬他们士为知己者死的义举。而渊明在《拟古九首》（其一）有"兰枯柳亦衰，遂令此言负。多谢诸少年，相知不忠厚"之句，可见诗人对世间"相知不忠厚"的陋习是早有体会的，故而在此篇中再次赞扬赵朔、程婴与公孙杵臼誓死不相违的知己情谊。

七十二弟子①

恂恂舞雩，② 莫曰匪贤。③
俱映日月，④ 共餐至言。⑤
恸由才难，⑥ 感为情牵。⑦
回也早夭，⑧ 赐独长年。⑨

【注释】

①《史记·孔子世家》:"孔子以诗书礼乐教,弟子盖三千焉,身通六艺者七十有二人。" ②恂恂(xún):谦恭谨慎的样子。《汉书·李广苏建传》:"李将军恂恂如鄙人,口不能出辞。"舞雩(yú):古人求雨之祭曰"雩祭",因有乐舞,故曰"舞雩"。亦指舞雩之处,即祭坛,在曲阜东南。《论语·先进》:"(点)曰:'莫春之初,春服既成,冠者五六人,童子六七人,浴乎沂,风乎舞雩,咏而归。'夫子喟然叹曰:'吾与点也。'"朱熹注:"舞雩,祭天祷雨之处,有坛墠树木也。"此谓众弟子从学于孔子。 ③莫曰匪贤:无一不是贤人。匪同"非"。 ④俱映日月:谓孔门七十二贤,其德行可与日月交辉。 ⑤餐:食,此指聆听,领会。意谓一起领会孔子至理名言,聆听教诲。 ⑥恸由才难:指颜渊不幸早亡之事。《论语·先进》:"颜渊死,子哭之恸。从者曰:'子恸矣。'曰:'有恸乎? 非夫人之为恸,而谁为?'" ⑦感为情牵:是说孔子的感情总为弟子挂念、担忧。 ⑧回也早夭:回,指颜回。《史记·仲尼弟子列传》:"回年二十九,发尽白,蚤死。孔子哭之恸,曰:'自吾有回,门人益亲。'鲁哀公问:'弟子孰为好学?'孔子对曰:'有颜回者好学,不迁怒,不贰过。不幸短命死矣,今也则亡。'" ⑨赐:端木赐,字子贡,少孔子31岁。长年:长寿。《史记·仲尼弟子列传》:子贡"常相鲁、卫,家累千金,卒终于齐"。

【品评】

这一章述评孔子七十二弟子,赞扬他们高尚的人品道德。

屈　贾[1]

进德修业，　将以及时。

如彼稷契，　孰不愿之?[2]

嗟乎二贤，　逢世多疑。[3]

候詹写志，[4] 感鹏献辞。[5]

【注释】

①屈原(前339? ～前278?),名平,战国末期楚国丹阳(今湖北秭归)人,楚武王熊通之子屈瑕的后代,杰出的政治家和爱国诗人。屈原一生经历了楚威王、楚怀王、楚襄王三个时期,而主要活动于楚怀王时期。屈原因出身贵族,又明于治乱,娴于辞令,故而早年深受楚怀王的宠信,位为左徒、三闾大夫。屈原为实现楚国的统一大业,对内积极辅佐怀王变法图强,对外坚决主张联齐抗秦,使楚国一度出现了一个国富兵强、威震诸侯的局面。但是由于楚国在内政外交上听信奸佞谗言,国势衰颓,屈原亦遭诬陷而被放逐。顷襄王时再遭谗毁,贬谪江南。顷襄王二十一年(前278)自投汨罗江而死。传世有《离骚》、《九歌》、《九章》、《天问》等作品。贾谊(前200～前168),洛阳(今属河南)人,西汉初期著名的政治家和辞赋家。因年少有才,被汉文帝召为博士,不久升为太中大夫,受到汉文帝重用。但却遭到朝廷权贵的谗言诽谤,贬为长沙王太傅。后来被召回朝廷,为梁王太傅。梁王坠马身亡,贾谊自认为没有尽到太傅的责任,抑郁而死,年仅33岁。今存赋作5篇。二人事见《史记·屈原贾生列传》。　②稷(jì):即后稷,主农事,教民播种百谷。契(xiè):传说中商族始祖帝喾的儿子,

虞舜之臣。舜时助禹治水有功，任为司徒，主人事，教民以人伦道德。二人事见《史记·五帝本纪》。句谓谁人不愿在稷契清明之世。 ③疑：猜忌，即不被信任。《史记·屈原贾生列传》："信而见疑，忠而被谤，能无怨乎？" ④候詹写志：候，占验。《淮南子·兵略训》："望气候星。"詹，郑詹尹。《楚辞·卜居》："屈原既放，三年不得复见……往见太卜郑詹尹曰：'余有所疑，愿因先生决之。'詹尹乃端策拂龟。" ⑤感鵩（fú）献辞：指贾谊作《鵩鸟赋》。是说贾谊有感于鵩鸟飞到舍间而写下《鵩鸟赋》以自伤悼。《史记·屈原贾生列传》："贾生为长沙王太傅三年，有鸮飞入贾生舍，止于坐隅。楚人命鸮曰'鵩'。贾生既以谪居长沙，长沙卑湿，自以为寿不得长，伤悼之，乃赋以自广。"

【品评】

这一章述评屈原和贾谊，二人皆"逢世多疑"而不被重用，诗人在本章中既颂扬他们的德业，又对他们因小人当道而不遇于时的遭遇而感慨。

韩 非①

丰狐隐穴， 以文自残。②
君子失时， 白首抱关。③
巧行居灾，④ 忮辩召患。⑤
哀矣韩生， 竟死《说难》。⑥

【注释】

①韩非：也称韩非子（约前 280～前 233），战国末期韩国人（今河南禹州），韩王室诸公子之一。《史记·老子韩非列传》载，韩非精于"刑名法术之学"，与秦相李斯都是荀子学生。韩非因为口吃而不擅言语，但文章出众，虽李斯亦自叹弗如。秦王见其书欲得其人，因急攻韩，韩王乃遣非使秦。后为秦臣李斯、姚贾陷害下狱，被迫自杀。他的著作很多，尝作《孤愤》、《五蠹》、《内外储》、《说难》等篇，十余万言，即今传《韩非子》20 卷。 ②丰狐隐穴：大狐狸隐藏于山穴之中。《庄子·山木》："夫丰狐文豹，栖于山林，伏于岩穴，静也；夜行昼居，戒也；虽饥渴隐约，犹且胥疏于江湖之上而求食焉，定也；然且不免于网罗机辟之患。是何罪之有哉？其皮为之灾也。"丰狐即大狐。以文自残：言丰狐以美丽的花纹而招致祸患。文，狐皮上美丽的花纹。《韩非子·喻老》："翟人有献丰狐玄豹之皮于晋文公。文公受客皮而叹曰：'此以皮之美自为罪。'"渊明以此谓韩非以才华出众而为己招致祸患。 ③"君子"二句：谓君子一旦失去机遇，只得屈居人下。抱关：守门的小吏，所以击木以警夜者，喻地位卑微。 ④巧行：机巧的行为。居灾：处祸。 ⑤伎辩：巧辩。召患：招致祸患。 ⑥竟死《说难》：《史记·老子韩非列传》："然韩非知说之难，为《说难》书甚具，终死于秦，不能自脱。"谓韩非虽知说之难，然已终未免于说难。

【品评】

这一章述评韩非，韩非虽"知说之难，为《说难》书甚具，终死于秦，不能自脱"的事实使诗人感叹其"君子失时，白首抱关"的可悲命运。

鲁二儒[①]

易大随时， 迷变则愚。[②]

介介若人，[③] 特为贞夫。[④]

德不百年， 污我诗书。[⑤]

逝然不顾，[⑥] 被褐幽居。

【注释】

①《史记·刘敬叔孙通列传》：汉高祖刘邦初定天下，叔孙通提议召鲁诸生“与臣弟子共起朝仪”。“于是叔孙通使征鲁诸生三十余人。鲁有两生不肯行，曰：‘公所事者且十主，皆面谀以得亲贵。今天下初定，死者未葬，伤者未起，又欲起礼乐。礼乐所由起，积德百年而后可兴也。吾不忍为公所为。公所为不合古，吾不行。公往矣，无污我！’叔孙通笑曰：‘若真鄙儒也，不知时变。’” ②易大随时：《易经》最为重视“变”，诸变随时，不可拘泥。此有时移世易之意。迷变：迷于变化，即不知变化。此二句即叔孙通“若真鄙儒也，不知时变”语。 ③介介：耿直孤高，临事不苟作。若人：指鲁二儒。 ④特：出众，卓异。《诗经·秦风·黄鸟》：“维此奄息，百夫之特。”贞夫：忠直的人。 ⑤德不百年，污我诗书：即鲁二儒所言：“礼乐所由起，积德百年而后可兴也。吾不忍为公所为。公所为不合古，吾不行。公往矣，无污我！”诗书，代指礼乐制度。⑥逝：通“誓”，决意，决绝。不顾：不应叔孙通之召。

【品评】

本章述评西汉初鲁地的两位儒生不与叔孙通"弟子共起朝仪"的行为,赞美他们耿介孤高、不与新朝合作的品德。

张长公[①]

远哉长公,[②] 萧然何事?[③]
世路多端, 皆为我异。[④]
敛辔朅来,[⑤] 独养其志。
寝迹穷年,[⑥] 谁知斯意!

【注释】

①张长公:即张挚,字长公。张释之之子。"官至大夫,免。以不能取容当世,故终身不仕。"(《史记·张释之冯唐列传》)《索隐》:"谓性公直,不能曲屈见容于当世,故至免官不仕也。" ②远:犹远操,情操出众,不同流俗。 ③萧然何事:生活静寂无喧哗,谓不为世俗所扰。 ④多端:多歧路。为:与。《论语·卫灵公》:"子曰:道不同不相为谋。"谓世路歧出,多与张长公相异。 ⑤敛辔:收起马缰绳。指归隐不仕。朅(qiè)来:即去来。司马相如《大人赋》:"回车朅来兮,绝道不周。"指张挚辞官归隐。 ⑥寝迹:隐匿行迹。谓隐居。渊明《癸卯岁十二月中作与从弟敬远》:"寝迹衡门下,邈与世相绝。"穷年:指终生。即"以不能取容当世,故终身不仕"。

【品评】

本章述评"以不能取容当世,故终身不仕"的张长公,颂扬他

“敛辔朅来，独养其志”的高洁品性。

扇上画赞

荷蓧丈人　长沮桀溺　於陵仲子　张长公　丙曼容　郑次都　薛孟尝　周阳珪

三五道邈，淳风日尽；[①]九流参差，互相推陨。[②]形逐物迁，心无常准；[③]是以达人，有时而隐。[④]四体不勤，五谷不分；超超丈人，日夕在耘。[⑤]辽辽沮溺，耦耕自欣；入鸟不骇，杂兽斯群。[⑥]至矣於陵，养气浩然；蔑彼结驷，甘此灌园。[⑦]张生一仕，曾以事还；顾我不能，高谢人间。[⑧]岧岧丙公，望崖辄归；匪骄匪吝，前路威夷。[⑨]郑叟不合，垂钓川湄；交酌林下，清言究微。[⑩]孟尝游学，天网时疏；眷言哲友，振褐偕徂。[⑪]美哉周子，称疾闲居；寄心清尚，悠然自娱。[⑫]翳翳衡门，洋洋泌流；[⑬]曰琴曰书，顾盼有俦。[⑭]饮河既足，自外皆休。[⑮]缅怀千载，托契孤游。[⑯]

【注释】

①三五：即三皇五帝。一般来讲三皇指伏羲、神农、女娲；五帝指黄帝、颛顼、帝喾、尧、舜。曹植《文帝诔》：“爰暨三皇，实秉道真，降逮五帝，继以懿纯。”道：世道，即真淳之道。邈：悠远，遥远。谓三皇五帝之道已遥不可期，其真淳之风亦消失殆尽。　②九

流：据《汉书·艺文志》九流指儒、道、法、名、墨、阴阳、纵横、杂、农九家。参差：此指各家见解不同，学说各异。互相推陨：此指各家间相互排斥诋毁。依百家争鸣之况可知。 ③形逐物迁：有随波逐流、见异思迁之意。常准：固定的标准。常，恒久不变。准，标准法则。 ④达人：通达事理、明辨是非之人。《左传·昭公七年》："圣人有明德者，若不当世，其后必有达人。"孔颖达疏："谓知能通达之人。"有时：谓时常，常常。 ⑤"四体不勤"四句：详见《癸卯岁始春怀古田舍二首》（其一）注⑦。超超：超凡脱俗的样子。耘：除草。 ⑥"辽辽沮溺"四句：详见《癸卯岁始春怀古田舍二首》（其二）注⑧。又《论语·微子》："曰：'且而与其从辟人之士也，岂若从避世之士哉？'耰而不辍。子路行以告。夫子怃然曰：'鸟兽不可与同群也，吾非斯人之徒与而谁与？天下有道，丘不与易也。'"辽辽：遥远的样子。《楚辞·九叹·忧苦》："山修远其辽辽兮，涂漫漫其无时。"入鸟不骇，杂兽斯群：谓长沮、桀溺过着与鸟兽同群的隐居生活。 ⑦於陵：即陈仲子。皇甫谧《高士传》："陈仲子居于於陵，楚王闻其贤，遣使聘之，欲以为相。仲子入告其妻。妻曰：'夫子左琴右书，乐亦在其中矣。夫结驷连骑，所安不过容膝；食前方丈，所甘不过一肉。今以容膝之安，一肉之味，而殉楚国之忧，可乎？'于是谢使者，遂相与逃而为人灌园。"至矣：多么高尚啊。养气浩然：《孟子·公孙丑》："我知言，我善养吾浩然之气。"结驷：指做高官。《史记·仲尼弟子列传》："子贡相卫，而结驷连骑。" ⑧西汉张挚，字长公，曾"官至大夫，免。以不能取容当世，故终身不仕"（《史记·张释之列传》）。渊明《饮酒二十首》（其十二）："长公曾一仕，壮节忽失时。杜门不复出，终身与世辞。”与此四句意同。顾：顾念，想。谢：拒绝。人间：指官场。⑨丙公：指邴丹，字曼容，西汉末琅邪（今山东诸城）人。丙即“邴”。《汉书·龚胜传》：“（邴）汉兄子曼容亦养志自修，为官不肯过六百石，辄自免去，其名过出于汉。”岧岧（tiáo）：山高远貌。《乐府诗集》：“岧岧山上亭，皎皎云间星。远望使心思，游子恋所生。”此谓品德高尚。崖：崖涘，边际，界限。谓邴曼容以六百石之俸禄为限，过则自免归去。吝：贪鄙，吝啬。威夷：险远。　⑩郑叟：指郑敬，字次都，东汉汝南（今河南上蔡）人。清志高世，新蔡都尉逼为功曹之职，次都辞以病去。同郡邓敬为督邮，前去看他，他正钓鱼大泽中。遂于泽旁折荷为坐，以荷荐（进献之意）肉，瓠瓢盈酒，畅谈终日（事见《后汉书·郅恽列传》及注）。湄：水边。《诗经·秦风·蒹葭》：“所谓伊人，在水之湄。”微：精妙之理。　⑪孟尝：即薛包，字孟尝，东汉汝南人，性淡泊。建光中，征拜侍中，称病不起（见《后汉书·刘赵淳于江刘周赵列传》）。天网时疏：《老子》七十三章：“天网恢恢，疏而不失。”指法令严密。此指朝廷虽然法令严密，但薛孟尝仍然可以称病不起拒绝为官。眷：眷恋，顾念。哲友：贤智多谋之友。振褐：振衣。《楚辞·渔父》：“新沐者必弹冠，新浴者必振衣。”渊明此谓去俗尘而隐居。偕徂（cú）：同往，指隐居。　⑫周子：即周阳珪，其人其事不详。据诗意知其亦为称病辞官，恬淡隐居之士。　⑬翳翳：树荫遮蔽、光线不明貌。渊明《归去来兮辞》：“景翳翳以将入。”衡门：陋室。洋洋泌（bì）流：《诗经·陈风·衡门》：“衡门之下，可以栖迟。泌之洋洋，可以乐饥。”洋洋，盛大、众多。泌，涌出的泉水。　⑭俦：类，同伴。　⑮饮河既足：《庄子·逍遥游》：“偃鼠饮河，不过满腹。”此指生活所需不需太多,足用即可。自外皆休:饱腹而已,余外并不需要。即贵足不贵余。 ⑯缅怀:遥想。缅,想,思念。托契:托身契合古代隐居淡薄之士的意趣。契,契合,指志同道合的人。孤游:即隐士。谓遥想千载之外的贤人高士,寄托与之契合。

【品评】

扇上画赞,就是为扇面上人物画像所题写的赞辞。赞中所咏人物都是古代的隐士,渊明借此抒发对古代隐士生活的羡慕与景仰,并表现自己的隐居之志。正如方宗诚在《陶诗真诠》中所言:“《扇上画赞》,盖渊明心所向往之。”

尚长禽庆赞①

尚子昔薄宦,② 妻孥共早晚。③
贫贱与富贵, 读易悟益损。④
禽生善周游, 周游日已远。
去矣寻名山, 上山岂知反!⑤

【注释】

①尚长:依《高士传》、《后汉书》,即向长,字子平,东汉河内朝歌人,隐居不仕。读《易》至损、益卦,叹曰:“吾已知富不如贫,贵不如贱,但未知死何如生耳。”后,建武中儿女嫁娶既毕,遂肆意与禽庆俱游五岳名山,不知所终(事见《后汉书·逸民列传》)。禽庆:字

子夏，东汉北海人。王莽时为儒生，去官不仕莽，与同好周游名山。②薄宦：鄙薄仕宦。薄，鄙薄，轻视。③孥（nú）：儿女。《诗经·小雅·常棣》："乐尔妻孥。"共早晚：谓朝夕相处。④易：指《周易》。益损：《周易》中的益卦和损卦。⑤"禽生"四句：即向长与禽庆俱游五岳名山，竟不知所终。

【品评】

本诗既赞叹尚长"吾已知富不如贫，贵不如贱，但未知死何如生耳"的安贫思想，也颂扬了尚长与禽庆"俱游名山"不知所终的任性自然。

与子俨等疏

告俨、俟、份、佚、佟：[1]天地赋命，生必有死。自古圣贤，谁能独免。子夏有言："死生有命，富贵在天。"[2]四友之人，[3]亲受音旨。[4]发斯谈者，[5]将非穷达不可妄求，寿夭永无外请故耶？[6]吾年过五十，少而穷苦，每以家弊，[7]东西游走。[8]性刚才拙，[9]与物多忤，[10]自量为己，必贻俗患。[11]僶俛辞世，[12]使汝等幼而饥寒。余尝感孺仲贤妻之言，[13]败絮自拥，[14]何惭儿子。[15]此既一事矣。[16]但恨邻靡二仲，[17]室无莱妇，[18]抱兹苦心，良独内愧。少学琴书，偶爱闲静，开卷有得，便欣然忘食。见树木交荫，时鸟变声，亦复欢然有喜。常言五六月中，北窗下卧，遇凉风暂至，自谓是羲皇上人。[19]意浅识罕，[20]谓斯言可保，[21]日月遂往，机巧好疏。[22]缅求在昔，眇然如何，[23]病患以来，渐就衰损，亲旧不遗，每以药石见救，自恐大分将有限也。[24]汝辈稚小家贫，每役柴水之劳，何时可免？念之在心，若何可言。[25]然汝等虽不同生，[26]当思四海皆兄弟之义。[27]鲍叔、管仲，分财无猜；[28]归生、伍举，班荆道旧。[29]遂能以败为成，[30]因丧立功。[31]他人尚尔，况同父之人哉！颍川韩元长，[32]汉末名士，身处卿佐，八十而终，兄弟同居，至于没齿。[33]济北氾稚春，[34]晋时操行人也。[35]七

世同财，[36]家人无怨色。《诗》曰："高山仰止，景行行止。"[37]虽不能尔，至心尚之。[38]汝其慎哉，吾复何言！

【注释】

①俨（yǎn）、俟（sì）、份（bīn）、佚、佟（tóng）：陶渊明的五个儿子。　②子夏：姓卜，名商，字子夏，孔子的学生。《论语·颜渊》："子夏曰：商闻之矣，生死有命，富贵在天。"　③四友：依《孔丛子》四友指回、赐、师、由。然此谓子夏为四友者，殆特称其为同列。④音旨：音辞，指孔子的教诲。谓亲自聆听孔子的教诲。　⑤斯谈：即子夏之"生死有命，富贵在天"。　⑥将非：岂不是。穷达：失意与显达。妄求：非分地追求。寿夭：寿命长短。寿，长寿。夭，未成年而亡。外请：求之于外。故：缘故。　⑦弊：贫乏，困顿。　⑧东西游走：在外四处奔波，即指在外游宦。　⑨性刚：禀性刚正。才拙：才能低劣。指于人事场上不会逢迎取巧。　⑩与物多忤：与社会人事多不相合。忤，违逆，抵触不合。　⑪自量为己：自己估量自己。贻：遗留。俗患：指世俗官场上的祸患。谓虑及自己笨拙不巧、与物多忤的禀性，则必将于世俗官场上留下祸患。　⑫僶俛（mǐn miǎn）：勉力，努力。辞世：辞官归隐。　⑬孺仲贤妻之言：东汉王霸，字儒仲，太原人。《后汉书·列女传》载："（霸）妻亦美志行。初，霸与同郡令狐子伯为友，后子伯为楚相，而其子为郡功曹。子伯乃令子奉书于霸，车马服从，雍容如也。霸子时方耕于野，闻宾至，投耒而归，见令狐子，沮怍不能仰视。霸目之，有愧容，客去而久卧不起。妻怪问其故，始不肯告，妻请罪，而后言曰：'吾与子伯素不相若，向见其子容服甚光，举措有

适，而我儿曹蓬发历齿，未知礼则，见客而有惭色。父子恩深，不觉自失耳。’妻曰：‘君少修清节，不顾荣禄。今子伯之贵孰与君之高？奈何忘宿志而惭儿女子乎！’霸屈起而笑曰：‘有是哉！’遂共终身隐遁。” ⑭败絮自拥：指穿破旧的棉袄。 ⑮何惭儿子：谓既然自己宿志清高，不顾荣禄，不必为儿子的贫寒而惭愧。⑯一事：同一回事。盖言自己贫而子女困，此与孺仲之况同。⑰靡：无。二仲：指汉代的两位隐士羊仲、求仲。 ⑱莱妇：老莱子之妻。刘向《列女传》：“莱子逃世，耕于蒙山之阳。……（妻）曰：‘何车迹之众也？’老莱子曰：‘楚王欲使吾守国之政。’妻曰：‘许之乎？’曰：‘何？’妻曰：‘妾闻之，可食以酒肉者，可随以鞭捶；可授以官爵者，可随以斧钺。今先生食人酒肉，受人官爵，而为人所制也，能免于患乎？妾不能为人所制！’……老莱子乃随其妻而居之。” ⑲暂：突然，猝然。羲皇上人：伏羲氏以前的人。羲皇，伏羲氏，古代传说中的上古帝王。龚斌《陶渊明集校笺》按：《世说新语·容止》：“桓大司马（桓温）曰：‘诸君莫轻道，仁祖（谢尚）企脚北窗下弹琵琶，故自有天际真人想。’”渊明北窗下自谓羲皇上人，与谢尚北窗下自有天际真人想，堪称同调，体现出晋人任真自得的审美情趣。 ⑳意浅：思想单纯。识罕：见识短浅。 ㉑谓：以为。斯言：指“常言”四句。意谓原以为以上所言任真单纯的生活虽然贫苦但可保饮食无虞。 ㉒机巧好疏：谓疏于投机取巧之事。 ㉓缅：远貌。在昔：昔日，往昔。眇然：高远之意。谓追求昔日的生活，而昔日生活已渺不可求。 ㉔衰损：体力衰退。遗：遗弃。药石：治病用的药物和砭石。石，指治病的石针。大分（fèn）：寿命的大限。 ㉕若何可言：意谓目睹汝辈常受柴水之劳，痛在心中，无言以对。 ㉖不同生：不是一母所生。长子俨为渊明前妻所生，后四子为续弦翟氏所生。 ㉗四海之内皆兄弟：《论语·颜渊》："君子敬而无失，与人恭而有礼；四海之内，皆兄弟也。君子何患乎无兄弟也？" ㉘无猜：无有猜忌。事见《读史述九章·管鲍》注①。 ㉙归生、伍举，班荆道旧：《左传·襄公二十六年》："伍举奔郑，将遂奔晋。声子将如晋，遇之于郑郊，班荆相与食，而言复故。"后以班荆道故喻朋友相遇于途中，共话往事，叙谈旧情。声子，即归生。 ㉚以败为成：《史记·管晏列传》："鲍叔事齐公子小白，管仲事公子纠。及小白立，为桓公，公子纠死，管仲囚焉。鲍叔遂进管仲。管仲既用，任政于齐，齐桓公以霸，九合诸侯，一匡天下，管仲之谋也。"管仲先"囚焉"，而后"既用"，故曰"以败为成"。 ㉛因丧立功：《左传·昭公元年》载：伍举回到楚国后，辅佐公子围继承了王位，即楚灵王。伍举先奔郑，后回国立功，故曰"因丧立功"。 ㉜颍川：郡名，汉时治阳翟，今河南禹州。韩元长：《后汉书·韩韶列传》："（韩韶）子融，字元长。少能辩理而不为章句学。声名甚盛，五府并辟。献帝初，至太仆。年七十卒。" ㉝没齿：犹言终身。齿，年。指人的年龄。《礼记·祭义》："有虞氏贵德而尚齿。" ㉞济北：在今山东长清。氾（fán）稚春：名毓，字稚春，西晋时人。《晋书·儒林传》："氾毓字稚春，济北卢人也。奕世儒素，敦睦九族，客居青州，逮毓七世，时人号其家'儿无常父，衣无常主'。毓少履高操，安贫有志业。" ㉟操行人：品行高尚的人。 ㊱同财：共同拥有财产。 ㊲高山仰止，景行行止：见《诗经·小雅·车辖》。 ㊳"虽不能尔"二句：谓虽不能如氾稚春之属所为，但仍愿意以至诚之心向往他们的清操。至心：至诚之心。尚：羡慕。

【品评】

本文让我们看到了为人之父的陶渊明的慈爱形象。文中绝弃了先前他对田园、对人身等绝对自由的追求，代之以人间渊明的真实的慈父的谆谆教导，虽然渊明有对子俨等“尚想孔伋，庶其企而”的期盼，也有对五个儿子“天运苟如此”的无奈，但并没有因此淡化他的慈父深情，这也是渊明摆脱山林实践归耕的又一动人之处，作为人世间最美好最动人的情感，伴随着渊明的耕隐，也使他从昔日采薇而食之的山林隐士的孤寂清冷中再次回归温暖，从此让不食人间烟火的隐逸之举夹杂着几分更为动人的人间亲情，同时也使渊明在对至性的追求中平添了几分感人的至情。

然而，渊明又是复杂的痛苦的，在他短短的生命旅程中倍尝艰辛，他在任真忘我委运自然的追求中感受超脱于尘网的生命之轻，又在为人夫为人父的责任中担负尘网的生命之重，正是这种人间渊明的真情为古今士人点起灵魂之灯。不可否认，渊明在田园中得到了他想得到的真率自然，然而他却是快乐并痛苦着的。他“每以家弊，东西游走”，却因“性刚才拙，与物多忤”的禀性，而并没有解决根本的生计难题，加之“种豆南山下，草盛豆苗稀”的粗疏的营生之计，致使子俨等辈“每役柴水之劳”，诗人愧疚之情可见，也足见人间渊明为人父的责任与真情。渊明躬耕的滋味并不如桃花源的生活那样明媚轻快，现实的沉重只能让他在“北窗下卧，遇凉风暂至，自谓是羲皇上人”这样一个无视无听、无思无作、淡然平怀的自由自在的境界中求得暂时的精神超脱，而这也是诗人示子之意所在，即要求他们在艰难困苦的环境中寻求如“羲皇上人”的更高层次的精神超越，在近乎于乌托邦式的精神家园里期待一份生如夏花般的灿烂，勿以生活不裕而惨然，当在艰难里心淡如水。

诗人告诫他们虽不是同母所生，但亦要相亲相爱。韩融“兄弟同居，至于没齿”，氾稚春“七世同财，家人无怨色”，鲍叔管仲、归生伍举等虽非亲尚能友睦，何况他们还是同父的亲兄弟。渊明在谆谆告诫中，展现了他真实的一面，字里行间流动的是他作为“人”的最淳朴、最真挚而又最动人的情感，正如林云铭在《古文析义》初编卷四中所言：“与子一疏，乃陶公毕生实录，全副学问也。穷达寿夭，既一眼觑破，则触处任真，无非天机流行。末以善处兄弟劝勉，亦其至情不容已处。读之惟见真气盘旋纸上，不可作文字观。”又道：“陶公‘内愧’二字，不肯作欺人语也如此。”

祭程氏妹文

维晋义熙三年五月甲辰，程氏妹服制再周。[①]渊明以少牢之奠，[②]俯而酹之。[③]呜呼哀哉！寒往暑来，日月浸疏，[④]梁尘委积，[⑤]庭草荒芜。寥寥空室，哀哀遗孤。肴觞虚奠，人逝焉如？[⑥]谁无兄弟，人亦同生，嗟我与尔，特百常情。[⑦]慈妣早世，[⑧]时尚孺婴，我年二六，[⑨]尔才九龄。爰从靡识，抚髫相成。[⑩]咨尔令妹，[⑪]有德有操。靖恭鲜言，[⑫]闻善则乐。能正能和，[⑬]惟友惟孝。行止中闺，可象可效。[⑭]我闻为善，庆自己蹈，[15]彼苍何偏，[16]而不斯报！[17]昔在江陵，重罹天罚，[18]兄弟索居，乖隔楚越。[19]伊我与尔，百哀是切。[20]黯黯高云，萧萧冬月，白云掩晨，长风悲节。[21]感惟崩号，[22]兴言泣血。[23]寻念平昔，触事未远，[24]书疏犹存，遗孤满眼。[25]如何一往，终天不返！[26]寂寂高堂，何时复践？藐藐孤女，曷依曷恃？[27]茕茕游魂，谁主谁祀？[28]奈何程妹，于此永已！死如有知，相见蒿里。[29]呜呼哀哉！

【注释】

①服制：服丧的礼制。再周：两个周期。丧制分五等，对已嫁姊妹，按服制应为九个月。时距程氏妹之死约十八个月，故曰再周。　②少牢：古代称祭祀用的猪和羊。《礼记・王制》："天子社稷皆太牢，诸侯社稷皆少牢。"　③酹（lèi）：洒酒于地表示祭奠。④浸疏：渐远。浸，逐渐。《易・遁》："浸而长也。"孔颖达疏："浸者，渐进之名。"　⑤梁尘：屋梁上的尘土。委积：堆积。《周礼・地官・大司徒》："大宾客令野修道委积。"郑玄注："少曰委，多曰积。"　⑥人逝：指程氏妹已经去世。焉如：何往。　⑦"谁无兄弟"四句：谓同母兄弟之中，我与你之情又百倍于一般情谊。特百常情：百倍于普通情谊。常情，一般的兄妹之情。　⑧慈妣（bǐ）：指程氏妹生母，作者庶母。此或有异说。　⑨二六：12岁。⑩"爰从靡识"二句：谓自不懂事时起就相互爱护一起成长。爰：乃。靡识：无知。抚髫相成：谓从小互相爱护着一起长大。髫，古代指孩子下垂的头发，代指童年。　⑪咨：叹息声。令：美，善。表赞叹。　⑫靖恭：安静恭敬。恭，谦恭有礼。鲜：少。　⑬能正

能和：谓品行端正，性情柔和。 ⑭行止中闺：闺，本指女子居室，此指女性规范。谓程氏妹一言一行都符合女性规范。可象可效：值得学习和效法。象，法式，楷模。 ⑮我闻为善，庆自己蹈：谓我听说福运应由自己的行为来得到，为善可得。庆，幸福。自，由。蹈，践行。《谷梁传·隐公元年》："蹈道则未也。"陆德明释文："蹈，履行之名也。" ⑯彼苍何偏：苍天为何不公正。彼苍，指天。《诗经·秦风·黄鸟》："彼苍者天，歼我良人。"偏，偏私不公。⑰而不斯报：谓本以为为善可得福，奈何程氏妹为善却不得善报！⑱"昔在江陵"二句：指作者于晋隆安五年(401)七月销假还江陵任职。是年冬，渊明母孟夫人卒。渊明幼而丧父，至隆安五年冬，孟夫人卒，故曰"重罹天罚"。 ⑲索居：独居。谓离散而居。乖隔楚越：远隔异地。乖，相离。楚越，楚地与越地。《庄子·德充符》："自其异者视之，肝胆楚越也。" ⑳百哀是切：深感哀痛。是，起提前宾语的作用。切，痛切。 ㉑黯黯(àn)：昏暗貌。萧萧：寒风凄厉貌。悲节：悲号，寒风凄厉声。节，本谓音乐之节，引申为声音。此四句以节令天气之寒惨喻失妹之痛。 ㉒感惟崩号：感恸得叩头哭号。崩，崩角。叩头如山崩。号，号哭。㉓兴：举，指举哀。言：语助词，无义。泣血：形容极度悲哀。《礼记·檀弓上》："高子皋之执亲之丧也，泣血三年。"郑玄注："言泣无声如血出。" ㉔触事未远：谓追忆往事如在眼前。触事，接事。㉕"书疏犹存"二句：意谓互通的书信依然尚在，然人已远去，眼前所能见到的只是遗孤。满眼：睁眼所见。 ㉖终天：永久。终天不返，即一去不返。 ㉗藐藐：疏远貌。言不为人重视。依、恃：依靠。失父为失怙，失母为失恃。《诗经·小雅·蓼莪》："无父何怙，无母何恃。” ㉘茕茕：孤独无依。主：掌管，指祭祀之事。祀：祭。谓：孤独的游魂有谁为你祭祀呢？　㉙蒿里：本为山名，即高里，在泰山之南，后指墓地。古乐府《蒿里》：“蒿里谁家地，聚敛魂魄无贤愚。”

【品评】

文章起首一段，作者抑制着悲痛的情感，为全文拉开序幕。当诗人一年半之后向程氏妹祭奠时，他见到的已是“梁尘委积，庭草荒芜。寥寥空室，哀哀遗孤”，一种物是人非的凄凉之感笼罩全文，为全文奠定情感基调。也许是触目伤怀，作者的笔触不自觉地拉回到对过去的回忆，“慈妣早世，时尚孺婴，我年二六，尔才九龄。爰从靡识，抚髫相成”，二人同父异母，程氏妹九岁丧母而由渊明生母抚养，在特殊的充满坎坷的生活环境下结成了“特百常情”的绵远情谊，这就使他对过早亡故的程氏妹更加哀痛不已。在亡妹诸多美德中，其“有德有操。靖恭鲜言，闻善则乐。能正能和，惟友惟孝。行止中闺”的品德无疑是对诗人触动最深的。然而，虽然有“积善云有报”的古训，却并没有在“闻善则乐”的程氏妹身上应验，她不幸早亡。“彼苍何偏，而不斯报”之语，以指天诘问的语气，怒责上天的不公，对程氏妹积善却早亡表达了极大的不满。此后，诗人以饱经沧桑的笔调叙述了身世、家世之悲来悼念程氏妹，“重罹天罚”、“兄弟索居”无不令人感受到他悲痛之情的深重，在“黯黯高云，萧萧冬月，白云掩晨，长风悲节”的景物衬托下，诗人以“兴言泣血”表达了自己的深哀剧痛。而“如何一往，终天不返！寂寂高堂，何时复践”，则以疑问语气突出了二人昔日相互依恋、今日一去不复返的叹惋和痛惜。结尾处诗人对程氏妹“茕茕游魂，谁主谁祀”游魂孤独无依的想象更加显得凄恻动人，这是诗人对程氏妹的关爱与不舍，“死如有知，相见蒿里”的阴阳之约，让人感受到了诗人锥心的痛楚。

全文以四言为主，行文或高亢或低回，充分表现了诗人内心的悲痛之情。

祭从弟敬远文

岁在辛亥，[①]月惟仲秋，[②]旬有九日，[③]从弟敬远，卜辰云窆，[④]永宁后土。[⑤]感平生之游处，[⑥]悲一往之不返。情恻恻以摧心，泪愍愍而盈眼。[⑦]乃以园果时醪，祖其将行。[⑧]呜呼哀哉！於铄吾弟，[⑨]有操有概。[⑩]孝发幼龄，友自天爱。[⑪]少思寡欲，[⑫]靡执靡介。[⑬]后己先人，临财思惠。[⑭]心遗得失，情不依世。[⑮]其色能温，其言则厉。[⑯]乐胜朋高，[⑰]好是文艺。[⑱]遥遥帝乡，[⑲]爰感奇心，绝粒委务，[⑳]考槃山阴。[㉑]淙淙悬溜，[㉒]暧暧荒林，晨采上药，[㉓]夕闲素琴。[㉔]曰仁者寿，[㉕]窃独信之。如何斯言，徒能见欺！[㉖]年甫过立，[㉗]奄与世辞，[㉘]长归蒿里，邈无还期。惟我与尔，匪但亲友，[㉙]父则同生，[㉚]母则从母。[㉛]相及龆龀，[㉜]并罹偏咎，[㉝]斯情实深，斯爱实厚！念彼昔日，同房之欢，冬无缊葛，[㉞]夏渴瓢箪，[㉟]相将以道，[㊱]相开以颜。[㊲]岂不多乏，忽忘饥寒。余尝学仕，[㊳]缠绵人事，[㊴]流浪无成。[㊵]惧负素志，敛策归来。[㊶]尔知我意，常愿携手，置彼众议。[42]每忆有秋，我将其刈，[43]与汝偕行，舫舟同济。[44]三宿水滨，乐饮川界。[45]静月澄高，温风始逝。[46]抚杯而言，物久人脆。[47]奈何吾弟，先我离世！事不可寻，思亦何极。日徂月流，寒暑代息。[48]死生异方，存亡有域，候晨永归，[49]指涂载陟。[50]呱呱遗稚，未能正言；[51]哀哀嫠人，[52]礼仪孔闲。[53]庭树如故，斋宇廓然，[54]孰云敬远，何时复还。余惟人斯，[55]昧兹近情。[56]蓍龟有吉，[57]制我祖行。[58]望旐翩翩，[59]执笔涕盈。神其有知，昭余中诚。[60]呜呼哀哉！

【注释】

①辛亥：指晋安帝义熙七年(411)。②惟：为，是。仲秋：即中秋，八月。③旬有九日：十九日。旬，十日为一旬。有，又。④卜辰：选择吉日。云：语助词，无义。窆(biǎn)：落葬。⑤宁：安息。后土：大地。⑥游处：交游相处。⑦恻恻：悲痛貌。潘岳《寡妇赋》："庶浸远而哀降兮，情恻恻而弥甚。"摧心：伤心。摧，伤。《玉台新咏·古诗为焦仲卿妻作》："阿母大悲摧。"愍愍(mǐn)：哀伤的样子。盈：满。⑧祖：古人出行时祭祀路神。《左传·昭公七年》："公将往，梦襄公祖。"引申为送行，此指出殡前的祭祖仪式，即为亡者送行。⑨於铄：赞美的感叹词。铄，光辉美盛貌。《诗经·周颂·酌》："于铄王师，遵养时晦。"毛传："铄，美。"⑩概：气度，节操。江淹《杂体诗》："常慕先达概。"⑪孝发幼龄：谓年少时即知孝敬父母，爱护兄弟。善父母曰孝，善兄弟曰友。天：指天性，本性。⑫少思寡欲：谓无所忧虑，无甚欲求。⑬靡：无，不。执：固执。介：介立，孤僻。性格温顺随和。

⑭惠：施恩于人曰惠。《孟子·离娄下》："惠而不知为政。" ⑮"心遗得失"二句：谓敬远心胸豁达正直，不计较得失，不趋炎附势。遗：忘，不计较。依世：趋附世俗。 ⑯温：温和，和善。厉：刚直。《论语·子张》："望之俨然，即之也温，听其言也厉。"又《论语·述而》："子温而厉，威而不猛，恭而安。" ⑰乐胜朋高：以结交高朋为乐。胜，言物优越美好。 ⑱好：爱好。文艺：为文技巧。言喜好为文之法。 ⑲帝乡：仙乡，神话中天帝居处。《庄子·天地》："千岁厌世，去而上仙，乘彼白云，至于帝乡。" ⑳绝粒：犹辟谷。古代道家以摒除火食，不进米谷为一种修炼的方法。《北史·李先传》："先少子皎为寇谦之弟子，服气绝粒数十年。"委：委弃。务：指世俗事务。 ㉑考槃：《诗经·卫风·考槃》："考槃在涧，硕人在宽。"朱熹注："槃，盘桓之意，言成其隐处之室也。"后因以考槃为隐居之处。山阴：山的北面。此指隐居山林深处。 ㉒淙淙(cóng)：流水声。悬溜：瀑布。 ㉓上药：上等药材。嵇康《养生论》："故神农曰：上药养命，中药养性者，诚知性命之理，因辅养以通也。" ㉔闲：习。素琴：不加装饰的琴。 ㉕仁者寿：《论语·雍也》："子曰：'知者乐水，仁者乐山；知者动，仁者静；知者乐，仁者寿。'"谓行仁德者可以长寿。 ㉖徒：徒然，白白地。见欺：被欺。 ㉗甫：才，刚刚。过立：年过而立，即过了30岁。《论语·为政》："三十而立。" ㉘奄：忽然，突然。 ㉙匪：同"非"。但：只，仅仅。 ㉚父则同生：谓敬远父与渊明父为同母所生。《定山陶氏宗谱》：陶茂生子三，曰淡、敏、实。实字由中，生子敬远。敏生子渊明。 ㉛母则从母：渊明母与敬远母为姊妹。 ㉜龆龀(tiáo chèn)：指童年。龆、龀，皆指儿童换牙。 ㉝罹：遭受。偏

咎：偏丧，这里指丧父。 ㉞缊（yùn）葛：粗布衣服，为贫者所服。《论语·子罕》：“衣敝缊袍。” ㉟瓢箪：详见《癸卯岁十二月中作与从弟敬远》注⑥。 ㊱相将以道：相互以道义支持。相将，相共。㊲相开以颜：谓相互欢言以消除忧苦。开，悦。 ㊳学仕：意指做官。 ㊴缠绵：纠缠，烦扰。人事：指官场中的交际应酬之事。㊵流浪：指为官时四处奔波。无成：无所成就。谓违宿志，废诗书，故曰无成。 ㊶敛策：收起马鞭，指辞官归隐。 ㊷置：弃置不顾。众议：指世俗的议论。指辞官归隐，不顾众人世俗的非议。㊸“每忆有秋”二句：即常常回忆起秋天我收割庄稼的情景。有、其：语助词，无意义。刈（yì）：收割。 ㊹舫（fǎng）：船。忆“我将其刈”为虚，思“舫舟同济”为实。 ㊺川界：水边。 ㊻温风：暖风。 ㊼脆：脆弱。指生命短促。 ㊽代息：代谢，交替。㊾候：占验。晨：犹“辰”，时辰。永归：指永远安息于地下。谓选择吉辰安葬。 ㊿涂：通“途”，道路，指去墓地之路。载：语助词，无意义。陟（zhì）：登，升。谓登上去墓地的路。 51未能正言：话尚不能说清楚，指尚未学会说话。 52嫠（lí）人：寡妇。 53礼仪孔闲：很熟悉礼仪。孔，甚，很。闲，同“娴”，熟知。 54斋宇：屋舍。宇，居处。廓然：空寂、孤独。《汉书·东方朔传》：“廓然独居。” 55余惟人斯：我想想别人啊。惟，思，想。《诗经·大雅·生民》：“载谋载惟。”郑玄注：“惟，思也。”斯，句未助词，犹“兮”。56昧兹近情：不理解这种亲密的感情。昧，昏暗不明貌，此指不理解，不清楚。近情，亲密之情。 57蓍（shī）龟：古人以蓍草和龟甲占卜吉凶。吉：吉祥之兆。 58制：决定。祖行：出行前祭祀路神，此谓出殡前如生人祭奠路神所设之筵席。 59旐（zhào）：指旧时出丧时为棺柩引路的旗，俗称魂幡。潘岳《寡妇赋》："飞旐翩以启路。"李善注："旐，丧柩之旌也。" ⑥⓪昭：昭示。中：犹"衷"，内心。

【品评】

相对于上一篇表现程氏妹的亲情和对她品德的赞扬，本篇更多的是从二人的志趣相投、奇文欣赏来写，表现出一种知己之情。陶敬远是渊明的堂弟，小渊明 17 岁，前面有《癸卯岁十二月中作与从弟敬远》一诗。陶敬远曾经"考槃山阴"，有着"晨采上药，夕闲素琴"的高雅之趣。他又爱好文学，所以渊明说他"好是文艺"。他们不仅仅是"父则同生，母则从母"的亲缘关系，更重要的是"常愿携手，置彼众议"的知己关系，因此在彼此志趣相赏、相互鼓励的艰难生活中结下深厚情谊。诗人在前半部分回顾了敬远"孝发幼龄，友自天爱"、"少思寡欲，靡执靡介"、"情不依世"、"其色能温，其言则厉"、"考槃山阴"的高尚品德与高雅生活之后，着重回忆了他与从弟敬远谈心、互相勉励以及共同收获、"三宿水滨"的情景。渊明在"余尝学仕，缠绵人事，流浪无成"而毅然归隐之后，承受了巨大压力，是敬远"知我意，常愿携手，置彼众议"给了他精神上的理解与支持，正是这种相同的志向与追求使他们才有"冬无缊葛，夏渴瓢箪，相将以道，相开以颜"的"同房之欢"。因而诗人对孝友而有节操，且与自己同调的敬远不幸早逝哀痛异常，"曰仁者寿，窃独信之。如何斯言，徒能见欺！年甫过立，奄与世辞，长归蒿里，邈无还期"的哭诉，可谓字字见血。

自祭文

岁惟丁卯,[1]律中无射。[2]天寒夜长,风气萧索,鸿雁于征,[3]草木黄落。陶子将辞逆旅之馆,[4]永归于本宅。[5]故人凄其相悲,同祖行于今夕。羞以嘉蔬,[6]荐以清酌。[7]候颜已冥,聆音愈漠。[8]呜呼哀哉！茫茫大块,悠悠高旻,[9]是生万物,余得为人。自余为人,逢运之贫,[10]箪瓢屡罄,絺绤冬陈。[11]含欢谷汲,行歌负薪,[12]翳翳柴门,事我宵晨,[13]春秋代谢,有务中园,[14]载耘载耔,乃育乃繁。[15]欣以素牍,和以七弦。[16]冬曝其日,夏濯其泉。勤靡余劳,心有常闲。[17]乐天委分,[18]以至百年。惟此百年,夫人爱之,惧彼无成,愒日惜时。[19]存为世珍,没亦见思。[20]嗟我独迈,曾是异兹。[21]宠非己荣,[22]涅岂吾缁?[23]捽兀穷庐,[24]酣饮赋诗。识运知命,畴能罔眷?[25]余今斯化,[26]可以无恨。寿涉百龄,[27]身慕肥遁,[28]从老得终,[29]奚所复恋。寒暑愈迈,亡既异存,[30]外姻晨来,良友宵奔,[31]葬之中野,[32]以安其魂。窅窅我行,萧萧墓门,[33]奢耻宋臣,[34]俭笑王孙,[35]廓兮已灭,慨焉已遐,[36]不封不树,[37]日月遂过。匪贵前誉,孰重后歌,[38]人生实难,死如之何?[39]呜呼哀哉！

【注释】

①惟:为,是。丁卯:指宋文帝元嘉四年(427)。 ②律中(zhòng)无射(yì):指农历九月。律,乐律。古时把音乐分为阴阳十二律,同十二个月份相配,后因以十二律之称代月份。无射,为十二律之一,为阳律的第六,与农历九月合。《礼记·月令》:“季秋之月,其音商,律中无射。” ③鸿雁:大雁。于:语助词,无意义。征:行,此指飞过。 ④逆旅之馆:旅舍。此喻人生如寄。 ⑤本宅:墓地。 ⑥羞:进献食品,这里指供祭。 ⑦荐:进,供。《周礼·天官·庖人》:“共王之膳与其荐羞之物。”郑玄注:“荐,亦进也。备品物曰荐,致滋味乃为羞。”清酌:祭奠用的酒。 ⑧“候颜”二句:谓弥留之际审视周围人的脸色已经模糊不清,聆听别人的声音亦渐觉微弱。候:伺望。冥:暗淡不清。漠:通“寞”,寂静无声。 ⑨大块:详见《感士不遇赋》注㉔。高旻(mín):高天。⑩运:指时运,家运。谓适逢家道衰落,生活贫寒。 ⑪绨绤(chī xì):夏天穿的葛布衣。绨,细葛布;绤,粗葛布。《诗经·召南·葛覃》:“为绨为绤。”毛传:“精曰绨,粗曰绤。”陈:设、列,即穿着。谓因家贫而本为夏天穿用的绨绤至冬仍穿在身上。 ⑫谷汲:取水于山谷之中。《韩非子·五蠹》:“夫山居而谷汲者,膢腊而相遗以水。”行歌:边走边唱。负薪:背柴。谓家道虽衰但仍甘于贫困劳苦的生活。 ⑬翳翳:暗弱貌。此有柴门疏陋意。事我宵晨:事,从事,做。宵晨,早晚。意谓日复一日甘于隐居柴门之下。⑭务:从事。中园:园中,指田园。谓耕作于田园之中。 ⑮载:又,且。耘:除草。耔(zǐ):以土培植禾苗的根部。《诗经·小雅·甫田》:“或耘或耔。”乃育乃繁:谓作物不断繁育滋长。繁,同

"蕃",繁殖。 ⑯素牍:指书籍。和:与"欣"相对,乐。渊明《归去来兮辞》"乐琴书以消忧"者,盖是。 ⑰勤靡余劳:农事劳苦,但无俗务劳心费神。靡,无。闲:安闲自在。此盖与后世"无丝竹之乱耳,无案牍之劳形"意同。 ⑱乐天委分:乐于听从上天的安排。委,托付,赋予。分,本分,职分。 ⑲"惟此百年"四句:谓正因人生不满百,匆匆即逝,故而人人皆爱惜此短短一生,唯恐时日短浅荒弃无所成而倍加珍惜。愒(kài)日:惜时之谓。《左传·昭公元年》:"主民,玩岁而愒日,其与几何?"杜预注:"玩、愒,皆贪也。" ⑳"存为世珍"二句:谓世人孜孜以求,希冀生前为人敬重,死后为人思念。没:同"殁",死。 ㉑"嗟我独迈"二句:唯我行为高蹈超迈,不同于他们的世俗追求。 ㉒宠非已荣:受宠并非已之荣耀。宠辱不惊之谓。 ㉓涅(niè)岂吾缁(zī):《论语·阳货》:"不曰白乎,涅而不缁。"谓品行高洁,虽处浊世,亦不与之俱黑。殆有"浮游尘世之外,不获世之滋垢,皭然泥而不滓者"之意。涅,作黑色染料的一种矿石,此作动词,处于涅中。缁,黑色,这里用作动词,变黑。 ㉔捽(zuó)兀:高傲不群貌。 ㉕畴:谁。罔:不,无。眷:眷恋。 ㉖化:指死去。 ㉗涉:及,到。百龄:泛指人之一生。 ㉘肥遁:指隐遁,退隐。《周易·遁卦》:"上九,肥遁,无不利。"肥,宽裕自得。 ㉙从老得终:犹得天年而终。 ㉚"寒暑"二句:谓寒来暑往,逝而不复,死生异样,死亦不得复生。逾迈:过。 ㉛外姻:外亲。奔:奔丧。 ㉜之:自指。中野:荒野之中。《易·系辞下》:"古之葬者,厚衣之以薪。葬之中野,不封不树。" ㉝窅窅(yǎo):隐晦的样子。萧萧:此指墓门前萧瑟凄冷。 ㉞奢耻宋臣:以宋国司马桓魋(tuí)那样奢侈的墓葬而感到羞耻。《孔子家语》:孔子在宋,桓魋自为石椁,三年不成,孔子愀然曰:"若是其靡也。" ㉟俭笑王孙:《汉书·杨王孙传》载:杨王孙临死前嘱咐子女:"死则为布囊盛尸,入地七尺,既下,从足引脱其囊,以身亲土。"以杨王孙简葬为可笑。 ㊱"廓兮"二句:谓死之后,事事皆空廓疏远。廓:空阔。灭:灭没,死去。遐:幽眇。㊲不封不树:不垒高坟,不植墓树。《礼记·王制》:"庶人县封,葬不为雨止,不封不树。"谓以庶人待己。 ㊳"匪贵"二句:既然生前不贵称誉,又怎么会去珍视死后的称颂。 ㊴"人生实难"二句:《左传·成公二年》:"人生实难,其有不获死乎?"

【品评】

面对着死亡,人总不免有嘘唏感慨,死亡的阴影始终笼罩在人生旅程中,在人生至乐之余总逃不掉至哀的影子。陶渊明也不是一个不食人间烟火的圣人,他也有对死亡的忧虑、疑惧和思考,"人生似幻化,终当归空无"(《归园田居五首》其四),"运生会归尽,终古谓之然"(《连夜独饮》),"天地赋命,生必有死。自古圣贤,谁能独免"(《与子俨等疏》),"有生必有死,早终非命促"(《挽歌诗三首》其一),这就是他作为一个生性敏感的诗人面对不可逃遁的悲剧性的生命时的冷静思考,个体生命的短暂渺小之于宇宙的永恒浩瀚,必然在某个不可期遇的时刻消逝在浩渺的宇宙之中。渊明难能可贵之处是,"死去何所知,称心固为好"(《饮酒二十首》其十一),"甚念伤吾生,正宜委运去。纵浪大化中,不喜亦不惧。应尽便须尽,无复独多虑"(《神释》),无疑这是他洞悉了生命生必有死的规律之后对命运最明智的选择,委运自然,纵浪大化，不违心，不屈己，坦然走完这段生命历程，这将是对自己生命的最好承诺，因此当他面对死亡时竟显得如此平和、安详与淡定。《自祭文》即是渊明临死之前对自己坎坷一生的肯定与总结。在一个“天寒夜长，风气萧索，鸿雁于征，草木黄落”的深秋之夜，渊明自言将离开自己钟爱一生的田园。此刻，他对命运依然淡定，视死亡如旅行，死亡只不过是外出之后必然的回归。文中渊明回忆了这次艰难的旅行，途中有“箪瓢屡罄，絺绤冬陈”的孤独贫困，但更多的是“含欢谷汲，行歌负薪”、“有务中园，载耘载耔，乃育乃繁。欣以素牍，和以七弦。冬曝其日，夏濯其泉”的苦中作乐，农忙时耕种与收获，农闲时“乐琴书以消忧”，冬日的暖阳、夏天的清泉都带给了渊明无比的温馨与快意，在平凡得近乎粗糙的生活中感受到生命的真与美，给“乐天委分，以至百年”的生命追求一个适性率真的诠释，在“汲汲于富贵”、“戚戚于贫贱”的时代风尚中，有几人能如诗人“宠非己荣，涅岂吾缁”，所以在渊明的终极价值中，顺应自然、顺应本性的人格追求是他的主色调，虽然他一生流浪飘荡、衣食无着，但他依旧“心有常闲”、甘之如饴。渊明是残酷的，他用自己豁达通脱的“匪贵前誉，孰重后歌”一语刺穿了在俗世温情面纱笼罩下追求的荒诞，让无数蝇营狗苟于仕途的人认识到生命的真意所在，而结尾“人生实难，死如之何”才是全篇文眼，他道出自己生的艰辛和痛苦，纵然是死亦不能了结，但并没有否定委运天分的生命。

名家精注精评本已出书目

书　名	主要编选者
李白集	郁贤皓(中国李白研究会原会长)
杜甫集	张忠纲(中国杜甫研究会原会长)
韩愈集	卞孝萱(中国韩愈研究会原会长)
白居易集	严　杰(南京大学教授)
王维集	董乃斌(上海大学教授、中国唐代文学学会副会长)
李商隐集	周建国(中国李商隐研究会理事)
柳宗元集	尚永亮(武汉大学教授、博导)
刘禹锡集	吴在庆(厦门大学教授、中国唐代文学学会理事)
杜牧集	罗时进(中国唐代文学学会副会长)
柳永集	王星琦(南京师范大学教授)
欧阳修集	刘扬忠(中国宋代文学学会副会长)
苏轼集	陶文鹏(中国社科院文学所研究员、博导)
三曹集	张可礼(山东大学中文系教授、博导)
陶渊明集	陈庆元(福建师大教授、博导)
二李集	蒋　方(湖北大学教授)
辛弃疾集	刘乃昌(中国李清照辛弃疾学会原会长)
王安石集	王兆鹏(武汉大学教授、博导)
陆游集	蒋　凡(复旦大学教授、博导)
李清照集	王英志(苏州大学教授、博导)
黄庭坚集	蒋　方(湖北大学教授)
李贺集	吴企明(苏州大学教授)
纳兰性德集	施议对(澳门大学教授)